La máscara maya

Juan Martorell

La
MÁSCARA MAYA

mr · ediciones

Paseo de Recoletos, 4. 28001 Madrid
www.mrediciones.com
Primera edición: junio de 2007
ISBN: 978-84-270-3368-9
Depósito legal: M. 25.504-2007
Preimpresión: J.A. Diseño Editorial, S.L.
Impresión: Brosmac, S.L.

Impreso en España-Printed in Spain

Para mis heroínas
(Garza Azul es una de ellas)

I

ACTUAL ZONA LIMÍTROFE ENTRE EL PETÉN* (NORTE DE GUATEMALA) Y BELICE,* AÑO 610 DE NUESTRA ERA

El jaguar se movía con sigilo. Sus patas apenas hacían ruido al buscar apoyo sobre la densa alfombra de hojas caídas, y su cuerpo, sinuoso, evitaba rozar los frondosos helechos y las lianas que descendían desde las copas de los árboles. Lo hacía sin esfuerzo, aparentemente sin mirar, mientras mantenía las orejas erguidas, en actitud vigilante. Era un animal magnífico, un macho en el esplendor de la vida adulta. Medía más de dos metros, y su piel, lustrosa, tenía un tono algo más oscuro que el habitual.

Su instinto le decía que algo iba a suceder. Hacía rato que había notado la presencia de los seres humanos y sabía que con ellos nada era predecible. Había percibido su olor ligeramente acre y le había llegado también el aroma que despedían cuando iban a enfrentarse a algún peligro. Eran

---

* La nomenclatura de ciudades mayas, regiones o accidentes geográficos, a lo largo de toda la novela, es la utilizada en la actualidad, con el objeto de facilitar al lector su localización. [*N. del A.*]

dos y los tenía bien localizados, a unos cincuenta metros por delante de él.

Lo lógico habría sido que el animal hubiera dado la vuelta, alejándose de ellos y de la amenaza que suponían, pero aunque el jaguar no razonaba, sí sentía, y ese sentimiento era el que lo estaba llevando a seguirlos. Cuando su fino oído escuchó otros sonidos, más lejanos y a su izquierda, comprendió que el momento que había intuido se acercaba.

Eran también ruidos provocados por humanos. Aunque tenue, el jaguar podía percibir el ritmo de sus pisadas y también, ahora con claridad, el rumor de sus voces. Se detuvo un momento, sin saber qué hacer, tentado de volver sobre sus pasos y perderse en la seguridad de la selva, aunque aquella fuerza que lo impulsaba lo obligó a seguir adelante. Acelerando el paso cortó hacia las voces que se aproximaban, dejando atrás y a su derecha a los dos hombres que había ido siguiendo. Llegó así hasta un camino que atravesaba la selva, donde el suelo había sido limpiado y la maleza cortada, formando una especie de túnel de unos dos metros de ancho. Guiado por la intuición a la que ya se había abandonado, trepó de un ágil salto a un árbol de ramas bajas y se instaló en una de ellas, camuflado entre hojas y lianas. Se hallaba a unos tres metros del suelo y desde allí podía observar sin ser descubierto.

Pudo ver cómo los dos hombres a los que había seguido llegaban casi a su altura y, haciéndose una seña, se agazapaban cada uno a un lado del camino. Los tenía increíblemente cerca, por lo que el animal se obligó a guardar una inmovilidad absoluta. Bajo él una iguana, ahuyentada por la llegada de los hombres, cruzó el camino y se perdió en la floresta.

Las voces de los que se aproximaban se oían ya con claridad, y el jaguar fijó la mirada en el recodo del camino que se veía a unos sesenta metros y pudo anticipar con precisión el momento en el que el grupo que se acercaba iba a hacer su aparición. Al verlo pensó que también estaba formado por dos personas, pero pronto se dio cuenta de que una de ellas llevaba atada a la espalda una tela en cuyo interior viajaba otro ser humano, mucho más pequeño, que su instinto identificó como un cachorro de aquella pareja que se aproximaba.

El hombre y la mujer se acercaban con paso sostenido, a pesar de que iban cargados. Ella llevaba al niño en su espalda y él acarreaba un saco que, unido a una tira de tela que le rodeaba la frente, colgaba hacia atrás dejándole las manos libres. En una de ellas llevaba un machete de madera con filo de obsidiana con el que de vez en cuando cortaba una rama que se hubiera adentrado en el sendero, colaborando así a mantenerlo transitable.

El jaguar percibió la tensión que se apoderaba de los que esperaban escondidos. Era la ancestral reacción del cazador al acecho, presto para atacar. Pudo distinguir cómo sus miradas se hacían más penetrantes y los músculos se tensaban. Cada uno de ellos llevaba una lanza en la mano y un machete corto colgado de la cintura. Cuando los que se aproximaban llegaron a unos cinco metros de ellos, los dos saltaron dentro del camino y dispararon sus lanzas. Lo hicieron casi al unísono y con un mismo objetivo. El hombre, que apenas tuvo tiempo de darse cuenta de que iba a morir, recibió los dos lanzazos en el pecho y, trastabillándose, cayó hacia atrás, quedando de forma grotesca tendido sobre el saco que llevaba a la espalda. La mujer dio un penetrante grito, para, inmediatamente, darse la vuelta e intentar huir por donde había venido. Uno de los asaltantes corrió tras ella y la alcanzó a los pocos metros. La sujetó por detrás y, con el machete que llevaba en la mano, la degolló con un rápido movimiento. La punta de obsidiana, tras abrir el cuello de la mujer, alcanzó la cara del niño que llevaba con ella, hiriéndolo en la mejilla. Los dos cayeron al suelo, envueltos en un reguero de sangre.

El hombre apenas miró a la mujer que se desangraba y, de un tirón, agarrándolo por el cuello, sacó al niño del envoltorio en el que viajaba, separándolo de su madre. Ésta, con sus últimas fuerzas, tendió un brazo hacia él, en un gesto de muda súplica, pues de su garganta abierta no podía surgir sonido alguno. El asaltante la ignoró y, sujetando al niño con una mano, se dispuso también a cercenar su cuello.

Fue entonces cuando el jaguar atacó. Hasta ese momento había sido sólo un silente observador, invisible en el árbol que le servía de cobijo. Apoyando sus patas traseras en la rama sobre la que reposaba, dio un salto de varios metros que lo hizo caer sobre la espalda del agresor. Con la zarpa lo empujó hacia un lado, mientras su peso lo derribó en el suelo. Allí sus fauces abiertas buscaron la garganta del hombre y se cerraron sobre ella con toda su increíble fuerza, produciendo un audible chasquido.

Sabedor de que aquel enemigo estaba neutralizado, el

animal se volvió hacia el otro asaltante. Vio que estaba inclinado sobre el saco que yacía en el suelo, tras haber apartado a un lado al hombre que lo llevaba. Vio también su indecisión al observar lo que había sucedido y vio cómo echaba mano al machete que pendía de su cintura.

El jaguar dio dos rápidos pasos y se abalanzó sobre él, aunque el hombre esperaba el ataque y, haciéndose a un lado, intentó herir al animal con su arma. El jaguar notó como la afilada piedra le abría la piel, aunque no sintió dolor. Mucho más rápido que su enemigo, se revolvió y saltó de nuevo sobre él. Esta vez no encontró resistencia y sus zarpas lo abatieron con facilidad. Un momento después su boca se cerraba en torno al cuello, partiéndole la columna vertebral.

El felino se tomó entonces unos instantes de respiro, mirándose la herida que tenía en el pecho, sobre el nacimiento de su mano derecha. No era profunda, pero sí larga, y de ella manaba sangre. Instintivamente la lamió con su lengua húmeda, sintiendo un sabor amargo en la boca.

Miró a su alrededor y sólo vio muerte; únicamente el niño seguía con vida.

Despacio, el jaguar se dirigió hacia él. Yacía sobre el camino, próximo al cadáver de su madre, y parecía del todo indefenso en su desnudez, pues sólo vestía un blanco taparrabos. De su mejilla abierta goteaba sangre que iba a unirse con la que ya empezaba a empapar el suelo.

De forma instintiva el niño se había aproximado a su madre y trataba, golpeándola suavemente con las manos, de llamar su atención. Aunque no tendría más allá de dos años, no lloraba, y, cuando sintió aproximarse al animal, simplemente se volvió hacia él, mirándolo con unos ojos grandes y negros en los que se reflejaba la curiosidad.

El jaguar continuó su avance despacio, con la cabeza próxima al suelo para no asustar a aquel cachorro, mientras emitía un suave ronroneo. Cuando llegó a su altura tendió hacia él una de sus patas delanteras, con sumo cuidado, y el niño, alargando la mano derecha, la tomó con suavidad. El jaguar entonces inclinó su cabeza para acercarla a la cara de la criatura, y su lengua áspera lamió la herida que le surcaba la mejilla.

Al levantarse, el niño quedó bajo él, y las gotas de sangre que continuaban manando del cuerpo del jaguar cayeron directamente sobre el corte de la cara. La sangre se fundió con la sangre y, por un momento, la herida del niño pareció querer cerrarse, como para poder conservar en su interior aquel líquido vital que le era ajeno.

El animal alzó las orejas y escuchó con atención. Podía oír un rumor que se aproximaba por el camino. Venía de la dirección opuesta a la que había seguido el cachorro cuando llegó con sus padres y también correspondía a seres humanos. El jaguar no advirtió peligro, pues el grupo que se acercaba no trataba de disimular su presencia; sus pisadas se percibían con nitidez y el sonido de sus voces era perfectamente audible a pesar de la distancia.

Volvió sus ojos al niño, que seguía absorto contemplándole, y sus miradas se enlazaron durante unos segundos. En la del jaguar podía leerse la profunda sabiduría que da el conocimiento ancestral, heredado de generación en generación. En la del niño, una madurez que resultaba impropia para su temprana edad. El felino entrecerró sus párpados, como queriendo guardar para siempre aquella imagen en su memoria.

Finalmente el animal comprendió que no podía esperar más y, con un ágil movimiento, se lanzó hacia uno de los lados del camino, perdiéndose luego en la selva.

2

PARÍS, AÑO 2001

Nicole Pascal agarró el bolso sobre la marcha y salió de su despacho mirando apesadumbrada el reloj. Últimamente parecía que no tenía tiempo para nada. Su puesto seguía siendo el de conservadora de Arte Antiguo en el Museo del Louvre, adscrita a la sección de Egiptología, pero las responsabilidades que pesaban sobre ella habían aumentado en progresión geométrica desde aquel día, hacía ahora año y medio, cuando, feliz e ilusionada, tomó posesión del despacho del que ahora salía con prisa.*

El que fue director del departamento cuando ella llegó, Pierre de Lainé, había cesado hacía algo más de un año, de forma sorpresiva y, según se decía, por propia voluntad. Nicole no había vuelto a oír hablar de él. Su puesto lo ocupaba ahora Paul Jacquet, hombre ya mayor y que había sido profesor de Historia del Arte. Nicole lo encontraba afable y

---

* Véase *Satanael*, del mismo autor (Ediciones Martínez Roca, Madrid, 2004). *[N. del E.]*

mesurado, aunque echaba de menos la personalidad recia de su predecesor. El recuerdo de Pierre de Lainé seguía muy vivo en ella, hasta el punto de que, en ocasiones, y cuando su mente vagaba sin excesivo control, la imagen del director aparecía de pronto, y a la joven le daba la sensación de que, con sólo desearlo, se presentaría ante ella y, con su media sonrisa, se quedaría observándola con aquella mirada mezcla de suficiencia y de enervante ironía. El antiguo director tenía fama de ser un hombre distante y engreído, pero la joven egiptóloga lo recordaba como a la persona que confió en ella y que, siendo casi una recién llegada, le encomendó la catalogación del importante legado Garnier.

Lo que su mente había borrado —otros se habían encargado de ello— era el día en que Pierre de Lainé la llevó hasta la iglesia templaria de Laon para propiciar el regreso de Satanás.

De su actual exceso de trabajo tenía también buena culpa el hecho de que el cargo que ocupaba René Martin cuando ella se incorporó al Louvre —conservador jefe— aún no había sido cubierto, a pesar del largo tiempo transcurrido desde su extraña muerte, y aunque el departamento había contratado a un nuevo becario, buena parte de las responsabilidades de Martin habían pasado a ser de Nicole.

Estaba además el programa de televisión en el que intervenía con regularidad. Desde que había descubierto aquella estatuilla en el interior de una de las columnas de la sala mortuoria del faraón Seti I, su aureola de arqueóloga intrépida y sagaz había dado la vuelta al mundo y la había hecho famosa en su país. Había sido a partir de un dibujo y de unos jeroglíficos realizados sobre un trozo de cerámica que formaba parte del legado Garnier cómo Nicole había llegado a la conclusión de que el disco solar que remataba la cabeza de Ra en la tumba del Valle de los Reyes encerraba un secreto de más de tres mil años de antigüedad.

El programa era semanal, y ella no aparecía más de diez minutos en pantalla, pero los asuntos tratados eran en cada ocasión diferentes y su preparación exigía una ardua tarea de documentación. Pero no se quejaba: con ello se obligaba a estar al día en temas de su profesión que si no habría terminado por olvidar y, además, recibía un gratificante sobresueldo. Pero, sobre todo, su ego se encontraba agradablemente fortalecido.

Y, por último, para impedir que al menos de vez en cuando tuviera unos instantes en los que no pensar en nada... estaba Jean, su novio actual y marido en ciernes. Lo había conocido al poco tiempo de entrar a trabajar en el Louvre, cuando, casi con su primer sueldo, decidió irse a vivir a Saint-Germain-en-Laye. El joven arquitecto había llamado un día a su puerta para pedir un poco de sal y... así había empezado todo. Él también había estado presente aquella noche en Laon, cuando las fuerzas del mal se reunieron para recibir a su jefe, pero, como le sucediera a ella, tampoco su memoria guardaba recuerdo alguno de lo sucedido.

Ahora Jean y Nicole andaban metidos de lleno en los preparativos de boda, que pensaban celebrar a finales de noviembre, en algo más de mes y medio. La muchacha siempre había imaginado que casarse era llegar un día a la iglesia, muy guapa y vestida de blanco, y decir que sí mientras su madre no podía contener las lágrimas. Y después un maravilloso viaje a solas con la persona amada. Lo que nadie le había contado eran las horas que iba a tener que dedicar a ver muebles, cortinas y ropa de hogar; a buscar una pintura que fuera a juego con las toallas del cuarto de baño (o viceversa); a pelearse con los carpinteros y albañiles, que nunca aparecían cuando habían quedado, y a conseguir que Jean le diera su parecer, aunque al menos en eso había aprendido que lo mejor era desistir. Empezaba a darle la razón a su madre cuando decía —aprovechando sobre todo los momentos en los que su padre se encontraba presente— que los hombres no servían para nada. ¡Y eso que Jean era arquitecto! Al menos había preparado unos bocetos sobre cómo ampliar el dormitorio con un cuarto anejo de vestir y había hecho un dibujo del nuevo ventanal del salón que habían decidido hacer más grande.

La casa en la que pensaban vivir era la que Jean había comprado hacía unos años en Saint-Germain, justo enfrente de la que ella había ocupado como realquilada cuando se trasladó desde París dispuesta a residir en las afueras de la ciudad. Era una construcción pequeña, de dos pisos, y rodeada por un jardín del que podría sacarse un buen partido si alguien se ocupara de él. Llevaban ya unos meses viviendo en ella juntos, desde después del verano, y aunque al principio Nicole había encontrado simpático el ambiente masculino y modernista del que tan ufano se mostraba su novio, en cuanto empezaron a hablar de boda y quedó claro que aquélla iba a ser su residencia para bastantes años, comprendió que tenía que tomar cartas en el asunto. No era que Jean tuviera mal gusto, no; era simplemente que... para determinadas cosas los hombres no servían para nada.

Después de dejar su despacho pasó un momento por secretaría. Suzanne y Agnès estaban en sus mesas, aparentemente muy atareadas, y sonrieron al verla entrar. El nuevo director las había mantenido en su puesto tras ocupar el cargo, y eso hablaba en favor de su sensatez, pues entre las dos sabían más que nadie sobre la marcha del departamento. Agnès era la mayor, madre de dos hijos, y llevaba en el Louvre media vida. Suzanne era alegre y tenía sólo un par de años más que Nicole. Las tres se habían hecho buenas amigas.

—Me voy al departamento de culturas mesoamericanas —dijo Nicole desde la puerta—. Ya llego tarde. No creo que me lleve mucho —consultó de nuevo su reloj—. Supongo que estaré de vuelta para la hora del café.

Hizo un gesto de despedida, cerró la puerta y, con paso rápido, se dirigió en busca de la escalera. El director del departamento mesoamericano la había llamado en persona la tarde anterior, solicitando una entrevista.

—Puedo ir yo a verla —había dicho con deferencia el doctor Laserre—, pero hay algo que quiero enseñarle y será más fácil en mi despacho.

Nicole caminaba hacia su cita preguntándose una vez más los motivos que el director podía tener para querer hablar con ella. Lo había visto en alguna ocasión, en reuniones interdepartamentales, pero nunca había tenido la oportunidad de hablar personalmente con él. Era un hombre de mediana edad, bien parecido, y Nicole recordaba de aquellas reuniones que, cuando él intervenía, lo hacía de una manera precisa y clara. La joven barruntaba que el súbito interés de Laserre podía tener algo que ver con el reciente descubrimiento de unas inscripciones mayas aparecidas en la zona de El Petén, en la parte norte de Guatemala que forma parte de la península del Yucatán. Una expedición integrada por miembros del Museo del Louvre, de la Universidad Autónoma de México y de la de Guatemala había descubierto unas ruinas en plena selva tropical, no documentadas —y por tanto desconocidas— hasta el momento.

Eran pocos edificios, todos ellos de carácter religioso, y la mayoría bastante deteriorados por el paso del tiempo y por la implacable acción de la selva, pero uno de ellos, un pequeño oratorio, presentaba su interior milagrosamente bien conservado. Rodeando a un pequeño altar adosado a una de las paredes, éstas se hallaban cubiertas de inscripciones mayas que, según lo aparecido en la prensa, eran perfectamente legibles.

Nicole había visto en el periódico una foto de parte de ellas junto al sonriente rostro de Guy Lalande, el experto del Louvre que había comandado la expedición. El artículo incluía también una entrevista con el arqueólogo en la que éste decía que era aún pronto para poder hablar de su contenido, pero que, en una primera aproximación, prometían ser altamente interesantes. «Aunque en arqueología nunca se pueden echar las campanas al vuelo —añadía Lalande—. Lo que sí puedo adelantar —concluía— es que están fechadas en el año 630 de nuestra era, en los inicios del periodo clásico tardío.»

«Quizá el doctor Laserre quiera que hable de ello en el programa de televisión», se dijo Nicole mientras se adentraba en el departamento de culturas mesoamericanas. «Y bueno, por qué no; aunque la verdad es que yo sé muy poco de cultura maya.»

Estiró su chaqueta, serenó su respiración, un tanto agitada tras la carrera a través de los pasillos del museo, y consultó su reloj. «Vaya, sólo siete minutos de retraso.» Luego se dirigió hacia una secretaria que la miraba desde una mesa situada al fondo de la sala y compuso su mejor sonrisa.

—Hola, soy Nicole Pascal. Creo que el doctor Laserre me espera.

—Bien, doctora Pascal —Laserre hizo un amago de brindis con la taza de café que tenía entre las manos—, le diré que ayer vi su programa y que resulta usted tan atractiva en televisión como al natural —y durante unos instantes contempló con mirada apreciativa a la mujer que tenía sentada enfrente. Nicole era pequeña —sobrepasaba en poco el metro sesenta—, morena, de facciones finas y piel clara. Sus ojos, de un extraordinario color verde, eran como un imán a cuya atracción resultaba difícil sustraerse.

La arqueóloga correspondió al cumplido con una sonrisa mientras también alzaba unos centímetros su taza. El director la había recibido sin hacerla esperar y ahora se encontraban los dos instalados en unas cómodas butacas que flanqueaban una mesita baja. El despacho era amplio y estaba amueblado con gusto. Exhibía además un perfecto orden en el que nada parecía fuera de su sitio, lo que despertó en la joven un íntimo sentimiento de envidia.

Los primeros minutos habían transcurrido en una charla insustancial mientras esperaban a que la secretaria les llevara unos cafés. «Vaya, sólo nos falta hablar del tiempo», pensó Nicole mientras Laserre desplegaba una exquisita amabilidad. «O este hombre es encantador o es verdad que pretende algo de mí.»

—Vayamos al grano, doctora —el director depositó su taza sobre la mesa y la miró con expresión cordial—. Pensará que estoy haciendo que pierda usted su tiempo, aunque le aseguro que el mío lo doy por bien empleado. Supongo que estará usted al corriente del descubrimiento de unos textos mayas en la selva de Guatemala, al sur de la frontera con México.

—Sí, claro. No se habla de otra cosa en el museo. Permítame que le dé mi más cordial enhorabuena.

El hombre hizo un gesto ambiguo con las manos.

—Se lo agradezco, pero mi intervención en el asunto ha sido tan sólo burocrática. Ya sabe usted —añadió mientras fijaba en ella sus ojos oscuros—: Poner de acuerdo a mi departamento con nuestros homónimos de las dos universidades americanas, pedir permisos, eliminar barreras... y, sobre todo —aquí hizo una significativa pausa—, conseguir el dinero.

La sonrisa de Nicole se amplió mientras asentía comprensiva. El dinero que permitiera sufragar gastos era el dios esquivo al que todos adoraban en el mundo de la investigación.

—Por fortuna, para esta expedición hemos contado, como quizá usted ya sepa, con la ayuda económica de una importante empresa multinacional. La verdad es que ellos bien se han encargado de airearlo, aunque no seré yo quien lo critique. Y de que sigan colaborando va a depender que podamos llevar a cabo la segunda parte de esta investigación, que, se lo aseguro, se presenta apasionante.

Laserre guardó unos instantes de silencio, sin duda para dar un mayor énfasis a sus siguientes palabras.

—Y mucho me temo, mi querida doctora, que para que todo ello así sea —su mirada buscó de nuevo la de la joven—, para que podamos contar con el necesario apoyo económico, su colaboración va a resultar imprescindible.

«Vaya, ya hemos llegado», pensó Nicole. «Ahora me va a pedir que nombre unas cuantas veces en televisión a la dichosa multinacional.»

Algo debió de notar el hombre en la expresión de la mujer, pues movió brevemente sus manos como pidiendo disculpas.

—Quizá me estoy adelantando y con ello le causo confusión. Le aseguro que usted no puede ni imaginar lo que voy a proponerle —permaneció unos momentos callado, mientras parecía recapacitar. Luego volvió a exhibir su amable sonrisa—. Si le parece, antes de contárselo, voy a hacer un poco de historia.

El director habló durante unos minutos mientras Nicole escuchaba sin interrumpir. Desde hacía poco más de un mes, un equipo mixto integrado por arqueólogos mexicanos, guatemaltecos y franceses se encontraba trabajando en la cartografía de un asentamiento que había sido descubierto en las proximidades de la ciudad maya de Xpujil. Entre tanto, unos indios mexicanos, dedicados a la recolección del chicle, habían dado por casualidad con unas ruinas mientras buscaban un lugar en el que establecer su campamento. Unos días más tarde vendían la localización a un arqueólogo de la Universidad Autónoma de México al que conocían por haber coincidido con él en alguno de los poblados de la selva del Yucatán. El precio superó ligeramente los doscientos dólares americanos. El arqueólogo en cuestión era uno de los miembros de la expedición franco-americana que se hallaba acampada a pocos kilómetros de distancia. Así, pocas fechas después, sus integrantes llegaban a aquellas ruinas que los chicleros habían descubierto dispuestos a establecer una primera toma de contacto.

—Muchos han sido los grandes descubrimientos que han podido realizarse gracias a casualidades como ésta —añadió el doctor Laserre—. El lugar, cuyo nombre arqueológico es Petén C-27, no pareció revestir, en un principio, excesiva importancia, lo que no nos sorprendió. A pesar de que la jungla es capaz de engullirse una pirámide sin apenas dejar rastro, se piensa que todos los centros mayas relevantes han sido ya descubiertos. Pero de pronto apareció el pequeño oratorio... O, mejor dicho, las inscripciones jeroglíficas que recubrían sus paredes. ¡Su conservación era impecable, como si hubieran sido trazadas ayer!

El hombre hizo una pausa mientras tomaba de nuevo su taza de café.

—Usted es experta en jeroglíficos egipcios, doctora, y por ello me entenderá muy bien si le digo que tienen algo en común con la escritura maya: a pesar de que hemos avanzado mucho en su conocimiento, aún hay una parte importante que se nos escapa.

—Es cierto —convino Nicole—; y quizá en ello radique su extraordinario interés. Y le diré más: creo que lamentablemente nunca llegaremos a descifrarlos del todo. Para ello tendríamos que aprender a razonar como lo hacían aquellas gentes, tendríamos que aprender a vivir su cultura... Y eso, con sinceridad, no creo que sea posible ya.

El director hizo un leve gesto de aprobación mientras miraba a Nicole con renovado interés.

—Exacto, doctora, exacto, aunque hay personas que, como usted, tienen el don de poder traspasar puertas que para otros están cerradas y gracias a ello son capaces de llegar a entender con precisión lo que alguien, desde otros tiempos y otros lugares, pretendía relatarnos. Es algo similar a lo que le sucede al músico genial al leer una partitura o al gran matemático al enfrentarse a una formulación. Y le diré que Guy Lalande, nuestro representante en Yucatán cuando se descubrió el oratorio, es también una de esas personas.

Laserre dirigió una sonrisa a Nicole.

—No se conocen, ¿verdad? —y, ante el gesto negativo de la joven, prosiguió—: Espero que pronto puedan hacerlo. Descubrirá usted, amiga mía, que tienen mucho en común. Lalande ya se encuentra en París, pues el contenido de esas inscripciones le aconsejó adelantar su regreso. Y ahora, doctora, tengo que pedirle que lo que voy a relatarle a continuación permanezca en secreto.

—Faltaría más, doctor Laserre. Jamás se me ocurriría...

—Claro, claro...; perdone. Ha sido una falta de delicadeza por mi parte. Achًquelo a que quizá haya mucho en juego y a que resulta probable que no vayamos a ser los únicos en pretenderlo. Pero creo que estoy confundiéndola de nuevo, de manera que voy a ir al grano.

El director se pasó la mano por la frente, como pretendiendo aclarar sus ideas.

—Las fotos que han aparecido en la prensa sólo reproducen una pequeña parte de los jeroglíficos, precisamente la más anodina. Y lo que los periódicos no dicen es que el resto podría revelar, según la primera interpretación de Lalande, el emplazamiento de algo que los mayas tuvieron buen cuidado en esconder.

Nicole no pudo evitar un ligero respingo y su boca se abrió mientras buscaba unas palabras que no supo encontrar. La similitud con lo que a ella le había sucedido, con los jeroglíficos egipcios que la habían llevado a horadar una de las columnas de la tumba de Seti I, era demasiado evidente.

—Comprendo su asombro —Laserre la miró con gesto divertido—. Parece que las llamadas desde el pasado la persiguen, querida amiga. Y digo que la persiguen porque espero que usted se involucre con nosotros en lo que promete ser una apasionante aventura.

—Pero... no entiendo. Por mucha suerte que tuviera yo

para interpretar el *ostracum*[1] egipcio, mi desconocimiento de la escritura maya..., y de su cultura, es casi total.

—No, no —el director agitó las manos en ademán contrito—. De nuevo me he adelantado y la llevo a sacar conclusiones equivocadas. Parece que mis deseos van por delante de mis palabras.

Pareció meditar durante unos instantes antes de proseguir.

—La verdad es que no quiero que piense que lo que voy a ofrecerle lo hago de forma egoísta. Quizá sea ese temor el que me está haciendo retrasar el momento de decírselo. Ya sabe usted que los gastos de la expedición actual en México y norte de Guatemala corren a cargo de una importante empresa, pero ese contrato de colaboración era por ocho meses y se halla próximo a su fin. De hecho, finaliza este mes. Parece claro que los recientes descubrimientos imponen nuevas investigaciones, y de forma urgente, pero el problema es que se trata de expediciones muy caras. Hemos hablado con la multinacional y nos han contestado que, dada la importancia de lo puede estar en juego, estarían dispuestos a firmar un nuevo convenio. Pero imponen una condición.

Un ligero fruncimiento asomó en la frente de Nicole. «*Do ut des* —pensó—. Y aquí intervengo yo.»

—Ellos quieren que usted forme parte de la expedición y que desde México o Guatemala vaya enviando con regularidad, vía satélite, un resumen televisado. Se pretende que usted vaya informando de los progresos de la expedición y, al mismo tiempo, dando una imagen de lo que fue el mundo maya.

El director lanzó el último párrafo casi sin respirar. Al final tomó aire y se quedó mirando a Nicole.

Ésta también permaneció en silencio. Ni remotamente podía imaginar algo así y a su cabeza acudieron de golpe varias razones distintas para decir que no.

—Con su programa de televisión no habría problema —Laserre habló antes de que ella pudiera hacerlo—. Por el contrario, estarían encantados, pues son ellos los que difundirían las imágenes. Con Paul Jacquet, el director de su departamento, ya he hablado, y él también estaría de acuerdo. La duración de su estancia en México es algo que podremos pactar y, por último, está la cantidad que nuestros *sponsors* están dispuestos a pagarle. ¿Quiere saberla?

Nicole quiso decir varias cosas a la vez y no le salió ninguna. Finalmente asintió con la cabeza.

—Cuarenta mil francos por aceptar y seis mil más por cada semana que pase usted formando parte de la expedición. Y todos los gastos pagados, claro está. Además seguiría usted cobrando su sueldo, eso está claro, y tampoco perdería lo que percibe de la televisión.

—No...; no se trata de dinero, doctor Laserre. Simplemente, no sé qué decirle. Comprenda que no esperaba nada de esto y que necesito tiempo para asimilarlo.

—Claro, claro... Pero vea, para animarla voy a enseñarle las fotos que reproducen los jeroglíficos en su totalidad. Coincidirá conmigo en que están grabados de manera primorosa. Y también tengo algunas imágenes del lugar en el que fueron descubiertos...; del oratorio perdido en la selva.

El director sacó unas fotografías del cajón central de la mesa y las tendió hacia la arqueóloga. Eran grandes, luminosas y de espléndido colorido. Al contemplarlas sintió Nicole la misma emoción que, aún siendo una niña y ante una fotografía de Howard Carter penetrando en la tumba de Tut-Ankh-Amón, la había llevado a decidir que su vida iba a estar dedicada a la arqueología. Se sintió, como entonces, transportada en el tiempo, y mientras observaba la fotografía del oratorio maya escondido durante siglos en la jungla, creyó llegar a percibir en su piel el ambiente húmedo que envolvía el lugar y sus oídos parecieron poder captar el sonido susurrante de la selva tropical.

Cuando haciendo un esfuerzo levantó la vista de la imagen, se encontró con el sonriente rostro del doctor Laserre, cuyos ojos brillaban divertidos. «Caramba —pensó Nicole—, este hombre sabe cómo hacer las cosas.»

—No voy a negarle que su propuesta es... —su voz sonaba insegura— tremendamente atractiva. Le daré una respuesta lo antes posible.

—Sí, por favor, doctora. Piense que no podemos dilatar la decisión. Puede haber alguien que intente adelantársenos y no debemos permitirlo. Si usted me contesta, digamos, mañana, la expedición podría partir hacia su destino en poco más de una semana.

—¡Tan pronto! —Nicole sintió de nuevo una ligera sensación de vértigo. Por su cabeza pasaron en rápida sucesión imágenes de los trabajos que tenía en curso para, por último, detenerse en Jean, su futuro esposo. ¡Faltaba ya tan poco para la boda y tenían tantas cosas que hacer!

Su mirada se posó nuevamente en la fotografía que había quedado sobre la mesa, encima de las demás. El pequeño oratorio era apenas visible entre la exuberante vegetación que lo envolvía, aunque se distinguía con claridad el dintel que, en el centro de la fachada, servía de marco a la entrada de la construcción.

La puerta aparecía oscura en la fotografía, como un rectángulo en sombras, lo que producía un fuerte contraste con los vivos colores que la rodeaban. Pero Nicole sintió su llamada, del mismo modo que un pozo oscuro puede llegar a atraernos en nuestros sueños. Alcanzó a percibir el misterio que escondía y la aventura que prometía; pero, sobre todo, casi pudo palpar la presencia de quienes, muchos siglos antes, se habían afanado alrededor del pequeño edificio movidos por los resortes de una cultura ya desaparecida.

Y comprendió que si aquella puerta en sombras era la entrada a un enigma que venía de otros tiempos, ella tenía que intentar desvelarlo.

Sus ojos se encontraron de nuevo con los del director. Éste seguía sonriendo y se había arrellanado en su asiento, en la postura de quien sabe que ha ganado la partida.

—Y hay algo más, estimada doctora. Guy Lalande me ha desvelado, con las naturales reservas, que los jeroglíficos podrían referirse a algo que está escondido y que quizá tenga un alto valor arqueológico, pero no cree que se trate tan sólo de un tesoro. Piensa que los mayas le concedían una importancia capital, aunque de otra índole, más bien espiritual. Ha insinuado que, según las inscripciones, sería algo que puede encerrar un gran poder.

El doctor Laserre se encogió de hombros.

—Un objeto que nos llegaría a través de los dioses, según una primera traducción, aunque imagino que, como todo lo que encierra poder, podría resultar potencialmente peligroso.

3

CIUDAD MAYA DE CARACOL, AÑO 610 DE NUESTRA ERA

Era el tercer día del *wayeb*[2] y nada debía turbar la tranquilidad en las ciudades mayas. A las cinco jornadas que componían el último mes del año se las llamaba «las durmientes», y las actividades de todo tipo debían reducirse al mínimo, pues aquéllas eran fechas de mal agüero y no era oportuno atraer la atención ni la ira de los dioses. Los trabajos de siembra o recolección quedaban suspendidos, así como cualquier actividad manual; y hasta encender fuego o realizar esfuerzos innecesarios era cuidadosamente evitado. Pocos niños nacían durante el *wayeb*, y los que tenían la desgracia de hacerlo eran considerados portadores de alguna maldición que les acompañaría durante el resto de su vida.

Por ello el hombre que se hallaba sentado a la puerta de su cabaña, meditando con los ojos cerrados, levantó la cabeza sorprendido al escuchar el tumulto. Lo que había identificado como un rumor de voces fue aumentando en volumen a medida que se aproximaba a donde él se encontraba. Pronto apareció ante su vista un numeroso grupo de personas que, visiblemente agitadas, se dirigían hacia su cabaña.

El hombre se puso de pie y con ello se hizo patente su elevada estatura, muy superior a la de la gente de su pueblo. Rondaría los treinta y cinco años, su pelo negro y brillante le cubría parte de los hombros y sus ojos oscuros, penetrantes, reflejaban la seguridad en sí mismo de quien está acostumbrado a ser obedecido.

Su nombre era Murciélago Blanco[3] y era el *halach winik* o supremo sacerdote de la ciudad maya de Caracol.

Su mirada juzgó con desaprobación al grupo. Aunque aún se hallaban lejos, calculó que serían unas cuarenta personas y vio cómo algunas más iban saliendo de sus casas alertadas por el ruido y se unían al paso de la comitiva. Su ceño se distendió cuando comprendió que tenía que existir un motivo que justificara aquel comportamiento, y entonces se fijó con atención en los que marchaban al frente.

Uno de ellos llevaba en sus brazos lo que parecía ser un saco de mediano tamaño, mientras que el que caminaba a su lado sujetaba contra su pecho a un niño de corta edad.

El *halach winik* comprendió que la comitiva lo buscaba a él y, cruzando los brazos, permaneció de pie ante la puerta de su vivienda. El rumor de voces se convirtió casi en un susurro cuando los que se aproximaban se dieron cuenta de su presencia, y el resto del recorrido lo realizaron en completo silencio.

Cuando al fin llegó ante él, el grupo se mantuvo a una respetuosa distancia, mientras que los dos hombres que lo encabezaban daban un paso adelante.

—*Halach winik* —dijo el que llevaba al niño mientras inclinaba la cabeza en señal de respeto—, cuatro personas han muerto en el camino del norte, el que lleva a Xunantunich y a Naranjo, a poca distancia de la entrada de nuestra ciudad. No hemos reconocido a ninguno de ellos. Los hemos dejado allí hasta que tú decidas, porque en su muerte hay circunstancias extrañas y podrían haber intervenido los dioses —señaló con la cabeza hacia su compañero—. Junto a ellos hallamos este saco... y a este niño. Como verás, se encuentra herido, y su herida sigue sangrando, pero creo que no morirá.

El que había hablado separó al niño de su pecho y lo mostró al hombre sabio. Éste lo estudió durante unos momentos, sin todavía pronunciar palabra. Calculó que tendría unos dos años y le extrañó que no llorara. Sobre todo le llamó la atención la intensidad con la que el pequeño fijó los ojos en los suyos y la madurez que parecía desprenderse de aquel rostro infantil. Por lo demás era como cualquier otro niño a su edad, con el pelo negro y liso, la tez morena y los ojos grandes y oscuros, sin que la nariz aguileña de su raza hubiera empezado aún a desarrollarse. Sobre la pierna derecha, en la parte alta del muslo, el pequeño lucía un tatuaje que parecía representar, unidos entre sí, a un sol radiante y a una luna en cuarto menguante.

El chamán se aproximó para estudiar de cerca la herida y no pudo evitar que su entrecejo se frunciera levemente. No porque el corte tuviera importancia, aunque era profundo y continuaba sangrando, sino porque había algo en él que, aun siendo muy extraño, le resultaba conocido al mismo tiempo. La sangre que latía en el interior de la herida era clara y oscura a la par, como si dos tonos diferentes quisieran fundirse para lograr uno solo. Los dedos del hombre sabio recorrieron, sin que él se diera cuenta, la cicatriz que tenía en su propio brazo izquierdo, mientras imágenes muy vívidas cruzaban por su mente.

Hizo un esfuerzo para apartar la mirada del niño y se dirigió a la persona que le había hablado.

—Cuéntame lo que sabes.

Mientras el hombre describía el escenario donde habían encontrado a la criatura con vida, el que llevaba el saco vació su contenido ante el *halach winik*. Junto a lo que parecía normal para emprender un viaje a través de la jungla, se hallaba una bolsa de cuero que también fue abierta. Lo que había en su interior, una vez esparcido por el suelo, provocó una exclamación de asombro entre los espectadores, que cada vez eran más numerosos. La bolsa contenía una gran cantidad de semillas de cacao, suficientes como para que cualquiera de los presentes pudiera considerarse una persona rica.

Incluso el hombre que estaba hablando interrumpió el relato mientras sus ojos se fijaban sorprendidos en aquella riqueza. Finalmente, haciendo un esfuerzo, concluyó:

—... y *halach winik*, mi sabiduría no es tanta que me permita asegurarlo, pero parece que la mujer y uno de los hombres fueron muertos por los otros dos, mientras que de ellos, de su muerte, se ocupó un gran animal, creemos que un jaguar, aunque de él no hayamos encontrado rastro.

El sacerdote pareció evaluar cuanto había escuchado y luego asintió con la cabeza. Luego se dirigió con voz amable a quienes habían encabezado la comitiva.

—A pesar del carácter de las fechas en las que nos encontramos, habéis hecho lo que correspondía. Avisaré ahora al mayordomo real para que se ocupe de los cadáveres y de la investigación. Vosotros podréis acompañarle —sus labios mostraron una sonrisa—. Debo daros las gracias. En cuanto al niño —sus ojos lo buscaron de nuevo—, está herido y necesita ser curado. Dejádmelo a mí; yo me haré cargo de él.

4

CIUDAD MAYA DE CARACOL, AÑO 626 DE NUESTRA ERA

Murciélago Blanco observó a los cuatro jóvenes que trabajaban en el patio abierto al aire libre. La falta de techado era imprescindible para que los vapores que se desprendían de las ollas situadas sobre el fuego pudieran escapar hacia el cielo. Aquel día los muchachos estaban aprendiendo cómo preparar una cocción que aplacara los dolores musculares y reumáticos, y se hallaban concentrados en lo que estaban haciendo. Murciélago Blanco los estudió con calma, sabedor de que ellos no reparaban en él, y su entrecejo se frunció ligeramente, reflejando los pensamientos que cruzaban por su cabeza.

Los cuatro eran sus discípulos y uno de ellos habría de sustituirlo como supremo sacerdote de la ciudad de Caracol cuando él faltase. El *halach winik* se hallaba ya muy próximo a cumplir su ciclo de vida[4] y, aunque no tenía problemas de salud, sabía que eran pocos los seres humanos que llegaban a sobrepasar esa edad.

Chalmek era uno de los cuatro jóvenes. Era su sobrino, hijo de su hermana Nube de Lluvia, y Murciélago Blanco lo miró con cariño. Nada en él resultaba llamativo: ni su físico, que no presentaba característica alguna que fuera resaltable, ni su actitud, que era tranquila, amable, y siempre dispuesta a cumplir con lo que se le pedía. Su manera de ser jamás atraería la atención, pero Chalmek nunca dejaría de ser fiel a sus principios ni a quienes confiaran en él. El chamán se había ocupado de su educación desde que era muy niño y había moldeado su manera de ser buscando hacer de él lo que habría deseado que fuera el hijo que nunca tuvo, aunque en ocasiones se preguntaba si con ello no habría llegado a absorber la personalidad de su sobrino, convirtiéndolo en una opaca imagen de sí mismo.

—Aún es joven —pensó— y el tiempo hará de él lo que deba ser.

A su lado, removiendo el contenido de la olla mientras añadía con precaución unos polvos blancos, se encontraba el segundo de sus discípulos. Se llamaba Luz Negra[5] y el chamán pensó una vez más que el nombre le cuadraba a la perfección, como si hubieran sido los dioses los que lo hubieran elegido para él. Su inteligencia era brillante y rápida, como el resplandor que irradiaba el dios Sol, pero al mismo tiempo podía ser oscura y reservada como lo era la de los seres sobrenaturales que campaban a su antojo por el reino de la noche.

Luz Negra era de piel cetrina, pelo brillante como el azabache y unos ojos profundos que jamás expresaban emoción alguna. Era el cuarto hijo del rey de Naranjo, Gran Escorpión,[6] y tenía a la sazón diecinueve años.

Cuando llegó a Caracol, con quince, lo hizo oficialmente para recibir las enseñanzas de Murciélago Blanco, cuya fama trascendía las fronteras de su propio Estado, aunque en realidad era un rehén que la ciudad de Caracol había tomado para garantizarse la buena voluntad de Naranjo. Los dos reinos eran enemigos desde tiempo inmemorial, aunque en su comercio precisasen el uno del otro, y habían puesto en práctica la tradición maya de intercambiar rehenes. Así, en reciprocidad, un hijo de K'an II, rey de Caracol, vivía también desde hacía cuatro años en la corte de Gran Escorpión, en teoría aprendiendo astronomía con los maestros de las estrellas.[7]

Luz Negra aprendía con rapidez las enseñanzas del hombre sabio, y podía recitar sin equivocarse los ingredientes de las distintas pociones, aunque lo hacía de una forma displicente, con un toque de aburrimiento, como si en el fondo todo aquello no tuviera la menor importancia para él. El *halach winik* sólo lo veía reaccionar cuando se trataban asuntos de Estado en las reuniones de la corte a las que le era dado asistir... y en presencia de Garza Azul.

La muchacha era la tercera de sus discípulos y en ese momento se encontraba preparando unas raíces sobre una repisa adosada a la pared. Se hallaba de espaldas, pero aun así eran patentes la finura de su figura, vestida con un traje sin ningún toque de color, y el aura de inocencia que la envolvía.

Garza Azul era hija de una hermana del rey K'an II, y por tanto nieta de la reina Ojos de Jade, la mujer cuyas dotes en las artes de la magia y la adivinación todavía eran recordadas con veneración en los reinos mayas. Murciélago Blanco había pasado muchas horas con la reina, momentos de afinidad en los que sus respectivos conocimientos habían sido compartidos. El hombre sabio aún se estremecía al recordar lo que los inmensos poderes de Ojos de Jade podían llegar a conseguir.

La joven tenía ahora diecisiete años y para el chamán estaba claro que en ella latían las mismas fuerzas que habían hecho de su abuela una mujer excepcional. La duda era saber cuándo y hasta qué magnitud podrían desarrollarse. Cuando Ojos de Jade llegó a Caracol para convertirse en reina tenía dieciocho años, y sus poderes no se pusieron de manifiesto hasta unos años después.

Un día, siendo muy pequeña, Garza Azul se había dirigido a su tío el rey y le había dicho con su suave voz infantil:

—Tendrás que barrer el palacio. Mañana va a estar muy sucio.

Todos rieron y K'an II la levantó alegremente en sus brazos.

Al día siguiente una fortísima tempestad asoló la ciudad de Caracol y los huracanados vientos que la acompañaron dejaron los suelos de la ciudad y las dependencias del palacio cubiertos por una capa de hojas, ramas y hasta pájaros muertos.

En otra ocasión, cuando contaba ya doce años, Garza Azul se vio sumida en una tristeza que parecía no tener fin. Lloró durante tres días y nadie fue capaz de arrancarle el motivo de su llanto. Finalmente llegaron mensajeros con la noticia de que la íntima amiga de la niña, hija de uno de los nobles de Caracol, había muerto de forma súbita en la ciudad de Xunantunich. Y lo había hecho justo el mismo día y a la misma hora en los que el llanto había venido a apoderarse del alma de Garza Azul.

Unos meses después el propio K'an II se presentó ante el chamán con la niña de la mano.

—Tú conociste bien a mi madre, *halach winik* —le dio cortésmente el tratamiento que le correspondía— y sabes que los dioses se habían fijado en ella. Su nieta Garza Azul —la niña inclinó su frente en señal de respeto al sentirse nombrada— se parece mucho a su abuela, como sin duda ya habrás observado..., y no sólo en el físico. También sabes que acaba de llegar a nuestro reino Luz Negra —prosiguió K'an II con su voz profunda—, hijo de Gran Escorpión, rey de Naranjo, para estudiar contigo durante el tiempo que pase entre nosotros. Querría pedirte que también acogieras a mi sobrina bajo tu manto de sabiduría. Quizá educar a los dos a la vez no te suponga doble esfuerzo que hacerlo con uno solo.

La última frase era lo más próximo a una disculpa que el rey podía llegar a pronunciar al hacer una petición y Murciélago Blanco la agradeció bajando su cabeza.

—Será un honor y un placer, *k'uhul ajaw** —y dirigió una sonrisa a la chiquilla, que se la devolvió con timidez.

De todo ello hacía ahora cuatro años, y los que entonces eran sólo unos niños se habían convertido en unos jóvenes en plenitud física. Garza Azul era pequeña, como lo fueron su madre y su abuela, y poseía una serena belleza. El

* Rey divino, tratamiento de los soberanos mayas.

pelo, partido en dos desde lo alto de su cabeza, enmarcaba una cara ovalada de cutis fino y claro, y sus ojos miraban siempre con bondad a todo aquel que se aproximara a ella.

Al lado de la joven, aunque un poco separado, se hallaba el cuarto de los discípulos de Murciélago Blanco. Éste lo miró con el cariño de quien está contemplando al hijo del que se siente orgulloso. Si con Chalmek se había esforzado en actuar como un padre que educa, con Balam había ejercido esa función como algo que había surgido de forma espontánea desde que se conocieron, casi dieciséis años atrás.

El hombre sabio y su mujer, Ix Tab, se habían hecho cargo del niño que llegó herido tras el extraño suceso que tuvo lugar en la selva. No sabían nada de él, ni su nombre, ni quiénes eran sus padres, ni de dónde venía, pero desde el primer instante se había producido entre el sacerdote y el recién llegado una fuerte corriente de mutua atracción. Cuando Murciélago Blanco lo tomó en brazos aquel día, ya lejano, dispuesto a ocuparse de su herida, el pequeño se abrazó a su cuello y unió la mejilla sana a la del chamán. De la otra resbaló una gota de sangre que fue a caer sobre la mano del hombre. Éste notó un repentino calor allí donde la sangre había tocado su piel, como si el líquido vital del pequeño tuviera vida propia.

Lo llamaron Balam Kimil* y, dado que el hombre sabio jamás planteó el asunto, nadie puso en duda su derecho a mantenerlo con él.

---

* Jaguar Eterno.

Las semillas de cacao que habían llegado a Caracol junto con el niño fueron entregadas al Hombre de la Vara Alta,[8] quien las consignó a la espera de que alguien las reclamara. Pasado un tiempo prudencial, Balam fue declarado su legítimo dueño y le fueron reintegradas. El joven resultó entonces un hombre rico.

Aunque su edad debía de rondar los dieciocho años y aún podría crecer más, Balam era ya más alto que la mayoría de los habitantes de la ciudad. Se parecía en eso a su padre adoptivo y, al igual que éste, había algo en su porte y en su manera de actuar que hacía parecer zafios a los que se encontraran a su lado. Tenía la frente despejada, las cejas altas y finas. Los ojos eran grandes y oscuros, algo rasgados, y la nariz, aunque típicamente maya, formaba una curva suave y no era en exceso prominente. El color de su piel, a pesar del diario contacto con el sol, era apenas más oscuro que el de la joven que se hallaba junto a él, y hasta resultaba claro si se comparaba con el de Luz Negra.

Balam se hallaba absorto en su tarea y no era consciente de las miradas que, de vez en cuando, posaba sobre él la pequeña Garza Azul. Ésta parecía también absorta en lo que estaba haciendo, aunque sus ojos se elevaban cada cierto tiempo, como si tuvieran vida propia, y, tras vagar durante unos segundos, acababan posándose en el rostro de su compañero.

El hombre sabio se sonrió. Él ya había sido testigo de aquellas miradas en más de una ocasión y no tenía duda sobre su significado. Los ojos de ella se fijaban durante un instante en el joven y luego se desviaban rápidamente, como si temieran verse sorprendidos. Y lo hacían con timidez y reflejando una gran ternura.

El chamán recordaba cuando él miraba de la misma manera a Ix Tab antes de que ambos se convirtieran en marido y mujer. Y la emoción que sentía cuando sus ojos se encontraban con los de ella. Era la mirada de una persona enamorada.

Murciélago Blanco se adentró en el recinto y se aproximó a sus discípulos. Habló con cada uno de ellos durante unos momentos, como tenía por costumbre, y se interesó por lo que estaban haciendo. Buscó en Luz Negra signos de irritación o de preocupación, pues las relaciones entre las ciudades de Caracol y Naranjo pasaban por malos momentos, pero no halló en el joven otra cosa que su habitual cortesía, siempre un punto lejana, como si estuviera dominada por una fría condescendencia.

La conversación con Balam discurrió igualmente sobre la poción que estaban preparando, aunque los ojos de ambos se transmitieron otro mensaje. Esa misma mañana, cuando no había nadie más junto a ellos, el *halach winik* había pedido a su hijo adoptivo que estuviera preparado al anochecer. Los dos habían de encontrarse a la salida de la ciudad, y nadie más debía conocer su cita.

—Procura dormir un poco por la tarde, porque la noche puede ser larga —le había dicho el hombre mayor—. Ahora no debo decirte más, salvo que quizá puedas vivir una experiencia que cambie la imagen que tienes de nuestro mundo y de ti mismo.

El joven Balam tuvo que hacer un visible esfuerzo para

no hacer preguntas, pero conocía bien la manera de ser de su maestro y se limitó a asentir con una inclinación de cabeza.

Ahora, mientras sus labios hablaban de raíces y plantas, sus miradas se encontraron. La del joven era intensa y su mensaje resultó claro para el hombre sabio.

—Allí estaré, padre. Ansioso por conocer lo que me tienes reservado.

La noche estaba a punto de caer cuando Balam llegó al lugar convenido. Su padre adoptivo lo había citado en la salida de la ciudad, en el camino que llevaba al sur, en el lugar donde se hallaba el pedestal destinado a recibir a la estatua del *bakab*[9] en los años que correspondieran a su signo.

El joven adivinó, más que sintió, la presencia del *halach winik*, que ya se encontraba esperándolo. Murciélago Blanco pareció surgir de la nada, envuelto en sombras, aunque fuera perfectamente visible el fulgor de su mirada cuando se posó en su discípulo.

—Bienvenido, Balam, hijo mío. Ahora sígueme y no te separes, pues la selva durante la noche puede hacer que de pronto ya no encuentres a quien creías tener junto a ti.

Al joven maya no le sorprendió que el sacerdote no le diera mayores explicaciones. Sabía que era la forma de ser de aquel al que consideraba su padre, de la misma manera que tenía por seguro que todo cuanto necesitaba saber le sería comunicado en el momento oportuno.

La noche había caído con rapidez y, cuando abandonaron el camino para internarse en la selva, la oscuridad que los envolvió se tornó casi absoluta. De vez en cuando la luz de la luna se abría paso entre la densa vegetación, iluminando aquí y allá un tronco de árbol, unos matorrales o un pequeño claro. Eran visiones fantasmagóricas, que desaparecían de pronto, con la misma incorporeidad con la que unos momentos antes se habían hecho visibles.

Balam era consciente del ritmo de sus pasos, único sonido que venía a turbar un silencio que, si no, habría sido total. El joven sabía que la selva estaba llena de vida, pues durante el día la floresta no cesaba de hablar con las voces dispares de sus múltiples habitantes, y por ello se sorprendió por el radical cambio. Nunca se había aventurado por el interior de la selva tras la puesta del sol, pues sabía bien que el avance acababa por resultar imposible, que uno podía llegar a perderse a los pocos pasos y que, además, se corría el riesgo de toparse con alguno de los seres que, señores del inframundo, se apoderaban de la Tierra cuando, como sucedía cada día, el sol iniciaba su periplo nocturno.

Se sentía por ello sorprendido al comprobar cómo el sumo sacerdote, su padre adoptivo, al que iba siguiendo, parecía avanzar a un ritmo normal, evitando, sin perder el paso, los lugares impenetrables y avisándole con un gesto o una palabra susurrada cuando una rama baja o una liana pudieran entorpecer su avance.

El *halach winik* era perfectamente visible para él, incluso en los lugares de mayor oscuridad, como si la túnica blanca que vestía desprendiera un pálido resplandor. Pareciera que la luna hubiese impregnado de luz aquella tela para convertirla en una suave imagen de sí misma.

Tampoco preocupaba al joven la posible presencia de espíritus de la noche, pues la confianza que tenía en su padre y la seguridad que éste había demostrado desde el primer instante eran suficientes para tranquilizar su ánimo.

Balam no habría podido decir con seguridad cuánto tiempo llevaban andando ni la dirección que habían seguido cuando por fin parecieron llegar a su destino. El hombre mayor se detuvo y se volvió hacia el más joven mientras una leve sonrisa aparecía en sus labios.

Balam, empero, sólo tuvo ojos para el lugar en el que se encontraban. La selva cerrada había dado paso a un claro nítidamente delimitado, de forma circular casi perfecta. La luna se hallaba en aquel momento en lo más alto del cielo y su resplandor llenaba sin sombras la superficie de toda la circunferencia. Era una luz suave, tamizada, que aun así producía un fuerte contraste con la oscuridad que la rodeaba. El joven sintió que un escalofrío corría por su piel al comprender que aquél era, sin duda, un lugar sagrado.

Murciélago Blanco lo tomó del brazo y, con suavidad, lo llevó hasta el centro del claro. Varios troncos caídos, repartidos al azar, ofrecían posibilidad de asiento, y el chamán señaló uno de ellos.

—Siéntate, hijo mío, y libera tu espíritu. La noche y el silencio te ayudarán a conseguirlo. No tardarás en sentir cómo la magia de este lugar se introduce en tu interior.

Balam obedeció y, tras instalarse sobre un tronco, cerró los ojos abandonándose a sus sensaciones en una rutina muchas veces repetida. Rápidamente notó cómo sus sentidos se aguzaban y todo él asumía una actitud receptiva, fundiéndose con aquel entorno y con el intenso poder que emanaba. La voz del chaman le llegó lejana, aunque cada palabra le resultó comprensible.

—Balam Kimil, aunque desconocemos la fecha exacta de tu nacimiento, no tengo dudas sobre que tu edad debe de hallarse muy próxima a los dieciocho años. Como bien sabes, tu nombre lo elegí yo al día siguiente de que fueras traído hasta nuestro hogar. Un jaguar había salvado tu vida y por ello recibiste su nombre. Tampoco tuve entonces dudas acerca de que la intervención del animal no había sido fortuita. Uno de nuestros dioses eternos tuvo que haberla propiciado... o quizá fuese ese mismo dios en persona el que decidiera aquel día hacerse cargo de tu futuro.

—Sabes el día que es hoy, ¿verdad? —continuó Murciélago Blanco tras una pausa.

—Sí, claro. Hoy es siete *akbal* —el joven abrió los ojos y los fijó con curiosidad en su interlocutor. Tanto en la zona del templo donde ellos trabajaban, como en la entrada del área que estaba destinada a los astrónomos, se cambiaban a diario unos mosaicos esculpidos que indicaban no sólo el día ritual, sino también la fecha astronómica.

—Así es —convino el sacerdote—. Y si lo piensas, te darás cuenta de que se trata de una fecha muy concreta. Nos hallamos en un año *akbal*[10] y hoy vivimos un día del mismo signo. Precisamente el que hace número siete de los trece posibles. Todo ello debe decirte algo.

Balam se habría permitido una sonrisa si no fuera porque se hallaba subyugado por la magia que irradiaba aquel lugar. Era costumbre de su padre y maestro formular continuas preguntas, sin dar nada por supuesto, obligando a sus discípulos a buscar y a razonar las respuestas.

—Sin duda, hoy el dios Jaguar debe recibir los respetos de todos los demás dioses —repuso el joven maya tras unos momentos de reflexión. El brillo que pudo percibir en los ojos del *halach winik* le confirmó que su respuesta era la esperada—. *Akbal* es el día consagrado a él y el siete es su número —concluyó con firmeza.

—Así es, hijo mío, así es —el rostro del hombre parecía de plata a la luz de la luna—. Y todo ello hace que él sea en un día como hoy no sólo el más grande entre los grandes, sino también que resulte más accesible para nosotros, los mortales —su mirada inquisitiva contempló durante unos momentos el rostro de su discípulo.

—La gran reina Ojos de Jade me narró en una ocasión una historia que bien podría considerarse una profecía —prosiguió el chamán cambiando con brusquedad de tema—. Todo lo que ella predijo se ha cumplido y, si algo falta por acaecer, sin duda tarde o temprano lo hará. En cuanto a la profecía a la que me refiero, te la contaré llegado el momento... si así procede. Lo que ahora nos interesa es comprobar hasta qué punto el dios Jaguar ha fijado sus ojos en ti.

Murciélago Blanco echó mano a una faltriquera que pendía de su cintura y extrajo de ella un pequeño envase cuidadosamente cerrado mediante un tapón de madera envuelto en una fina tela encerada.

—Aquí hay un líquido que permitirá a tu espíritu emprender un viaje separado de tu cuerpo. Será algo mucho más intenso que lo que hayas podido sentir en momentos de meditación... y por ello más peligroso. Sobre todo porque será real y no sólo un sueño provocado por el líquido embriagador. Deberás tomar la dosis exacta, pues si no el espíritu puede alargar su viaje y no hallar ya nunca el camino de regreso al cuerpo que ha abandonado. Y si eso sucediera, el cuerpo moriría... Se extrae de la piel del sapo marino y de diversas hierbas que en su mayoría te son conocidas —prosiguió ante la mirada de interrogación de Balam—. Y no te preocupes. Yo también lo beberé y podré acompañarte en el viaje que vas a emprender.

El *halach winik* vertió una pequeña cantidad del líquido en un vaso estrecho que también sacó de la faltriquera.

—Bébelo despacio aunque de una vez, relájate e invoca la imagen del dios Jaguar con intensidad. Veremos si él te responde.

Balam apuró el contenido del vaso mientras el corazón le latía apresurado. Las palabras de su maestro, el embrujo del pequeño claro y las vibraciones mágicas que latían en el ambiente lo habían llevado a un estado en el que percibía como todos sus sentidos se hallaban muy alerta. Notó un regusto amargo en la boca y pudo distinguir el sabor de alguna de las hierbas que él usaba habitualmente en sus cocciones, aunque el resto le resultó desconocido. Frente a él el chamán terminaba en ese momento de apurar el pequeño vaso que había vuelto a llenar.

Balam siguió las instrucciones que había recibido y, cerrando los ojos, procuró aislar sus pensamientos de todo lo que no fuera la imagen que él tenía del dios Jaguar. Lo había visto representado en esculturas y en los frescos que decoraban las paredes del interior de las pirámides dedicadas al culto. Su cabeza era la del poderoso animal y el cuerpo tenía apariencia humana, aunque manos y pies estaban rematados por afiladas garras. Las orejas aparecían siempre erguidas, en actitud de alerta, y los escultores y pintores mayas rellenaban sus ojos de un vivo color amarillo.

De pronto sintió un ligero mareo, y la visión del dios se difuminó en su mente. Notó una sensación de náusea y se vio obligado a abrir los ojos. Tuvo que hacer un esfuerzo para intentar enfocar lo que le rodeaba, aunque no lo consiguió del todo. Frente a él se hallaba su maestro, blanco en la luz nocturna, resplandeciente sobre el fondo oscuro de la selva, aunque sus contornos parecieran desdibujarse y temblar, como si su imagen viniera reflejada en un lago. Balam pensó entonces que estaba soñando, a pesar de la advertencia de su mentor de que todo cuanto iba a vivir sería real, pues de pronto aquella figura se desdobló ante sus ojos: mientras que el chamán permanecía sentado sobre uno de los troncos, prácticamente inmóvil, un murciélago pareció brotar de su interior y plasmarse en el calmado aire del claro. La visión se mantuvo sólo por unos instantes, y el joven se tranquilizó, con su mente todavía turbada, aunque el sosiego duró apenas unos segundos. De nuevo el murciélago apareció, esta vez definido con nitidez, surgido aparentemente del cuerpo del hombre, y aleteó durante unos instantes antes de posarse sobre el mismo tronco que albergaba al ahora inmóvil chamán. El animal era grande y aparecía gris a la luz de la luna. Sus ojos brillantes se posaron con fijeza en el joven maya.

Balam pretendió hablar y sólo un ronco gruñido surgió de su garganta. Cuando intentó moverse sintió que se hallaba paralizado y que a su alrededor la oscuridad caía como un denso telón. Pensó que iba a desmayarse.

Entonces, casi sin transición, volvió la luz. Y Balam la sintió más potente que unos minutos antes. Lo que antes era sólo oscuridad en los límites del claro le resultaba ahora perfectamente distinguible. Incluso los contornos de cuanto le rodeaba aparecían más nítidos, permitiéndole diferenciar detalles en los que hasta entonces no había podido reparar. Notó que en él se había producido un profundo cambio, pero ello no le preocupó. Se sentía pleno de fuerza y de vitalidad y sus sentidos reaccionaban con intensidad ante sensaciones que hasta entonces le habían resultado desconocidas. Cuando se puso en movimiento y miró a su alrededor, no le extrañó ver que sus brazos se habían convertido en acolchadas patas recubiertas de piel moteada y que las estaba utilizando para andar. Pudo girar la cabeza sin ningún esfuerzo para mirar hacia atrás y comprobó que era cierto lo que ya intuía desde hacía unos instantes: su cuerpo era ahora el de un jaguar.

Sus ojos buscaron los del murciélago, que se mantenía posado sobre el tronco, y los hallaron fijos en él. Como si hubiera sido una señal, el animal volador batió sus alas y se elevó en el límpido aire del claro, dirigiéndose hacia una de las salidas que, entre la densa arboleda, daban acceso a aquel lugar mágico. El jaguar lo siguió, aunque, unos metros antes de adentrarse en la selva, se detuvo unos instantes para mirar atrás. Pudo verse a sí mismo y al *halach winik*, inmóviles cual estatuas de plata, sentados sobre los mismos troncos de árbol que los habían acogido a su llegada unos minutos antes.

5

PARÍS, AÑO 2001

Nicole caminaba despacio junto a la orilla del Sena. A su lado Jean Massard, su novio, escuchaba con atención las palabras de la joven. Iban cogidos de la mano y, para cualquier espectador casual, no eran sino otra pareja más de las muchas que vivían su amor en el suave otoño de París.

Tras la euforia que le había producido su conversación con el doctor Laserre, Nicole comprendió que la decisión de incorporarse a la expedición no podía ser sólo suya. Era cierto que se trataba de su trabajo, que era una ocasión que seguramente jamás volvería a repetirse y que contaba con el plácet de quienes dirigían su labor en el museo. Todo ello era cierto, sí, pero Nicole también sabía que su prioridad principal en esos momentos tenía cuatro letras: las que componían el nombre del que iba a ser su marido. La joven había visto, en la granja en la que pasó niñez y juventud y en la que aún habitaban sus padres, cómo éstos se habían querido y seguían queriéndose porque nunca habían antepuesto sus deseos particulares a los del otro. Su madre podía parecer por momentos despreocupada y voluble, y, en ocasiones, hasta egoísta, pero Nicole sabía bien que jamás había permitido que fuera algo distinto que su marido lo que ocupara su punto de mira en los momentos importantes.

No había querido hablar con Jean por teléfono de la propuesta que acababa de recibir y tan sólo le dijo que le había surgido una interesante oportunidad en su trabajo y que quería comentársela. «No te traigas el coche —le había dicho—. Podemos dar un paseo y luego sentarnos a tomar algo. Así podré contártelo todo con más tranquilidad.»

—... y esta tarde, poco antes de salir para reunirme contigo, me ha llamado por teléfono Guy Lalande, el arqueólogo que acaba de llegar de México. Parece que el doctor Laserre no quiere dejar que me olvide del asunto —rió—. Lalande pretendía verme mañana temprano para que habláramos del viaje y se ha quedado bastante sorprendido cuando le he dicho que todavía no lo tenía decidido. Me ha parecido simpático —concluyó mientras posaba sus ojos en los de Jean.

Éste la contempló en silencio y, durante unos segundos, los dos continuaron su paseo sin hablar. Nicole ya conocía bien a su novio y sabía que sus respuestas rara vez eran precipitadas. La imagen que Jean podía dar en un primer momento de persona despreocupada y de gustos juveniles (pelo algo más largo de lo habitual, vestimenta informal y flamante automóvil descapotable de color rojo) quedaba sustancialmente modificada al poco de conocerlo. Era, por el contrario, un hombre reflexivo y de natural comprensivo; alguien que siempre procuraba tomar en consideración el punto de vista de los demás antes de emitir un juicio.

Finalmente Jean se volvió hacia ella. Su boca sonreía, pero eran sobre todo sus ojos los que dejaban asomar esa chispa alegre que hacía que Nicole los encontrara tan atractivos.

—Muy bien, doctora. Me parece encomiable que ponga usted su vida profesional en mis manos, sobre todo teniendo en cuenta que voy a convertirme en su marido —intentaba componer un gesto serio, aunque resultaba evidente que le costaba lograrlo—, pero he de decirle que mi política en ese terreno es la de confiar en mis colaboradores y concederles una libertad absoluta.

La tomó con cariño por el hombro mientras sonreía, ahora ya abiertamente.

—Nicole —continuó tras darle un beso en la mejilla—, mi abuelo Marc, el padre de mi madre, me repetía con frecuencia, cuando yo era poco más que un niño, que nunca dejara pasar de largo la ocasión de hacer algo que de verdad me apeteciera, siempre que ese algo resultara enriquecedor. Añadía mi abuelo que la vida rara vez concede segundas oportunidades y que, si dejábamos pasar la que se nos ofrecía, luego viviríamos sin duda lamentándolo —posó su mirada en los ojos de ella, que lo escuchaba atenta—. Y lo que te voy a decir ahora ya no es de mi abuelo, sino mío: la vida es demasiado corta como para tener que pasar parte de ella echando la vista atrás. De modo que no lo dudes ni un momento: ¡a México!, ¡a la búsqueda del tesoro escondido! Por lo que me has dicho, no van a ser tantos días y la fecha de la boda aún no es oficial... Podemos esperar.

Nicole se detuvo y tomó las manos de Jean con las suyas. Luego atrajo hacia sí el rostro de él y sus labios se unieron en un beso profundo en el que transmitieron lo que cada uno sentía por el otro. Junto a ellos el Sena discurría tranquilo, como si una muestra más de amor lo dejara indiferente.

La joven sintió que sus ojos le escocían cuando los posó en el que iba a ser su marido.

—Si fueras un sueño, Jean, no me importaría seguir dormida para siempre. Bueno..., tampoco vayas a creerte todo lo que digo —añadió al ver la expresión divertida de él— o acabarás siendo un engreído insoportable —Nicole sonrió ahora abiertamente—. Pero gracias, de verdad; me has hecho muy feliz con tus palabras.

—Lo que no puedo ocultarte —respondió él— es que voy a echarte mucho de menos y que, además, me das una tremenda envidia. La jungla..., los mayas..., tesoros escondidos... Suena a película de aventuras.

Ella se quedó mirándolo mientras sus cejas se fruncían, y su expresión pareció congelarse por un instante, en la actitud de quien acaba de tener una idea.

—Jean —su voz tenía un matiz de urgencia—, me contaste que acabáis de terminar el proyecto para los grandes almacenes, ¿verdad? —Nicole continuó sin apenas dar tiempo al hombre a responder—. Y que no recuerdas los años que llevas trabajando sin poder tomarte unas verdaderas vacaciones, ¿verdad? —Jean se limitó a asentir con la cabeza—. Pues vete diciéndole a tu padre que va a tener que prescindir por una temporada de ti, que te vas de viaje de novios adelantado..., o lo que quieras, pero tú te vienes conmigo a México.

Ahora fue el turno del joven para quedarse en suspenso. La boca se le abrió ligeramente y por unos momentos se quedó sin saber qué decir.

—Pero..., pero... —consiguió articular—, pero ¿qué van a decir en el Louvre?, ¿cómo explicar que se une a la expedición un arquitecto urbano que además resulta ser tu prometido? No parece...

—Mira, Jean —lo interrumpió Nicole—, me están presionando, rogando e incluso chantajeando para hacerme aceptar. Ya va siendo hora de que sea yo la que imponga las condiciones. No voy a pedir nada extraordinario. Tus gastos correrán por nuestra cuenta. Bueno, está decidido —la mirada de la mujer brillaba de entusiasmo.

—No sé, Nicole...; es demasiado...

—¿Qué?

—¿Inesperado...?

—¡Bah!, si sólo se te ocurre decir inesperado, es que encuentras la idea apasionante.

—Sí, claro que lo es, pero no sé... Pienso que en el fondo es una locura.

—¿Y qué sería de la vida sin las pequeñas locuras? —lo miró con seriedad—. Vamos a ver, Jean, a ti te apetece, ¿verdad? —él asintió—. Te apetece mucho —prosiguió ella—. *Nos* apetece mucho a los dos. Vamos a ver, repíteme lo de tu abuelo.

—¿Qué?

—Sí; lo de la oportunidad que se presenta y que no hay

que dejar pasar. Lo de reconcomerse pensando en lo que pudo haber sido y no fue; lo de...

—Basta, basta... —él levantó las manos en señal de rendición—, que yo ya estoy convencido.

—Convencido del todo, ¿verdad?

—Sí —su sonrisa se hizo amplia—. Del todo.

—Pues entonces nadie podrá impedirlo —ella también sonrió con expresión radiante—. Y ahora, Jean, dame un beso. Es lo que más deseo en el mundo.

6

CIUDAD MAYA DE CARACOL, AÑO 626 DE NUESTRA ERA

El dios Sol[11] hubo de completar muchas veces su recorrido por el cielo antes de que el joven Balam fuese capaz de asumir la experiencia que había vivido aquella noche en compañía de su maestro. Incluso, mientras dormía, su mente revivía sin pausa, día tras día, los mágicos momentos en los que había sido protagonista y que su razón no se decidía a aceptar como reales.

Instalado en el cuerpo del jaguar, había abandonado el claro y había viajado por la selva durante un espacio de tiempo que no pudo calcular. Volando por delante en ocasiones, sintiéndolo detrás en otras, el murciélago que Balam viera surgir del cuerpo del *halach winik* lo había acompañado sin abandonarlo ni un solo momento. El animal se mantenía próximo al suelo y, aun en los lugares de mayor oscuridad, no parecía tener dudas al buscar el hueco en la floresta que les permitiera seguir adelante. Balam lo seguía con una facilidad que no podía por menos que encontrar sorprendente y que le producía una desconocida sensación de fuerza y de poder. Notaba todos sus sentidos agudizados al máximo y era capaz de percatarse de mil pequeños detalles que en su condición humana le habrían pasado desapercibidos.

Cuando su marcha discurría por zonas en las que la vegetación era menos densa, el murciélago refrenaba su vuelo y dejaba que fuera el poderoso jaguar el que, a la luz de la luna, eligiera el camino que quería seguir. Visitaron así lugares en los que Balam ya había estado y otros que le resultaron del todo desconocidos. Bebieron en la Laguna Grande, próxima a su ciudad, junto a otros animales que no parecieron atemorizados por su presencia, y, más tarde, se detuvieron durante unos minutos a contemplar la pirámide que, aislada en el interior de la selva, servía de base al templo dedicado al dios de la lluvia. El edificio resplandecía en la clara noche y su encalado blanco reflejaba la luz lunar dándole un sobrecogedor tinte de plata.

El regreso al claro que habían abandonado unas horas antes fue para Balam como el fin de ese sueño del que no se quiere despertar. Las dos figuras humanas seguían sentadas sobre los mismos troncos en los que las habían dejado, totalmente inmóviles, como si fueran estatuas talladas en piedra. El murciélago, que había sido el guía durante el camino de vuelta, se dirigió hacia el *halach winik* y se posó sobre su hombro. Allí se mantuvo quieto, observando los movimientos del jaguar, anticipando lo que iba a suceder a continuación. El felino pareció comprender que aquella extraordinaria aventura llegaba a su fin y también él se dirigió hacia el otro cuerpo, aquel que tan bien conocía. Unos segundos después pudo ver al murciélago desvaneciéndose ante sus ojos y notó como en él también desaparecían aquellas sensaciones que durante esa noche le habían llevado a sentirse el todopoderoso dueño de la selva. Cuando el sumo sacerdote perdió su inmovilidad y, levantándose del tronco, fijó en él una mirada escrutadora, Balam comprendió que ambos habían recuperado su forma humana.

—Puedo responder a varias de tus preguntas, pero sentiré tener que dejar otras muchas sin respuesta, pues yo tampoco la conozco —Murciélago Blanco habló de forma tranquila ante el interrogatorio sin pausa al que lo estaba sometiendo el joven.

Ambos regresaban a Caracol después de la extraordinaria aventura que acababan de vivir juntos. Balam tenía necesidad de saber, pero al mismo tiempo no quería permitir que aquellas sensaciones que habían impregnado sus sentidos se borraran de su memoria. El sumo sacerdote pareció darse cuenta de ello, pues sonriendo a su discípulo desde la penumbra que los rodeaba le habló con el tono amable y autoritario que el muchacho tan bien conocía.

—Hoy no preguntes más; limítate a llenar tu espíritu con la experiencia que has vivido, pues la posibilidad de viajar en el cuerpo de un gran jaguar es ya desde hoy algo que forma parte de ti —los ojos del sacerdote reflejaban la luz de la luna cuando se volvió a mirarlo—. Desde que llegaste hasta nosotros, siendo sólo un pequeño cachorro, y vi tu herida abierta, pensé que eras tú la segunda persona de la extraña profecía —Murciélago Blanco levantó la mano antes de que Balam pudiera hablar—. La historia es larga y no es ahora el momento. Cuando pasen unos días y tu espíritu se haya sosegado, podremos hablar y te contaré todo cuanto sé.

El joven conocía bien a su maestro y comprendió que de nada le valdría insistir. De momento tuvo que conformarse con la aparente certeza de que aquello no había sido un sueño y también con algo más: la revelación de que Murciélago Blanco tenía una historia que contarle.

Los días pasaban y el *halach winik* no daba señales de recordar su promesa. Ni una palabra había surgido de su boca que hiciera referencia a aquella noche, ni su trato con Balam era diferente al que mantuviera con él antes. El joven ardía en deseos de dirigirse a su mentor para pedirle una explicación, pero sabía que no debía hacerlo, y, cuando por la noche se tendía en su lecho, razonaba y pensaba que su padre adoptivo no le hablaría hasta que no considerase que su espíritu estaba otra vez en calma. Se dormía mientras se proponía hacer un esfuerzo para serenar su ánimo y pensaba que, con seguridad, el día siguiente sería el definitivo.

La única que se había percatado de que algo en él había cambiado era Garza Azul. La pequeña sobrina del rey K'an hablaba poco, pero sus ojos vivaces daban la impresión de no perderse nada. Balam creía firmemente que, aparte de poseer unas extraordinarias dotes de observación, los dioses la habían dotado con poderes que no eran humanos. Los mismos que habían hecho que el recuerdo de su abuela Ojos de Jade fuera aún venerado entre el pueblo maya: la muchacha tenía la capacidad de ver y hasta de predecir lo que había de suceder allí donde para los demás sólo existía oscuridad.

—Balam —le había dicho aquella misma mañana—, presiento que hay algo que te aflige y sufro por ello —sus ojos se desviaron con timidez tras este comentario—. Pero también percibo que una nueva fuerza está ahora viviendo en tu interior. Y que ella hará de ti lo que debas ser. Tranquilízate —le sonrió—, pues tu espíritu pronto estará sereno otra vez.

El joven se quedó mirándola en silencio. Al igual que sucedía con su padre adoptivo, sabía que Garza Azul no añadiría nada a lo que ya había dicho. Y no porque ella no lo desease, sino debido a que, como ya en alguna ocasión le había confesado, ni ella misma sabía generalmente el origen de aquellas sensaciones que de pronto se adueñaban de ella.

—El día después de mañana es la fiesta del maíz —la voz de Chalmek hizo que ambos olvidaran su conversación y se volvieran hacia él. El sobrino de Murciélago Blanco se había aproximado sin hacer ruido y ahora les sonreía poniendo al descubierto sus dientes blancos.

—Y tú vas a ser la protagonista —continuó el joven mirando divertido a Garza Azul—. Sin duda los dioses lo celebrarán premiándonos con una magnífica cosecha.

—No creo que dependa de mí —la muchacha le devolvió la sonrisa—. Y tampoco voy a ser la protagonista. Si te oyeran los sacerdotes, a lo mejor eran ellos los que decidían *premiarte* a ti con algún que otro maleficio.

—O resolvían que fueras *tú* el protagonista y te sacrificaban para llenar el vientre del dios de la lluvia —rió Balam tomando con afecto a su amigo por el hombro—. Ya sabes cómo las gastan.

—No bromeéis con eso —Luz Negra se había unido también al grupo—. Ser elegido para un sacrificio a los dioses es un honor y una suerte que nadie debe temer. Y los sacerdotes están precisamente para interpretar los deseos y velar por el contento de los dioses.

—Aquí en Caracol hace tiempo que no se hacen sacrificios humanos y no por ello hemos sido objeto de su ira —Balam habló con frialdad—. Por el contrario, llevamos varios años de buenas cosechas.

—¿Y no se te ha ocurrido pensar que los dioses están satisfechos porque *otros* sí les damos lo que desean? —la voz del príncipe sonaba enojada—. ¿Porque hay reyes como mi padre o como el gran K'awiil de Tikal que no tratan de imponerse a sus sacerdotes y que ven con agrado como los dioses siguen recibiendo las ofrendas que siempre les hemos dado?

Balam no supo qué contestar, pues era cierto que entre algunos sacerdotes de Caracol existía un claro malestar por la prohibición de ofrecer sacrificios humanos. Sobre todo entre aquellos que se ocupaban del culto a los dioses más sanguinarios.

—Sabes bien que fue alguien mucho más próximo a los dioses que los sacerdotes de los que hablas quien luchó por acabar con esas ofrendas crueles —Garza Azul habló con voz tranquila—. Mi abuela Ojos de Jade convenció a su marido y rey de que no era eso lo que los dioses reclamaban. Yajaw Te K'inich reunió entonces al que era *halach winik* y a los sacerdotes y nadie puso en aquel momento en duda que los dioses se hacían oír a través de mi abuela. Y tampoco nadie cuestiona ahora que Yajaw Te K'inich fue un gran rey.

—Y que Caracol ha progresado desde entonces —fue Chalmek quien intervino. Lo hizo en voz baja, como pidiendo perdón por hacerse oír—. Y que mi tío, Murciélago Blanco, tampoco cree que los sacrificios humanos sean necesarios. Y él es también un sacerdote en el que podemos confiar, ¿verdad?

Luz Negra los miró uno por uno. Su boca era una fina línea y sus labios temblaban ligeramente.

—Veo que los tres estáis de acuerdo y habláis por boca de otros —dijo por fin. Su voz sonaba de nuevo tan fría como de costumbre—. Sólo quiero deciros una cosa: el orden establecido no puede ser alterado por mucho tiempo sin que los dioses hagan sentir su ira. Y entonces, creedme, quienes los han ofendido desaparecen y otros pasan a ocupar su lugar. Y de nuevo todo vuelve a ser como siempre debió haber sido.

7

CIUDAD DE MÉXICO, AÑO 2001

A Nicole le parecía imposible que tan sólo veinticuatro horas más tarde se hallaría en plena selva tropical intentando seguir un rastro de casi mil cuatrocientos años de antigüedad. Que por las noches dormiría con un techo de estrellas sobre su cabeza en lugar de los artesonados del hotel en que estaban residiendo. Y que el sonido incómodo y rutinario de la civilización habría dado paso al ancestral y siempre cambiante susurro de la naturaleza.

Ya la llegada a México había supuesto para ella un brusco cambio en las percepciones a las que estaba acostumbrada. Primero al sobrevolar la inmensa ciudad, que parecía no tener fin. Más tarde, en la terminal del aeropuerto, la larga espera por un equipaje que por fin apareció para tranquilidad de todos, mientras a su alrededor la gente iba y venía hablando en voz muy alta un idioma que le resultaba desconocido. Y por último, el contacto con aquella ciudad de inmensos contrastes. Tuvo la sensación de que su pequeño despacho en el museo se hallaba ya muy lejos, y no sólo por una cuestión de distancia.

Aquél era su tercer día en la capital mexicana y, de momento, la joven se hallaba en una especie de vacaciones pagadas. Desde París habían viajado ella, Guy Lalande y dos técnicos de la televisión francesa. Bueno..., y Jean, su prometido. Nicole se sonrió al recordar la cara con la que el doctor Laserre había escuchado su propuesta: su única exigencia era que él formara parte de la expedición, pagando sus propios gastos, desde luego. En todo lo demás ella aceptaría lo que la dirección del museo decidiera.

El doctor Laserre la escuchó impertérrito y, al final, acertó a componer la expresión de alguien que sabe que, si quiere seguir adelante, no tiene más remedio que claudicar. Antes de la reunión, Nicole había pensado en justificar su petición mediante varios argumentos distintos, pero por fin decidió que no valía la pena. Parecería estar pidiendo disculpas por algo que no las merecía.

En México se habían alojado en un hotel del paseo de la Reforma, en la llamada Zona Rosa, y cuando Nicole le comentó a Lalande que debía de resultar muy caro, el arqueólogo respondió con buen humor.

—Es lo menos que el Departamento puede hacer por nosotros, mi querida colega. Piensa que en los próximos días nuestro hospedaje no les va a costar ni un franco.

En la mañana que siguió a la tarde de su llegada, Lalande, ella y Jean cogieron un taxi para ir al Museo Antropológico. Fue el primer contacto que los dos jóvenes tuvieron a la luz del día con la inmensa ciudad, y aunque estaban habituados al complicado tráfico de París, el de Ciudad de México les pareció verdaderamente asombroso.

—Yo me he ido acostumbrando —Lalande se encogió de hombros—. La ciudad tiene una extensión increíble y unos transportes públicos que funcionan mal. Añade a eso más de veinte millones de habitantes...; y que todos van en coche.

En el Museo Antropológico los estaba esperando Julio Rivera. El doctor Rivera iba a ser su acompañante mexicano en la expedición.

—Es una de las personas que más saben en el mundo sobre los mayas —Guy Lalande les había puesto en antecedentes durante la cena de la noche anterior. Estaban los tres solos, pues los dos técnicos habían decidido irse a dormir—. Él y yo hemos coincidido ya en más de una expedición y puede decirse que entramos juntos en el oratorio el día en el que lo descubrimos. Tendrías que haber visto su cara al contemplar las inscripciones jeroglíficas —sonrió mientras miraba a Nicole.

—Es un hombre curioso —continuó al ver el gesto de interés en el rostro de ella—. Ya lo verás...; una mezcla de aristócrata inglés y de hombre de campo. Te parecería el más elegante si lo encontraras en el palacio de Windsor y a la vez es capaz de blasfemar mientras sus manos arrancan trozos de barro de la entrada de una tumba. Tiene una cátedra en la universidad y también trabaja en el museo, aunque yo creo que los estudiantes lo ven poco. Lo que de verdad le gusta es perderse en la selva y buscar ruinas...

Nicole no disimuló la sonrisa que afloró a su boca al saludar esa mañana a Julio Rivera y recordar la conversación de la noche anterior. En ese momento estaba conociendo sin duda a la versión aristocrática del erudito mexicano. El hombre que estrechó su mano con calor tendría algo más de cincuenta años, pelo canoso peinado hacia atrás y el sano color que proporciona el contacto con el aire libre. Su voz era suave y se expresaba en un correcto francés.

La muchacha respondió a su saludo y luego se estiró de manera inconsciente las mangas y alisó su falda, pues el elegante aspecto del doctor Rivera hizo que se sintiera ligeramente desaseada. El hombre llevaba una camisa a cuadros y corbata granate, con chaqueta de hilo de color beis. Pero no era tanto el atuendo como su porte y la impresión de que en él todo estaba impecable lo que producía aquella sensación.

En los dos días siguientes Nicole y Jean descubrieron que su anfitrión era también persona de singular simpatía... cuando quería. Si con ellos no pudo estar más amable y atento, también les fue dado observar cómo se deshacía sin mayores contemplaciones de empleados del museo que se habían acercado a consultarle algo.

Esa mañana Julio Rivera les habló emocionado de la expedición que estaban a punto de emprender, y Jean y Nicole casi llegaron a sentir, ante la intensidad de sus palabras, que se hallaban ya perdidos en aquella selva que tanto deseaban conocer.

Guy Lalande se despidió para ir a tratar asuntos de la expedición y el arqueólogo mexicano se ofreció a servirles de guía.

—Lamentablemente, tengo trabajo que hacer; compréndanlo... Pero podemos visitar juntos la sala maya y luego los invito a un café. Después Pablo, mi ayudante, puede enseñarles el resto del museo. Y esta tarde —dirigió una leve reverencia hacia Nicole—, a las seis, tenemos aquí, en mi despacho, una reunión preparatoria. No tengo que decir que contamos con su presencia.

Durante el tiempo que pasaron con él, Rivera los encandiló con sus conocimientos y con lo ameno de su exposición. Tenía un hablar pausado y lleno de matices que hacía que quien lo escuchaba quedara pendiente de sus palabras.

Les mostró un dintel maya traído de Yaxchilán y aprovechó para darles una clara idea de cómo era la arquitectura de aquellos hombres. Ante la recreación de la tumba del gran rey Pacal de Palenque les ofreció una espléndida lección sobre los ritos funerarios del pueblo indígena y sus ideas sobre la vida y la muerte; también aprovechó la reproducción que el museo había hecho de los murales de Bonampak para introducirlos en las costumbres cortesanas y guerreras del pueblo maya. Nicole tomaba algunas notas, dispuesta a no olvidar lo que podría incluir luego en sus programas de televisión.

—Y no vayan a creer que sabemos mucho sobre ellos —dijo al despedirse—. Casi todo hemos tenido que ir adivinándolo y estamos convencidos de que nos movemos entre inmensas lagunas que será difícil rellenar y errores que quizá nunca seremos capaces de corregir. Por eso cada nuevo dato, cada nuevo descubrimiento, pueden tener una gran importancia —concluyó mientras sus ojos se iluminaban con un brillo especial.

Unas horas después se despedían también de Pablo, el ayudante del arqueólogo mexicano. La visita al museo había resultado tan instructiva como agotadora, y los dos tenían ganas de sentarse a comer algo.

—Ese hombre..., Rivera —murmuró Nicole mientras, ya instalados en la cafetería, estudiaba por dónde atacar un inmenso sándwich—, va a ser una joya a la hora de mis programas de televisión. Antes de cada emisión le pediré que me ilustre sobre lo que tengo que hablar y... *voilá!* Además puedo entrevistarlo de vez en cuando; su francés es perfecto —concluyó mientras optaba por introducir el cuchillo en lo alto del sándwich.

Jean se sonrió. Él había pedido un filete a la plancha y no tenía los problemas de Nicole, aunque su entrecejo estaba ligeramente fruncido.

—¿Te has fijado —su mirada buscó la de ella— en que a mí casi no me hacen caso? —levantó la mano para atajar la respuesta de la joven—. Comprendo que soy alguien ajeno a la expedición y que no formo parte de vuestro mundo, pero es que, incluso cuando se habla de algo que no tiene nada que ver, tengo a veces la sensación de que no existo. De manera especial con Lalande...

Nicole decidió abandonar momentáneamente la lucha con su sándwich y se quedó mirando a su prometido.

—Pues no, Jean. Creo que no tienes razón. Rivera y más tarde su ayudante han estado encantadores... contigo y conmigo. Es lógico que se dirijan más a mí —sus ojos chispearon, irónicos—; después de todo, soy famosa... y más guapa que tú. Pero de verdad, hablando en serio, no lo creo. Ya verás como acabas siendo un gran amigo del doctor Rivera. Tenéis bastante en común.

—No lo dirás por la edad... —los labios de Jean se curvaron en una sonrisa—. Perdona, supongo que tienes razón: la estrella invitada eres tú.

—Muy bien. Me parece estupendo que lo reconozcas y que tú también me rindas pleitesía. Acabaré nombrándote caballero.

—Pero Lalande... quizá sea él el culpable de que yo vea fantasmas. Se trata de algo más que de una sensación; tengo la certeza de que procura ignorarme. Como si mi presencia aquí le desagradara... o no la aprobara.

—Guy es complicado, sí. Anda, dame lo que te queda de filete; te doy a cambio mi sándwich. Está buenísimo —Nicole se mantuvo unos momentos en silencio mientras miraba complacida el plato que ahora tenía ante sí y observaba con curiosidad cómo Jean se peleaba con el suyo—. Y puede que tengas algo de razón —continuó—. La verdad es que a mí no me ha dicho nada de ti. Ni para bien ni para mal. Pero en todo caso es algo que te tiene que traer sin cuidado. Que *nos* tiene que traer sin cuidado. Allá él.

—Ya; pero no resulta agradable.

—Te diré, Jean, que no es sólo contigo. Ya en París, en las reuniones que tuvimos, pareció... ¿cómo te diría? Como si quisiera sustraerme información. Cuando le pregunté por los jeroglíficos se mostró muy poco claro y sólo me dio una visión muy parcial. Incluso sobre la ubicación exacta del oratorio fue poco preciso. Como vio que yo estaba molesta, me dijo que en México me facilitaría todos los datos. Murmuró algo sobre oídos que estaban deseosos de saber y ante los que había que guardar silencio.

—Vaya, parece que al fin el neurótico va a ser él. ¿Y ya te ha contado algo más?

—Pues la verdad es que no. Imagino que lo hará durante la reunión de esta tarde. Y si no, me plantaré. No pienso ir en la expedición de monigote.

—Se supone que no debería contarte nada —Nicole miró a su prometido mientras exhibía una sonrisa de buen humor—, pero al menos no me lo han hecho jurar, como en los consejos de ministros.

Transcurría la mañana del tercer día de su estancia en la capital mexicana y la pareja se encontraba tomando el desayuno, solos, en el restaurante del hotel. La tarde anterior Nicole había asistido a la reunión en el despacho de Rivera mientras su novio se daba un paseo por la ciudad. Luego el arqueólogo mexicano había invitado al grupo a una cena en un restaurante típico, a la que también habían asistido los dos técnicos de la televisión francesa.

La cena acabó tarde y, cuando finalmente regresaron al hotel, el largo día y los efectos del vino se dejaban sentir. Julio Rivera había sido un magnífico anfitrión, aunque en la mesa acabaron por formarse dos grupos de conversación: los tres arqueólogos por un lado; Jean y los técnicos por el otro.

—Mañana hablaremos... —había murmurado Nicole al meterse en la cama. Momentos después se había dormido.

Ahora se hallaban los dos frente a un plato de huevos revueltos y un humeante café con leche, y la cara de ambos aparecía bastante más despejada que la noche anterior.

—No te diré que me lo hayan contado todo, pero al menos sí han contestado a lo que pregunté, sobre todo Rivera. En cuanto al bueno de Guy, no sé si es que me has contagiado, pero cada vez tengo más claro que se guarda bastantes balas en la recámara. Habrá que ir poco a poco.

La mirada de Jean la animó a continuar, aunque el joven no dijo nada.

—Todo gira en torno a las inscripciones del oratorio; parece que el resto del yacimiento no tiene mayor importancia. Pero ahora viene lo gordo: según he comprendido, los textos que Rivera y Lalande han traducido podrían señalar la localización de otro lugar...

Nicole guardó unos instantes de silencio mientras miraba a su novio con ojos pícaros.

—... más o menos próximo...

Bebió con calma un sorbo de zumo de naranja.

—... en el que podría hallarse... —miró a su alrededor como buscando al camarero.

—Vamos, Nicole, concluye, por favor.

La joven rió de buena gana.

—Pues nada. Que podría esconder el regalo de los dioses.

—¿Qué cosa?

—El regalo de los dioses. Algo así viene a decir la inscripción. Que también habla, me dijo Rivera, de una máscara... o un ornamento de jade. Julio cree que las dos cosas, el regalo y la máscara, podrían ser una misma. Pero nuestros dos eminentes expertos aún no lo tienen claro y además me parece que hay partes de la traducción en las que no parecen ponerse de acuerdo.

—Caramba, pues no está nada mal para empezar. ¿Y dónde está ese lugar?

—Pues eso es lo malo, que no tienen ni idea.

—¿Ni idea? —Jean detuvo la taza de café a medio camino de su boca.

—Bueno, quizá me pase. Además es posible que sepan más de lo que quieren admitir. Me han hablado de observatorios astronómicos mayas, de las direcciones que marca Venus, de los equinoccios... No sé...; un lío.

—Acuérdate de aquel trozo de cerámica que descifraste. Tampoco al principio parecía tener mucho sentido —Jean le guiñó un ojo mientras sonreía—. Y de repente..., ¡abracadabra!

Nicole le devolvió la sonrisa. Tomó el vaso con el zumo de naranja y lo levantó ligeramente, como iniciando un brindis.

—Tienes toda la razón. A ver si se dejan de tonterías y nos cuentan de una vez todo lo que saben. A lo mejor entonces podremos ayudarlos.

8

CIUDAD MAYA DE CARACOL, AÑO 626 DE NUESTRA ERA

Balam contempló con una sonrisa a la figura que en ese momento ascendía por los escalones de piedra. Garza Azul se hallaba ya próxima al templo que remataba la pirámide. Iba vestida con una túnica roja, el color del Este, por donde vendrían las lluvias, y sobre su cabeza lucía un complicado tocado formado por flores y espigas de maíz. Llevaba en las manos un cuenco de mediano tamaño, lo que hacía que su ascenso por la empinada rampa fuese lento, pues la joven ponía gran cuidado en mantener el equilibrio.

Balam se encontraba junto a Chalmek, y ambos eran espectadores, junto con otros miles de personas, de la ceremonia que se estaba llevando a cabo para implorar a los dioses una buena cosecha. La jornada había comenzado muy temprano y, con la salida del sol, los habitantes de Caracol habían iniciado su marcha hacia la pirámide que servía de base al templo erigido en honor a los dioses de la lluvia. Parte de los sacerdotes se hallaba ya allí desde el día anterior, mientras que otros habían partido por la mañana en procesión desde la ciudad.

Los dos jóvenes se habían unido a la comitiva, en la que se respiraba un ambiente festivo a pesar de la seriedad que pretendían imponer los sacerdotes que abrían la marcha. Con éstos caminaban Murciélago Blanco, vestido con los ornamentos que lo distinguían como *halach winik*, y Garza Azul, que era quien había de realizar la ofrenda del copal. Cuatro niños formaban también parte de la procesión. Iban vestidos de verde y sus caras apenas resultaban visibles debido al tocado que llevaban sobre los hombros y que representaba la cabeza de una rana realizada con sorprendente realismo. Flautistas y tamborileros cerraban la formación de cabeza, dando paso tras de ellos al abigarrado grupo que, desde la ciudad, se había incorporado a la comitiva.

La pirámide se hallaba a unos seis «disparos largos de flecha»[12] de Caracol, y el claro en el que había sido edificada se había limpiado cuidadosamente de vegetación durante los días previos, ya que eran muchas las personas que iban a acudir a la ceremonia.

Se trataba del mismo claro y de la misma pirámide que Balam y Murciélago Blanco habían visitado la noche en que viajaron juntos por la selva. Entonces el joven había visto el solemne edificio vacío de gentes y bajo la fría luz de la luna. Ahora el sol de la mañana lo hacía parecer mayor que entonces, aunque la sensación mágica que aquella noche invadió su espíritu al contemplarlo había desaparecido.

Garza Azul llegaba en ese momento al último de los peldaños de la larga escalinata. Dos sacerdotes se habían adelantado a recibirla, mientras que el resto aguardaba junto al fuego que ardía frente a la puerta del templo. El rey K'an había llegado poco antes y se había situado en un tablado elevado que había sido erigido próximo a la pirámide. Murciélago Blanco, en lo alto de la misma y un poco apartado, era mudo testigo de cuanto sucedía.

Los sacerdotes iban vestidos con largas túnicas de colores oscuros y entonaban un cántico monocorde que se confundía con las voces de los cuatro niños que, desde el inicio de la ceremonia, habían sido llevados hasta lo alto del monumental edificio. Allí los habían situado en cada una de las esquinas del pequeño templo, y la voz de cada uno de ellos, imitando el canto de la rana, se había dejado oír con monótona insistencia. Simbolizaban a las pequeñas ranas *uo*, que croaban con fuerza al sentir aproximarse la época de lluvias. Cada uno miraba hacia uno de los puntos cardinales para atraer la atención de los cuatro *chaacs*,[13] los ancianos dioses de la lluvia. Próxima al altar en el que ardía el fuego, una estatua de mediano tamaño situada sobre un pedestal había sido colocada cerca del borde de la plataforma superior. Tenía los brazos unidos sobre el pecho y su cabeza, grande, presentaba como rasgo principal unos ojos saltones. Se trataba de la imagen de Tlaloc, otro de los señores de la lluvia al que adoraban los mayas. El culto a Tlaloc era reciente; se trataba de un dios que los mayas habían heredado de los toltecas, a los que los intereses comerciales habían acercado hasta allí desde su lejana ciudad de Teotihuacán.

Los miles de espectadores guardaban en esos instantes un expectante silencio, pues sabían que la ceremonia llegaba a su momento más importante. Garza Azul se acercó al fuego que ardía en el centro del altar y alzó sobre su cabeza el cuenco que había subido consigo, de manera que todos los presentes pudieran verlo. Los sacerdotes se apartaron de ella, abriendo un hueco y dejándola sola frente al altar.

Balam, desde abajo, no pudo evitar la sonrisa que apareció en sus labios. La pequeña Garza Azul, con su túnica roja y el multicolor tocado que llevaba sobre la cabeza, destacaba como una luminosa flor entre las oscuras indumentarias de los sacerdotes. A pesar de la distancia, se podía observar el claro color de sus brazos, que desnudos se extendían hacia el cielo, y se podían adivinar sus ojos grandes, inquietos como siempre y pendientes de cuanto hubiera a su alrededor.

Balam desvió su mirada hacia Chalmek y vio que su amigo también contemplaba la ceremonia emocionado. Nadie que la conociera podía dejar de sentir una ternura especial ante la atractiva personalidad de la sobrina del rey K'an.

Garza Azul bajó los brazos que sostenían el cuenco y lo colocó con cuidado sobre unos anclajes que sobresalían del fuego que ardía encima del altar. Luego, ella también, dio unos pasos hacia atrás.

El cántico de los sacerdotes se había ido haciendo más y más audible, y ahora todos ellos tenían sus brazos dirigidos hacia el cielo y la vista fija en el recipiente que la joven había situado sobre el fuego. La vasija estaba llena de resina de copal y tenía el fondo agujereado en varios puntos. Al calentarse, la resina se hacía líquida y pasaba por los orificios para caer sobre el fuego, donde ardía, transformándose en negras columnas de humo.

Al cabo de unos minutos la densa humareda había formado una gran masa que oscurecía la luz del sol. La sensación era la de que nubarrones cargados de lluvia se aprestaban a descargar su contenido sobre la tierra. El efecto era tan real que los espectadores prorrumpieron en gritos de entusiasmo.

Balam también rió divertido mientras tomaba a Chalmek por el hombro. Sus ojos volvieron de nuevo a lo alto de la pirámide, donde nada parecía haber cambiado... hasta ese instante. Mientras casi todos los presentes seguían mirando hacia el cielo, ahora oscurecido, el joven pudo ser testigo directo de lo que sucedió.

Uno de los auxiliares de los oficiantes caminaba en ese momento próximo a la estatua de Tlaloc cuando uno de los sacerdotes del dios se abalanzó sobre él empujándolo hacia el cercano borde de la plataforma. Tomado por sorpresa, lo único que pudo hacer el chico —no tendría más allá de quince años— fue asirse del brazo de quien pretendía su muerte.

Pero alguien más reaccionó. Con una rapidez impropia de su edad, Murciélago Blanco dio un paso adelante y, tendiendo sus manos, pudo agarrar el brazo libre del muchacho cuando éste se hallaba ya a escasos centímetros del borde. Tiró hacia sí con fuerza y consiguió cambiar el sentido del desplazamiento.

Desde abajo fue como si Balam observase el coletazo de una serpiente. El *halach winik* sujetaba al joven y éste a su vez se aferraba al sacerdote. El tirón de Murciélago Blanco invirtió el movimiento de aquél, pero el sacerdote continuó adelante por la inercia.

Ahora fue el hombre vestido de negro quien quedó al borde de la plataforma que culminaba la pirámide. Su brazo libre se movió frenético, buscando apoyo, pero, al mismo tiempo, el joven acólito soltó el otro, el que mantenía agarrado. Por unos momentos pareció que el sacerdote había conseguido frenar su impulso. Incluso Murciélago Blanco, soltando al joven ayudante, tendió su mano hacia él.

Pero entonces el hombre cayó. Su pie derecho perdió por fin apoyo y con él todo su cuerpo. Ya la mayoría de los espectadores tenían la mirada fija en lo alto de la pirámide y se había hecho el silencio. Y ese silencio hizo aún más crudo el sonido que siguió: huesos y carne contra la piedra, a intervalos regulares, con una resonancia lúgubre, profunda.

Ni un solo grito surgió de la muchedumbre, aunque no había duda de que el sacerdote había muerto: su cabeza colgaba en un ángulo imposible. Tampoco nadie se movió. Fue como si un hechizo los hubiera convertido a todos en estatuas.

—Guardias, recoged el cadáver —fue la voz sonora del rey K'an la que se escuchó—... y que prosiga la ceremonia.

Pero el ambiente mágico y festivo había quedado roto.

Balam caminaba junto a su maestro en el regreso a la ciudad de Caracol. Se aproximaba el anochecer y junto a ellos otros muchos ciudadanos retornaban también a sus casas tras el fin de la jornada. La última parte del día había quedado marcada por la muerte del sacerdote de Tlaloc y en el amplio claro que rodeaba a la pirámide no se había oído hablar de otra cosa. Una vez finalizados los ritos religiosos, se había escuchado música, se habían organizado juegos y se había repartido chocolate batido y tortas de maíz con carne entre todos los presentes, aunque lo que debería haber sido un escenario de fiesta y diversión más pareciera una circunspecta reunión social.

La versión oficial fue la de que lo sucedido no había sido más que un desdichado accidente provocado por un inoportuno tropiezo del hombre que había acabado por perder su vida, pero con rapidez fue tomando cuerpo la que, en definitiva, una gran mayoría aceptaría como buena: el sacerdote había querido ofrecer una víctima humana a los dioses... y aunque no fuera la que él pretendía, se podía decir que su objetivo se había cumplido.

—Era un hombre muy riguroso —fue el comentario que escucharon Balam y Chalmek en los corrillos que se fueron formando— y siempre insistía en que los dioses deben recibir lo que desde los orígenes ellos han exigido —los gestos de asentimiento de algunos indicaban que esa opinión no les resultaba ajena.

—Sé que mantuvo fuertes discusiones con nuestro *halach winik* —fue otra de las frases que los jóvenes escucharon, pero el que hablaba calló al verlos acercarse.

Había quien opinaba que Tlaloc aceptaba como buenos los sacrificios humanos, puesto que lo había permitido, aunque la idea dominante que podía escucharse era la de que aquel hombre había ofendido a los dioses y por ello éstos lo habían castigado.

Balam hablaba de todo ello con Murciélago Blanco mientras andaban por la senda que los acercaba a su ciudad. El chamán escuchaba en silencio, pero hablaba poco; sus rasgos no podían esconder la preocupación que sentía.

—Cualquier cosa que pase será mala —murmuró por fin—. Si la cosecha es abundante, habrá alguien interesado en decir que Tlaloc está satisfecho con la sangre derramada, y si las lluvias nos son esquivas, la tesis será la de que se ha demostrado que el dios reclama vidas humanas —miró a Balam con rostro serio—. Y en cualquier caso se hablará de Tlaloc y de su culto y sus sacerdotes no dejarán pasar la oportunidad. Y la reina Ojos de Jade ya no está entre nosotros para dejar oír su voz —esta última frase la dijo en voz muy baja, casi como para sí.

—Podías haber sido tú quien cayera desde lo alto —Balam prefirió cambiar de tema—. Si ese aprendiz no hubiera conseguido mantenerse arriba, te habría arrastrado a ti con él.

Murciélago Blanco encogió con suavidad los hombros ante las palabras de su discípulo. A la media luz que a aquella hora de la tarde era capaz de penetrar en la selva, su rostro presentaba un aspecto dolorosamente fatigado.

—Los dioses me han concedido ya una larga vida y cuando ellos decidan que no debo vivir más, entonces moriré, aunque no creo que ese momento haya llegado todavía.

Tras decir esto el chamán se detuvo y, dando un paso hacia un lado, se situó fuera del camino, aparte de quienes caminaban hacia la ciudad. Su mano, que asía el brazo del joven maya, arrastró a éste hasta situarlo frente a él.

—No pienses que me concedo mayor importancia que la que pueda tener y que creo que los dioses me tratan de manera especial. Es simplemente que...

Murciélago Blanco calló mientras sus cejas se fruncían. Balam lo conocía bien y sabía que el hombre sabio estaba buscando las palabras precisas antes de seguir hablando.

—... que la profecía aún no se ha cumplido y que, si es cierta, a mí me corresponde una parte en ella. Y no sólo a mí... —su mirada buscó la de su discípulo—, también a ti, Balam Kimil.

El desconcierto que se plasmó en el rostro del joven fue tan evidente que el *halach winik* no pudo reprimir una sonrisa. Aunque fue un gesto cansado, apenas esbozado. Sus manos hicieron un movimiento amplio y luego se unieron en el frente, como pidiendo disculpas.

—Comprendo tu sobresalto, hijo mío, y... sí; debes perdonarme. Tenía que haberte hablado antes, quizá la misma noche en que viajamos juntos por la selva, en cuerpos que no eran los nuestros. Pero... eres tan joven...

Balam miró con cariño a su mentor y, aunque mil preguntas llegaban a sus labios, permaneció en silencio. Sabía que, una vez que había comenzado a hablar, Murciélago Blanco le transmitiría todo lo que él sabía.

—Sí, Balam, son muchas las cosas que debes saber. Pero no es éste el momento..., ni el lugar. Esta noche, tras la cena. Ven a verme y hablaremos.

9

REGIÓN DE EL PETÉN, GUATEMALA, AÑO 2001

La selva era tal como la había imaginado, y Nicole apenas pudo contener la emoción que la embargaba. El simple hecho de poder encontrarse allí, en íntimo contacto con la exuberante naturaleza, descansando tras un día agotador mientras veía al cielo teñirse con la oscuridad de la noche, le parecía algo maravilloso y que se esforzó en grabar para siempre en cada uno de sus sentidos. Tan sólo había algo que no esperaba, y se había sentido sorprendida, aunque pronto comprendió que aquello era lo que dotaba de vida a aquel entorno incomparable.

Era el sonido de la selva, la voz con la que aquel ser milenario hablaba a todo el que se acercara a él. Nicole, cada vez que se había preguntado cómo sería la selva, la había imaginado silenciosa, de un silencio ominoso y envolvente...; pero ahora, mientras veía atardecer, comprendía su error. La selva nunca estaba callada y, generalmente, hablaba por muchas bocas a la vez. Eran resonancias que la joven aún no podía diferenciar, pero que estaba segura de que tenían su significado para cada uno de quienes formaban parte de ella. Tan pronto era el sonido próximo que te sobresaltaba, como el lejano que te llegaba acolchado por la masa de árboles, o el chillido estridente de un pájaro contestado por la voz profunda del carnívoro cazador. Y sobreponiéndose a todos, el inagotable parloteo de los monos.

—Son los monos aulladores —le había dicho Julio Rivera mientras la ayudaba a descargar su mochila. Se lo había dicho en español, traduciéndolo luego al francés, como si aquél fuera el nombre propio por el que hubieran de ser presentados—. Son pesados hasta decir basta, aunque uno acaba acostumbrándose. Y cuando callan, ya verá como los echa de menos.

El día había comenzado temprano, con la salida de la expedición desde Ciudad de Belice. Habían llegado allí la mañana anterior, en avión desde la capital mexicana. En Belice les estaba esperando el científico que debía completar la expedición. Se había presentado a Nicole en un francés duro, con marcado acento español.

—Profesor Augusto Fabricio —había dicho mientras tendía la mano y hacía una rígida inclinación con la cabeza—, de la Universidad de Guatemala.

Era un hombre curioso, delgado, de mediana edad. La parte alta de su cráneo brillaba como si le hubiera dado lustre, y el pelo, negro y sin canas, sólo le cubría la mitad inferior de la cabeza. Su calvicie, empero, quedaba en parte compensada por un inmenso bigote que parecía irradiar desde la nariz y que terminaba en puntas ligeramente vueltas en ambos extremos.

Jean y Nicole ya habían recibido cumplida información sobre su persona en el viaje desde México. Cada uno de ellos se había sentado en el avión a un lado de un Julio Rivera con ganas de hablar. Parecía que la proximidad del comienzo de la expedición hubiera añadido un toque de euforia al ya de por sí comunicativo arqueólogo mexicano.

—Es todo un carácter —les había comentado al hablarles de Fabricio—. Y no os dejéis engañar por su aspecto o por sus modales. Yo creo que él mismo fomenta ese aspecto un tanto trasnochado... como de alemán prusiano. Pero debajo hay una gran persona...; y sus conocimientos sobre la arqueología de El Petén son inagotables. Él y yo hemos corrido muchas aventuras juntos —la última frase la pronunció acompañada de una media sonrisa, como dejando en el aire el carácter que hubieran podido tener tales aventuras.

Esa noche la habían pasado en Ciudad de Belice; Jean y Nicole habían ocupado buena parte de la tarde sentados en la terraza del hotel contemplando el mar Caribe. Una ligera bruma cubría el horizonte y a Nicole no le costó imaginar a un navío español surgiendo de ella para encontrarse con aquellas tierras para ellos desconocidas. La emoción de los españoles no debió de ser menor que la de los indios que, resguardados en la selva, veían pasar ante ellos aquellas inmensas casas flotantes.

Se acostaron temprano, sabiendo que ésa iba a ser la última noche que pasarían bajo techo en una temporada... y sabiendo también que, probablemente, no iban a tener muchas ocasiones de poder estar de nuevo a solas.

Fue una noche que guardarían para siempre en el recuerdo. Envueltos por el sonido del mar y viendo cómo el cielo se cubría de estrellas, pudieron llegar a sentir que el universo se había creado sólo para ellos.

A la mañana siguiente se pusieron en marcha y Nicole pudo comprobar que una expedición de esas características era mucho más compleja que lo que ella había llegado a suponer desde París. Contó un total de diecinueve personas y estudió con curiosidad los cinco vehículos todoterreno que aguardaban silenciosos el momento de partir. La joven tomaba cuidadosa nota de todo mientras los dos técnicos de la televisión francesa filmaban imágenes que, una vez enviadas a París, se utilizarían para completar la primera emisión, que estaba prevista para dos días después.

Fue, para Jean y Nicole, un viaje inolvidable. Poco a poco, según avanzaban hacia el interior, el intenso azul del paisaje caribeño fue dando paso a los verdes cambiantes de la selva. En un alto que hicieron en el camino pudieron aún contemplar, hacia el Este, la línea turquesa del Caribe perdiéndose en el horizonte, mientras que tras ellos, hacia el Oeste, era la selva, densa y en apariencia impenetrable, la que los esperaba. Dos mundos tan distintos —pensó la muchacha— y que sin embargo eran capaces de convivir estrechamente, en ocasiones separados por tan sólo una estrecha franja de playa.

El resto del camino lo hicieron en silencio y con sus manos enlazadas. Estaban ya en los dominios de la selva y las sensaciones eran ahora mucho más íntimas. Cada uno comprendía lo que el otro sentía y se daba cuenta de que sus emociones resultaban similares: la selva era como un inmenso útero que te acogía y que adormecía tus sentidos... y que podía llegar a hacerte suya. Parecía como si todo lo demás, su vida hasta entonces y el mundo que habían conocido, hubiera quedado fuera, en otro tiempo y en otro lugar.

Tan sólo la voz de Julio Rivera los sacaba de vez en cuando de su ensueño. El mexicano, con su francés un poco áspero, les señalaba detalles puntuales e intentaba ponerlos en contacto con el que iba a ser su nuevo hogar.

—El camino que ahora seguimos es una senda que utilizan los chicleros. Habréis visto que hay ocasiones en las que parece que no vamos a poder seguir... y sin embargo las ramas se apartan para dejarnos ver un poco más allá. La voracidad de la vegetación es terrible y recupera en nada de tiempo el terreno que le fue arrebatado. Cada año, en las épocas de recolección, la senda tiene que ser abierta de nuevo. Es algo que ya tuvieron que sufrir los antiguos mayas —su sonrisa lobuna dejó entrever sus dientes—: En cuanto le daban una tregua, la selva volvía a por lo que era suyo —se volvió hacia Nicole, que viajaba con Jean en el asiento de atrás—. Estamos convencidos de que aún esconde construcciones enteras, incluso pirámides, que quizá nunca llegaremos a descubrir.

Habían abandonado los coches en un pequeño claro y desde allí habían continuado a pie. Constituyó otra experiencia nueva; nueva y apasionante. No fue una marcha larga —apenas dos horas—, que los llevó hasta su primer lugar de acampada. Fueron pocos los kilómetros que anduvieron —los guías tenían que ir machete en mano abriendo camino—, pero a Nicole le pareció que habían viajado hasta el centro de la nada y perdido el poco contacto que les quedaba con la civilización.

Los nativos que los habían acompañado se encargaron de levantar el campamento y de encender un fuego que había de mantener alejados a visitantes curiosos. Nicole se dedicó a poner orden en su equipaje y de pronto se angustió al pensar en lo poco que había llevado consigo. ¡Si necesitaba algo no podría buscar la tienda más próxima, como hacía en París! Esa sola idea le hizo mirar sus pertenencias con mayor cariño y valorarlas como hasta entonces nunca se le había ocurrido hacer.

Estudió con curiosidad las hamacas que, aprovechando el perímetro de árboles, aparecían colocadas con sabiduría. Siempre había imaginado que dormirían en tiendas de campaña, y no se le había ocurrido preguntarlo. ¡Menos mal que se había traído unos pijamas absolutamente masculinos! También fue entonces consciente de que era la única mujer de la expedición, y se prometió a sí misma que nadie tendría que recordárselo..., aunque varias preguntas empezaron a desfilar por su cerebro.

—Toma —Jean se había acercado y sonreía irónico, como si hubiera estado leyendo sus pensamientos—. Han supuesto que yo era el más indicado para dártelo —en la mano llevaba una especie de gran mantel hecho de lo que parecía plástico gris, con una abertura circular en el centro.

—Te lo metes por la cabeza y llega hasta el suelo —continuó el joven—. Es muy amplio. Me temo que es la máxima intimidad de que vas a poder disfrutar, a no ser que pretendas perderte sola por la selva —Jean hablaba con seriedad, aunque sus ojos brillaban divertidos—. Y tienes suerte. A mí no me han dado.

Nicole lo cogió sin hacer comentarios, casi sin mirarlo. Ni a su prometido pensaba darle la oportunidad de pensar que ella pudiera hallarse en inferioridad de condiciones.

Lo dobló y lo colocó junto a su pequeña maleta, mientras veía a Jean alejarse. «¡Caramba, esto va a ser duro!», pensó para sus adentros.

10

CIUDAD MAYA DE CARACOL, AÑO 626 DE NUESTRA ERA

Murciélago Blanco añadió agua a la piedra que el fuego calentaba y dejó que el vapor lo envolviera. Luego recostó la cabeza contra el muro de la pequeña habitación y cerró los ojos. Acababa de relatar al joven Balam la historia que, muchos años atrás, él oyera de labios de Ojos de Jade, y aún le parecía estar escuchando en su mente la voz de la reina. Y ahora, al cerrar los ojos, también su figura se le hizo presente. Fue una visión de asombroso realismo, que le produjo un aguijonazo de emoción que sólo con dificultad pudo contener. Balam acababa de irse, tras permanecer con él en la casa de vapor relajando su cuerpo. El discípulo apenas había hablado mientras el maestro le transmitía el conocimiento que aquel día había adquirido, y tampoco dijo nada al despedirse, sabedor de que necesitaba tiempo para asimilarlo. Sólo una mirada de aprecio y respeto para el *halach winik*.

Murciélago Blanco mantuvo los párpados apretados, tratando de evitar que la imagen se desvaneciera y, sorprendentemente, no sólo la figura de la reina, sino también todo cuanto aquel día los rodeaba, apareció ante él con pasmosa exactitud. El chamán se abandonó al poder de su mente y se dispuso, con encontradas sensaciones, a revivir aquel encuentro con la reina Ojos de Jade.

La mujer tenía algo que hacía que todo lo demás, personas u objetos, pareciera superfluo en su presencia. Se movía con una gracia especial, su mirada poseía una enigmática profundidad y su sonrisa desarmaba todo asomo de desacuerdo. Era menuda, de cutis fino y claro, y, ante su serena belleza, nadie podía dudar que se encontraba frente a una mujer de elevada estirpe.

Ojos de Jade era hija de Tuun K'ab Hix, el poderoso rey de Calakmul, y su matrimonio con Yajaw Te K'inich de Caracol fue acordado para sellar los lazos de amistad entre las dos ciudades.[14]

La reina había citado aquella tarde a Murciélago Blanco en sus habitaciones, algo que no resultaba extraño dada la estrecha relación que ambos mantenían.

El hombre tenía por entonces veinticinco años y era poco más que un simple sacerdote, aunque su extraordinaria capacidad de aprendizaje lo hacía destacar sobre los demás. Sus conocimientos de astronomía y herbología superaban ya a los de sus maestros, aunque era sobre todo su especial sentido para el discernimiento lo que hacía que fuera alguien especial. Muchos de los habitantes de la ciudad acudían a él en busca de consejo, y su voz era también escuchada con respeto cuando hablaba en las reuniones que convocaban los sacerdotes o el mismo rey: él era siempre capaz de proponer una respuesta a cualquier problema que se pudiera presentar. Y su análisis solía revelarse exacto.

Murciélago Blanco era un niño de nueve años cuando la princesa Ojos de Jade llegó desde Calakmul para su boda con Yajaw Te K'inich, y fue aquél un día que se grabaría para siempre en su memoria. La joven princesa contaba entonces dieciocho años.

Al niño lo habían vestido con una vistosa túnica de fiesta, que mezclaba brillantes tonos verdes y amarillos, y le habían dado una pluma dorada de quetzal para que la agitase en honor de quien iba a ser su reina. Lo habían colocado, junto con otros muchachos de su edad, a medio camino de la ancha avenida que llevaba hacia la gran pirámide. De pie ante el impresionante edificio era visible, aunque se hallaba lejos, la figura de Yajaw Te K'inich, ataviado con esplendor en espera de su prometida. El rey era un hombre alto, muy por encima de la media de su raza, y el complicado tocado que lucía sobre su cabeza lo hacía parecer aún más impresionante.

Pero pronto el joven Murciélago Blanco sólo tuvo ojos para una persona, y la imagen que se grabó en su memoria habría de acompañarlo ya para toda la vida. La princesa Ojos de Jade se aproximaba sentada en lo alto de un trabajado palanquín que llevaban seis hombres. Iba vestida enteramente de blanco, provocando un agudo contraste con lo abigarrado del escenario preparado para recibirla. Pero parecía resplandecer como la luz del sol...; o al menos así se lo pareció al niño, que, absorto, se olvidó de agitar la pluma que tenía entre las manos, que se quedó lacia apuntando hacia el suelo. El pequeño tuvo la certeza de estar contemplando a una de las diosas que, según le decían a diario sus maestros, manejaban a su antojo el destino de los hombres.

La princesa mantenía la vista fija en el frente, quizá evaluando la todavía lejana figura de quien iba a ser su marido, pero al llegar a la altura del niño que la miraba embobado, su cabeza se giró hacia él y los ojos de ambos se encontraron. La boca de Ojos de Jade se distendió en una sonrisa y el corazón del niño sintió, aunque sin comprenderlo, lo que significaba estar enamorado.

Con el paso de los años la devoción de Murciélago Blanco no había perdido nada de su intensidad. Había amado a la reina en silencio, casi sin ser consciente de ello, pues nunca se planteó que su relación con Ojos de Jade pudiera ser de otra manera. Según fue creciendo, el muchacho no dejaba pasar oportunidad para seguir viéndola, intentando colocarse lo más cerca posible de ella en los actos públicos, y la joven reina siempre parecía percatarse de su presencia, pues en algún momento sus miradas se encontraban y los labios de la mujer sonreían.

Pronto, lo que empezó siendo un rumor cobró la fuerza de las verdades incontrovertidas e incluso se extendió más allá de las fronteras de Caracol: Ojos de Jade tenía poderes especiales y era capaz de percibir la luz allí donde los demás sólo veían sombras. Además, sus conocimientos y su capacidad de comprender y asimilar todo cuanto se le explicaba tenían asombrados a cuantos la rodeaban. Se decía que Yajaw

Te K'inich, su marido, le profesaba absoluta veneración, y los habitantes de Caracol daban por hecho que su reina se hallaba más próxima a los dioses que a los hombres que poblaban la tierra.

Los años pasaron y, contando poco más de veinte, Murciélago Blanco era ya lo que los demás consideraban un Hombre Sabio. Tuvo entonces la ocasión de empezar a tratar más de cerca a su reina, quien con frecuencia asistía a las reuniones de quienes ostentaban el liderazgo social y religioso de Caracol. Ojos de Jade nunca dio a entender al joven chamán que se hubiera dado cuenta de que él y aquel niño que la devoraba con los ojos fueran la misma persona, pero algo en su fina ironía en el trato así parecía demostrarlo.

Con el tiempo su relación se fue haciendo más y más estrecha, pues cada uno encontraba en el otro el perfecto complemento a su propia personalidad. Murciélago Blanco aprendió de Ojos de Jade a conocer ese mundo que, sin ser visible, sellaba sin remisión el destino de los humanos, y a cambio compartió con ella todo el saber que, a través de sus maestros y de su brillante inteligencia, él iba asimilando.

El *halach winik* dejó caer un poco más de agua sobre la piedra caliente, aunque lo hizo de forma automática, pues su mente seguía llena con las imágenes de aquel día, que de pronto ya no le parecía tan lejano, en que Ojos de Jade había requerido su presencia. La visita del joven Balam le había obligado a rememorarlas, y ahora se entregaba a ello con la agridulce sensación que provocan los recuerdos.

Ojos de Jade se hallaba sentada frente a él y, aunque habían pasado dieciséis años desde que la viera avanzar a lo largo de la avenida rumbo a la gran pirámide, para Murciélago Blanco seguía siendo la misma mujer. Iba, como entonces, vestida de blanco, y todo en ella seguía transmitiendo el mismo aspecto etéreo que le confería la apariencia de una muchacha. Sólo sus ojos parecían haber envejecido, como si todo lo que habían visto a lo largo de aquellos años los hubiese hecho madurar. Eran grandes, serenos y oscuros, aunque la brillante luz del sol fuera capaz de arrancar de ellos destellos verdes.

La reina hizo un gesto con la mano a la doncella que, sentada sobre sus talones, permanecía junto a la puerta, y ésta, tras inclinar su cabeza con reverencia, abandonó la estancia.

—Quiero hablarte —dijo Ojos de Jade sin parecer percatarse de la turbación del joven chamán por haberse quedado a solas con ella—. La herida que ayudé a curar el otro día. ¿Cómo te la hiciste?

El hombre tocó su brazo izquierdo, cerca del hombro. La herida había cicatrizado bien y estaba casi olvidada. Ojos de Jade había ayudado a curarla cuando lo vio llegar sangrando. Hacía de ello cinco días.

—Fue en el bosque. Había salido solo a buscar hierbas y me entretuve. La noche estaba próxima cuando decidí regresar y quizá por ello no vi al murciélago que me atacó. Es extraño que lo hiciera, pues no es un animal agresivo. Puede que lo molestara de alguna manera. Se aferró a mi hombro y las garras me abrieron la piel. No sentí dolor, pero noté que estaba sangrando. En ese momento otro murciélago surgió de la nada. Pensé que también él iba a atacarme, pero no fue así. Por el contrario, se abalanzó sobre el otro mientras profería un agudo chillido. Era un animal grande y —su boca se entreabrió en una sonrisa— no era negro.

—¿Un murciélago blanco, como tú?

—No digo que fuera blanco —la sonrisa se amplió—, aunque quizá sí lo fuera. Recuerda que estaba bastante oscuro, pero desde luego su piel era de un color claro. Ahuyentó al otro y fue a posarse en una rama, próximo a mi cabeza. En seguida comprobé que no era yo el único que estaba herido, pues su cuerpo también sangraba. Me quedé mirándolo mientras él se balanceaba sobre la rama. Entonces una gota de su sangre cayó sobre mi herida. La sentí, más que verla, y noté una sensación extraña, como de un intenso hormigueo. Aunque quizá lo imaginé. Realmente la luz era ya muy escasa...

—Yo vi tu herida —la reina hizo un gesto de disculpa por incidir en algo que ambos conocían—. Y en ella había sangre que no te pertenecía. Permanecía en el interior, como aferrada a la carne, mientras la tuya fluía alrededor. Por último desapareció; tu cuerpo la había absorbido.

Murciélago Blanco guardó silencio, aunque su gesto era un reflejo de las preguntas que surgían en su mente. Ojos de Jade sonrió y le hizo un ademán.

—Ven, sígueme. Espero que pronto tengas respuesta a todo cuanto ansías saber. O al menos... a casi todo. Aunque debo advertirte algo: la experiencia que vas a vivir, aunque te parezca un sueño, será absolutamente real.

La reina descorrió una cortina que cerraba el acceso a una terraza. Estaba construida a una altura tal que permanecía oculta a cualquiera que no se hallara en ella. Antes de salir había tomado un pequeño frasco y un vaso que reposaban sobre una mesa...

Murciélago Blanco secó el sudor que cubría su cuerpo y decidió no añadir más agua a las piedras calientes. Relajado, apoyó de nuevo su espalda contra el muro y dejó que sus pensamientos fluyeran. Sonrió al recordar sus sensaciones de aquel día, sin duda parejas a las que sintiera el joven Balam pocas fechas antes. Había bebido el líquido amargo que Ojos de Jade le tendiera en el vaso de arcilla y había visto cómo ella también lo hacía. Había sentido náusea, malestar y extrañas sensaciones que le resultaban desconocidas. Y finalmente había podido verse a sí mismo, inmóvil sobre su asiento, mientras que su espíritu había pasado a ocupar el cuerpo de un gran murciélago plateado.

Había volado desde la terraza hacia el negror de la selva, que pareció abrirle sus puertas. La sensación era la de que árboles, lianas y ramas se apartaban de su camino, aunque pronto comprendió que era él quien los esquivaba sin aparente esfuerzo. Sintió una extraordinaria sensación de libertad y una íntima compenetración con el mundo de la noche.

Finalmente había llegado a la Laguna Grande, donde la luna se reflejaba nítida sobre las tranquilas aguas, y se había posado en la rama de un árbol.

Pero lo más increíble de aquella noche, como ahora recordaba Murciélago Blanco con los ojos cerrados, estaba aún por llegar.

Desde el cuerpo del animal no sólo *veía* cuanto le rodeaba, sino que también lo *sentía*. Podía percibir las distancias y los volúmenes, y casi adivinar lo que se encontraba detrás. Por ello notó la presencia de Ojos de Jade aun antes de que su mirada se posara en ella.

La reina llevaba la misma túnica blanca con la que lo había recibido aquella tarde en sus habitaciones y, al igual que él, permanecía inmóvil, aunque Murciélago Blanco comprendió que también ella era consciente de su presencia, pues tenía el rostro dirigido hacia el árbol que el gran murciélago ocupaba y sus ojos lo observaban. En su bello rostro, pálido a la luz de la luna, se insinuaba una sonrisa.

El animal voló el corto trecho que lo separaba de Ojos de Jade y fue a posarse a su lado, sobre una rama baja que quedaba próxima a la cabeza de la mujer. Quiso preguntarle cómo había podido llegar hasta allí al mismo tiempo que él, pero sólo un breve y sordo pitido surgió de su garganta.

—No, no hables todavía —la sonrisa de la mujer se acentuó—; espera a ser tú mismo otra vez —y mientras decía estas palabras sus manos se posaron sobre el frío cuerpo del animal.

Murciélago Blanco sintió una extraña sensación, similar a la que percibiera en la terraza del palacio cuando bebió del vaso de arcilla que la reina le había ofrecido. Como entonces, lo que veían sus ojos se difuminó durante unos instantes y tuvo una fuerte impresión de mareo. Cuando todo pasó, el joven comprendió que su espíritu había abandonado al gran animal nocturno para volver a aposentarse en el cuerpo humano que tan bien conocía.

Ojos de Jade seguía allí, sin aparentar sorpresa, y sus ojos buscaban los del hombre con magnética intensidad.

—Ahora ya puedes hablar —las manos de la mujer seguían en contacto con el cuerpo de él y Murciélago Blanco las sintió ardientes sobre sus brazos desnudos. Mil preguntas se asomaron a su cerebro, pero ninguna llegó a sus labios. Por mucho que indagara, sabía que no había explicación para lo que estaba viviendo, y además comprendió que en ese momento tampoco era trascendente. Sólo lo era Ojos de Jade, tan próxima a él que podía percibir el aroma que desprendía.

El joven chamán sintió que el calor de aquel contacto se transmitía a todo su cuerpo y notó cómo la piel adquiría una desconocida sensibilidad. Su respiración se aceleró mientras también él buscaba el cuerpo que tenía enfrente.

La mirada de la reina siguió fija en la suya, aunque Murciélago Blanco creyó notar un estremecimiento cuando, con timidez al principio, comenzó a recorrer el cuerpo femenino. Ojos de Jade cerró entonces los ojos y permaneció quieta durante unos instantes, abandonada a sus sensaciones. Luego tomó las manos del hombre con las suyas y las apartó con suavidad. Permanecieron quietos durante unos momentos, cada mirada prendida en la del otro, hasta que los dedos de la reina buscaron los lazos que cerraban su túnica a la altura de los hombros. Cuando ésta cayó al suelo, el cuerpo desnudo de Ojos de Jade, plata y negro, se mostró en todo su esplendor ante la mirada ardiente de Murciélago Blanco.

El retorno al palacio fue para el joven chamán poco más que una nebulosa. Recordaba con vaguedad cómo, otra vez instalado en el cuerpo del murciélago, había emprendido el vuelo de regreso, pero en su mente sólo cabía el recuerdo de Ojos de Jade y de los mágicos momentos que habían vivido juntos. Cuando, de nuevo en la terraza, abandonó definitivamente el cuerpo del animal para ocupar el suyo, vio a la reina sentada ante él, con la misma sonrisa enigmática que cuando partió, como si nunca se hubiera movido de allí. La luna, alta en el cielo, le confirmó que el tiempo había pasado, aunque él no habría podido decir en qué medida.

Mil preguntas llegaron hasta su boca, pero Ojos de Jade, que pareció adivinarlas, levantó su mano.

—No te atormentes. La experiencia que has vivido ha sido tan auténtica para ti como lo son los momentos que ahora transcurren. Nuestro espíritu es capaz de viajar por distintas realidades, y no sólo atado a nuestro cuerpo, aunque para ello deba ser liberado. A pocos de nosotros nos han concedido los dioses esa posibilidad —su mano señaló la copa de arcilla que, vacía, reposaba sobre la mesa—. El líquido que te he hecho beber no es más que el medio para abrir esa puerta, pero sólo hace efecto sobre los que hemos sido elegidos. Nos permite atisbar cómo es el mundo de los dioses —concluyó bajando la voz.

—Pero... ¿y el murciélago plateado, y la Laguna Grande, y...? —se interrumpió antes de añadir «¿y tu presencia allí?».

Los ojos de la reina lo miraron divertidos.

—A ti te toca discernir hasta qué punto los dos mundos entran en contacto y cómo lo que vives en uno de ellos puede ser válido para el otro. Aunque... —una tierna sonrisa apareció en sus labios— creo que al final comprenderás que la realidad es sólo una.

Murciélago Blanco la miró, ya sin nada que preguntar, y los recuerdos recientes volvieron a su memoria. Bajo la túnica de la reina fue capaz de imaginar otra vez su cuerpo desnudo, y casi pudo sentir en su piel el abrazo ardiente que allí, junto a la Laguna Grande, los había envuelto. Notó cómo su corazón se aceleraba.

Algo de aquella emoción debió de trascender a su mirada, pues la mujer pareció también, durante unos momentos, ligeramente turbada. Se levantó de su asiento y paseó hasta una de las ventanas desde la que podía observarse el cielo estrellado. Allí, de espaldas a Murciélago Blanco, comenzó a hablar.

—Ahora puedo ya contarte la leyenda de la máscara de jade. O mejor diría la historia, pues no dudo de que la máscara existe, y creo que pronto reaparecerá entre nosotros. Y entonces los hombres disputarán por ella y el resultado de esa lucha sellará nuestro destino...; salvo que los dioses decidan volver a intervenir.

Ojos de Jade abandonó su puesto junto a la ventana y se dirigió de nuevo hacia su asiento.

—Cuando los dioses concluyeron la creación de nuestro mundo,[15] hubieron de transcurrir aún dos *bak'tun*[16] antes de que el cielo fuera puesto en movimiento y la vida apareciera en el Mundo del Medio, el que ahora habitamos. Los dioses esperaron después un tiempo que no nos es conocido, aunque no debió de ser muy largo, antes de pasar a ocuparse del destino de los hombres. Se reunieron entonces responsables de los tres universos, del Cielo, de la Tierra y de las Profundidades, para decidir cuál había de ser su relación con nosotros y, sobre todo, hasta dónde debía alcanzar su influencia en nuestras vidas. Chan K'uh, dios del Cielo, trajo consigo una máscara de jade y propuso que le fuera entregada al hombre. Chan K'uh es un dios bondadoso, como sabes, y en su mente estaba el proporcionar a los seres humanos una vida fácil. Era una máscara de poder extraordinario que Itzamna, el gran dios creador, había utilizado durante diversos momentos de su tarea y que podía servir para dar forma a los deseos de quien se convirtiera en su dueño. Kab K'uh, el dios de la Tierra, se mostró reacio, alegando que el hombre era un ser recién creado y que, por tanto, su comportamiento debía ser observado antes de tomar cualquier decisión, pero el dios del Inframundo, Hun Cimil, apoyó a Chan K'uh y así la máscara fue depositada en el centro de la Tierra, al pie del gran árbol que unía los tres universos.

Ojos de Jade hizo una pausa, aunque al ver que Murciélago Blanco permanecía en silencio, continuó su narración:

—Chan K'uh estudió durante un tiempo a los humanos antes de permitir que la máscara fuera encontrada, y finalmente condujo hasta ella a un joven que, como su padre, trabajaba como plantador en los campos de maíz. Había comprobado que era una persona de corazón abierto y a la que todos apreciaban por su bondad. Se llamaba Kalel. El joven se hizo con la máscara y la utilizó, tal como el dios esperaba, en crear un mundo mejor. A partir de ese momento el maíz creció en las milpas sin necesidad de cuidados, los animales para la caza aparecían cada vez que el hombre tenía necesidad de ellos y no volvió a haber épocas de sequía ni grandes tormentas que asolaran los campos. Pero la comunidad se hizo indolente y, al no tener en qué ocuparse, comenzaron las rencillas entre unos y otros. Primero entre grupos que no eran afines, luego familias contra familias y, por último, en el seno de las propias casas. El mismo Kalel, que había sido elegido como jefe de la comunidad, se vio afectado por las maledicencias y las envidias. Hasta que un día su propio hermano Keh lo asesinó mientras dormía y se hizo con la máscara de jade.

La reina se encogió levemente de hombros antes de proseguir su relato. «Así éramos y así somos», pareció querer decir.

—Keh era opuesto a su hermano. La historia cuenta que fue el dios Hun Cimil quien lo impulsó a terminar con la vida de su hermano, pues el dios del Inframundo, al contrario que Chan K'uh, es un ser perverso y de corazón frío, y encontró en Keh su propia imagen entre los humanos. Como imaginarás —Ojos de Jade sonrió sin alegría—, todo cambió a partir de ese día. Keh se convirtió en un jefe despótico que esclavizó a toda la comunidad, y sólo le pedía a la máscara de jade aquello que pudiera saciar su vanidad y su afán de dominio. Tampoco entre nuestros dioses las cosas iban mejor. El dios del Cielo le reprochó con dureza a Hun Cimil su intervención, y éste a su vez le acusó de haber elegido con anterioridad a Kalel como destinatario de la máscara. Kab K'uh, el dios de la Tierra, asistía desesperado a todo ello, pues no en vano dependemos sobre todo de él, aunque por el momento se conformaba con repetir que todo lo sucedido era previsible, como ya él había anunciado —la reina sonrió de nuevo—. No olvidemos que nuestro dios de la Tierra tiene un carácter fundamentalmente apático.

—Por último la situación llegó a extremos insostenibles, tanto entre los hombres como entre los dioses —continuó Ojos de Jade—, y Kab K'uh decidió reclamar la intervención del dios creador. Itzamna escuchó a los tres y tomó su decisión: la máscara debía ser recuperada y habrían de transcurrir siete *bak'tun*[17] antes de que los seres humanos pudiéramos tener de nuevo acceso a ella. En ese periodo el hombre habría evolucionado y habría aprendido a conocerse a sí mismo. Entonces tres de nosotros, elegidos por cada uno de los dioses, competirían por hacerse con la máscara de jade y el vencedor decidiría cuál era el uso que habría de dársele a partir de entonces.

Murciélago Blanco permanecía en silencio. Ni un solo momento había interrumpido a la reina en su relato y tampoco lo hizo ahora.

—Y los dioses recuperaron la máscara. Ignoro qué le sucedió a Keh —Ojos de Jade se adelantó con una sonrisa a la pregunta que estaba a punto de formular el joven chamán—. La historia no lo cuenta, aunque conociendo al ser humano, supongo que, sin la ayuda de la máscara, acabaría sucumbiendo ante alguien aún más ambicioso que él.

—Murciélago Blanco —la voz de la reina se hizo más grave mientras sus ojos lo miraban con fijeza—, la cuenta larga* nos dice que han transcurrido más de nueve *bak'tun* desde la creación de nuestro mundo, y debes recordar que pasaron dos antes de que el cielo comenzara a girar. Como los dioses se tomaron un tiempo antes de depositar la máscara al pie del árbol de la creación, la cuenta es sencilla: los siete *bak'tun* que decretó Itzamna tienen que estar a punto de cumplirse.

Murciélago Blanco se limitó a asentir. Era un cálculo que él ya había realizado.

—Y el murciélago representa por excelencia a Kab K'uh, nuestro dios del Mundo del Medio; el que nosotros habitamos. Es un animal apático, como él, y aunque vive en la tierra, al igual que el dios, puede acercarse al cielo cuando vuela o aproximarse al Mundo de Abajo cuando mora en las grutas y cavernas. Y creo firmemente que Kab K'uh te ha elegido a ti para esa disputa que se avecina y en la que la máscara volverá a aparecer.

* Calendario continuo que va añadiendo año tras año desde su punto de partida. Es similar al nuestro actual.

La reina pronunció estas últimas palabras en el mismo tono que las anteriores y quizá por ello Murciélago Blanco tardó en darse cuenta de su significado.

—¿Cómo? —el hombre habló por primera vez en mucho rato—. ¿Pero por qué voy a ser yo? ¿Y qué te hace pensar...?

—Tu aventura de la otra noche no fue casual —Ojos de Jade miró al hombre joven con cariño—. Y el gran murciélago que acudió en tu defensa era sin duda el propio Kab K'uh, que había tomado el cuerpo del animal... Y la sangre que recibiste en tu herida era la suya, porque todo estaba previsto por el dios para que así ocurriese. Ahora estás bajo su protección —concluyó bajando la voz.

Murciélago Blanco se quedó mirando a la reina, con la boca ligeramente entreabierta, sin saber qué decir.

—No lo dudes, amigo mío. Tu viaje de esta noche en el cuerpo del gran murciélago lo confirma. Sólo a los elegidos de los dioses se les ofrece esa posibilidad.

El chamán se levantó con esfuerzo de su asiento en la casa de vapor y acercándose al fuego que calentaba las piedras, vertió agua sobre él, apagándolo.

Mientras secaba su cuerpo sudoroso pensó en el joven Balam y en lo agitado que debía de encontrarse su espíritu tras las revelaciones que había recibido aquella noche. Le bastó para ello recordar cómo se había sentido él. Murciélago Blanco le había contado a su hijo adoptivo la historia de la máscara de jade, repitiendo casi de memoria las palabras con las que la reina se la transmitió a él tantos años atrás.

—Y, si el dios de la Tierra me eligió a mí, no hay duda de que serás tú quien represente a Chan K'uh. El jaguar es el animal que encarna por excelencia al dios del Cielo, que cobijado en su cuerpo puede gobernar también en el inframundo. Balam, en ti se dan los rasgos de bondad y perseverancia que a él lo adornan.

—Pero la historia habla de una pugna por la posesión de la máscara —repuso Balam—, y yo nunca me enfrentaría a ti.

—Pugna no implica lucha y, quizá, ni siquiera enfrentamiento. El ser humano compite continuamente con su entorno para lograr lo que él cree lo mejor sin que ello tenga que suponer un ataque a quienes lo rodean —Murciélago Blanco miró a su alumno con aprecio—. Los dioses son sabios, hijo mío, aunque a veces su comportamiento nos pueda resultar desconcertante. Kab K'uh y Chan K'uh saben que jamás tú y yo nos infligiríamos daño mutuo.

Lo que Murciélago Blanco no comentó, aunque intuyó que el joven también se lo planteaba, fue la posible personalidad de aquel que resultara ser el elegido de Hun Cimil, pues la manera de actuar del dios de las Profundidades en nada se parecía a la de sus dos compañeros.

11

ORATORIO MAYA EN EL PETÉN (NORTE DE GUATEMALA), AÑO 2001

Nicole permanecía quieta, con la vista fija en la pequeña construcción, que resultaba prácticamente indistinguible de un entorno que parecía haberla hecho suya. Aunque el claro en el que se hallaban había sido desbrozado por la mano del hombre, la selva parecía querer decir que todo aquello había pasado a pertenecerle y que los recién llegados estaban allí tan sólo como visitantes aceptados, pero no deseados.

El edificio era de piedra caliza y la apariencia exterior, de extremo deterioro. La puerta de entrada era una sombra oscura y sobre ella el techo estaba cubierto por las ramas y hojas de los árboles que crecían junto a sus paredes. Pero aun así el conjunto tenía para la joven un encanto que anudaba su garganta y le llenaba la mente de imágenes del pasado. Cada vez que Nicole se enfrentaba a algún vestigio de civilizaciones remotas, le sucedía lo mismo. Sin casi proponérselo, era capaz de imaginar a quienes muchos siglos atrás se habían afanado en dar forma a lo que fuera que ella estuviera contemplando, y casi podía sentir todavía su presencia, como si algo de ellos hubiera permanecido allí latente a lo largo del tiempo.

Sus ojos buscaron los de Jean y vio que el joven arquitecto estaba, como ella, abstraído en la contemplación de lo que en cualquier otro lugar no habría pasado de ser una pequeña cabaña en ruinas. Pero su novio le devolvió la mirada en seguida, casi como si ella hubiera dicho su nombre. Era como un sexto sentido que se hubiera despertado en ellos y que les permitía una comunicación en la que no eran necesarias las palabras. Habían empezado a ser conscientes de él hacía poco más de un año, una noche en la que regresaban en coche a París sin tener un recuerdo claro sobre dónde habían estado.* Era a comienzos de verano, y aquella noche, en la oscuridad de la carretera, ambos tuvieron de pronto la sensación de que llevaban un rato «escuchando» los pensamientos del otro sin que sus labios se hubieran movido. Cierto que era tarde, que estaban cansados y que sus mentes se hallaban confusas, pero, cuando lo comentaron, comprobaron que los dos habían tenido la misma impresión.

Desde entonces habían sido múltiples las ocasiones en las que esa comunicación se había producido: el teléfono que sonaba cuando uno de ellos pensaba que el otro estaba a punto de llamarlo; sensaciones de incomodidad surgidas de pronto y que luego comprobaban que se correspondían

* Véase *Satanael*, óp. cit.

con momentos difíciles que ella o él habían vivido... A veces tenían pensamientos que el otro adivinaba, y entonces se miraban cómplices, perfectamente conscientes de lo sucedido, y acababan riendo felices.

Nicole recibió un guiño por respuesta y luego sus ojos buscaron a los demás miembros de la expedición. Nadie más parecía impresionado por el oratorio maya. Julio Rivera estaba dando órdenes a los porteadores sobre cómo instalar el campamento, el guatemalteco Fabricio se había sentado junto a un árbol y estaba muy ocupado llenando su pipa, y los técnicos de la televisión miraban a su alrededor eligiendo un lugar en el que instalar sus aparatos. Tan sólo Guy Lalande parecía interesado por la pequeña construcción: en cuclillas junto a la entrada, pasaba la mano por uno de sus laterales.

—Alguien ha estado aquí —su voz sonó desabrida mientras se volvía buscando al arqueólogo mexicano—. Dejé unos hilos cruzando la puerta y están rotos.

Julio Rivera se encogió de hombros.

—Las inscripciones siguen...; supongo. Después de todo, no hay nada que llevarse.

—No es cuestión de llevarse nada físico —sus palabras sonaron frías—. Creo que tú ya me entiendes. El secreto es muy importante.

—Pueden haber sido chicleros, cualquier animal... —Julio Rivera se abanicó con unas hojas de papel—. Olvídalo.

—Nicole —uno de los técnicos de la televisión francesa, Stan, se había acercado a ella—, dentro de poco más de tres horas tendremos abierta la conexión vía satélite. Cuando estés lista, deberíamos grabar imágenes de este lugar.

—De acuerdo, dadme media hora. Mientras tanto podéis ir planeando las tomas. Tendréis que iluminar el interior.

—¡No podéis transmitir imágenes de las inscripciones! —Guy Lalande se había puesto de pie y su voz sonaba excitada—. Hay personas que matarían por conocerlas.

—Espero que no sea para tanto, Guy —Nicole sintió que su respiración se aceleraba, pero se obligó a responder con calma—. Y quiero recordarte dos cosas: la primera es que esta expedición está sufragada precisamente debido al misterio que envuelve lo que hay en el interior de ese edificio. Y la segunda es que soy arqueóloga, como tú, y conozco muy bien lo que es guardar un secreto en nuestra profesión. Y si no sé con exactitud hasta dónde puedo llegar, se debe a que vosotros no me habéis contado todo lo que sabéis. Y ya va siendo hora.

Nicole pudo escuchar una risita a su espalda. Se volvió y su mirada se cruzó con la de Julio Rivera. El arqueólogo mexicano le dirigió un guiño mientras su cara seguía sonriendo. Augusto Fabricio aún permanecía sentado junto al árbol, pero se había olvidado de su pipa y asistía interesado a la conversación. La joven buscó de nuevo a Lalande.

—Por lo tanto, voy a aceptar que me digas qué parte de las inscripciones podemos filmar hoy —había comprendido que debía dar una salida a su compañero del Louvre—, pero a cambio esta noche me pondréis al tanto de todo. ¿De acuerdo? —concluyó con una sonrisa.

Guy Lalande no le devolvió la sonrisa y su mirada seguía siendo fría, aunque finalmente su cabeza se movió en señal de asentimiento.

—Y ahora —Nicole trató de que su voz sonara alegre—, ¿qué tal si nos enseñáis de una vez esas maravillosas inscripciones?

Dos fuegos iluminaban la profunda oscuridad que había envuelto a la selva, mientras que unas lámparas de gas marcaban el perímetro que envolvía al campamento, produciendo la impresión de que se hallaban en el interior de una verbena campestre. Junto a una de las hogueras se sentaban Nicole, Jean y los tres arqueólogos. Los técnicos de televisión se habían levantado un momento antes, cuando comprendieron que su presencia sobraba. La joven había planteado el tema de las inscripciones y Guy Lalande había mirado con intención a Stan y a Pierre. «Nosotros nos vamos de copas», había dicho Stan mientras le daba un codazo a su compañero. Jean también había hecho amago de levantarse, pero Nicole había posado la mano con firmeza sobre su pierna.

—Ánimo, ¿quién va a ser el primero en hablar? —la arqueóloga dirigió una sonrisa a su alrededor.

Inesperadamente para ella, fue Augusto Fabricio quien se aclaró la garganta mientras sacaba unos papeles de una carpeta que había reposado a su lado.

—Nicole —sus ojos pequeños chispearon y su bigote se elevó, indicando que su boca también sonreía—, ahora ya has visto las inscripciones y te será más fácil comprender lo que voy a contarte.

Efectivamente, aquella tarde Jean y Nicole habían entrado en el oratorio acompañados por un todavía serio Guy

Lalande, aunque la expresión del arqueólogo francés se transformó cuando la lámpara de gas que llevaba en la mano iluminó las paredes de la antiquísima construcción. Como un padre que muestra orgulloso a su hijo, se volvió hacia los jóvenes con un brillo especial en los ojos.

—¿No son maravillosas? —había dicho.

Aunque Nicole ya había visto alguna fotografía, no pudo evitar que su boca se entreabriera. Quizá fuera por el contraste de aquellos nítidos colores con el deteriorado exterior, quizá por las luces y sombras que la lámpara había creado o quizá sin otra razón que la de hallarse ante el vestigio de un pasado cuajado de misterios. Sintió cómo una conocida sensación de emoción subía por su espalda.

El interior del oratorio estaba increíblemente bien conservado, sobre todo en contraste con el exterior. Un pequeño altar aparecía unido a la pared del fondo, pero su presencia pasaba desapercibida ante la explosión de colorido de las paredes. Apenas unas pequeñas grietas atravesaban el estuco que las cubría, aunque parecían no llegar a afectar a ninguna parte importante de los dibujos. Éstos mezclaban el ocre con el azul, el rojo con el verde, o con el negro... Nicole comprendió que las fotos que había visto en el Louvre cubrían sólo una parte muy pequeña de lo que sus ojos ahora estaban contemplando.

—Sí; son maravillosas. Absolutamente maravillosas —Nicole miró a Guy Lalande y ambos se sonrieron felices, olvidada ya su pequeña rencilla.

—Como veréis —el arqueólogo francés incluyó a Jean en su alegre gesto—, las inscripciones son una mezcla de dibujos explicativos y de glifos,[18] lo que no resulta extraño en la cultura maya. Lo que no es ya tan habitual es la excelente conservación...

—... magníficamente conservadas y de una gran belleza. —Augusto Fabricio incidía en ese momento en el mismo tema mientras la luz cambiante de la hoguera le confería el aspecto de un diablillo juguetón—. La traducción de las inscripciones mayas suele prestarse, lamentablemente, a diversas interpretaciones, aunque en este caso parece que el autor puso un especial cuidado en evitar las confusiones. Lo que no quiere decir que nosotros no estemos confusos —añadió bajando la voz como pidiendo perdón.

—Creo que Guy ya os ha hablado de la concepción de estos dibujos —continuó—, para nada habitual en lo que hasta ahora conocemos. Cada uno es independiente de los siguientes y sus límites están marcados con precisión. Podríamos perfectamente compararlos con las viñetas de un cómic. Incluso cada uno de ellos está numerado para evitar cualquier posible confusión. No parece casual que sean veinte en total, que, como sabéis, es el número utilizado como base para la numeración maya.[19]

—Julio, Guy y yo —prosiguió el hombre de Guatemala— hemos llegado a un acuerdo sobre el significado de cada una de las viñetas. Y os he preparado una copia para cada uno —sus ojos pequeños se posaron en Jean, que le sonrió agradecido—. Leérosla mientras terminamos el café y luego seguiremos hablando.

Nicole y Jean tomaron las hojas que les tendió el arqueólogo y se inclinaron hacia la hoguera para aprovechar mejor su luz. La letra de Fabricio era cuidadosa y clara; a Nicole le trajo recuerdos de la caligrafía que le enseñaban en el colegio.

Pero todo ello quedó a un lado cuando su mente comenzó a analizar el mensaje que alguien, mucho tiempo atrás, había dejado impreso sobre las paredes del pequeño oratorio.

1. *La máscara de jade se ocultará.*
2. *Su poder permanecerá con ella* [con la máscara].
3. *Se mantendrá dormida* [oculta] *hasta que hayan transcurrido 1.867.895 días* [en numeración maya 11.13.9.14.15] *desde la Creación del Mundo.*
4. *Chan K'uh* [dios del Cielo], *Kab K'uh* [dios de la Tierra] *y Hun Cimil* [dios del Inframundo] *lo han decidido.*
5. *Quien busque hacerse con el regalo de los dioses* [la máscara].
6. *Deberá proceder con atención* [orden] *a la lectura* [interpretación].
7. *De los glifos* [el relato] *pintados en este oratorio.*

Tras dejar un espacio en blanco, la descripción de Augusto Fabricio continuaba:

> *Aquí parece que el autor establece una división entre la viñeta siete y la ocho. Pensamos que las siete primeras puedan ser una introducción y a partir de la octava comenzar el relato a que hace referencia la*

séptima. Además, desde la octava, muchas de las viñetas son dobles, como solía ser habitual en los glifos de las estelas mayas.

8. *En el templo / del sol en el solsticio de invierno.*
9. *Chan K'uh, Kab K'uh y Hun Cimil* [los tres dioses] */ depositan la máscara de jade.*
10. *Un hombre camina* [hacia] */ Venus del Norte* [posición extrema de Venus en el hemisferio norte].
11. *Un hombre* [podría tratarse del mismo] *asciende a lo alto de una pirámide / en la ciudad de Caracol.*
12. *En la ciudad de Uaxactún / en la pirámide del sol.*
13. *Chan K'uh, Kab K'uh y Hun Cimil* [los tres dioses] */ ofrecen a Itzamna* [dios creador] *la máscara de jade.*
14. *Dos caminantes se encuentran y se saludan.*
15. *Los dos caminantes contemplan / la estela de la celebración de Naranjo.*
16. *Chan K'uh, Kab K'uh y Hun Cimil* [los tres dioses] */ se reúnen a hablar.*
17. *Pasarán 1.867.895 días* [en numeración maya 11. 13.9.14.15] *desde la Creación del Mundo.*
18. *Y el ser humano accederá al regalo de los dioses.*
19. *Un hombre camina* [hacia] */ el sol en el solsticio de verano.*
20. *Y tendrá en su poder la máscara de jade.*

Nicole se tomó tiempo para leer por dos veces y despacio el papel que les había pasado Fabricio y hubo de confesarse que no entendía nada. Por un momento se sintió emocionada al pensar que la solución podría estar en los números mayas que representaban aquellos casi dos millones de días (11.13.9.14.15). Parecía demasiada casualidad que ninguno se repitiera y que todos correspondieran a lo que los arqueólogos llamaban la segunda parte de las inscripciones, pero al leer las cinco viñetas a que podían hacer referencia, primero al derecho y luego al revés, comprendió que el resultado tenía aún menos sentido. Lo mismo le debió de suceder a Jean, pues la mirada que cruzó con la joven fue de absoluta incomprensión.

—Veo que estáis como nosotros —ahora fue Julio Rivera quien habló con voz divertida—. Y no es extraño: los tres llevamos semanas dándole vueltas... y nada. Al menos puedo haceros algunas precisiones para que sepáis por dónde os movéis.

—En primer lugar —continuó el mexicano—, deciros que ese inmenso número de días corresponde a 5.114 años astronómicos y algún mes más. Ya hemos comentado en alguna ocasión —tú lo decías hoy mismo para la televisión, Nicole— que los mayas ubican la creación del mundo en que vivimos en agosto del año 3114[20] antes de nuestra era, con lo que la profecía nos situaría en...

—¡El año 2000! —Jean y Nicole hablaron a la vez.

—Así es, a finales de 2000; y, al menos yo, pienso que es demasiada casualidad que tengamos noticia de esa poderosa máscara justo a comienzos del año 2001, cuando se cumple el plazo marcado por los tres dioses. Podría pensarse que ellos tienen algo que ver...

—Se citan una serie de lugares que nos resultan muy

bien conocidos —Guy tomó la palabra—. Naranjo fue una poderosa ciudad maya y tiene, como por otra parte es normal, un palacio real que se encuentra bastante destruido. Uaxactún es otro enclave maya, no lejos de aquí ni de Naranjo. Es casi seguro que la pirámide del sol que citan las inscripciones sea la que se encuentra en la plaza de las pirámides de Uaxactún. Arqueológicamente la conocemos como E-VII-B. Desde ella, y mirando al este, se observan tres templos: la alineación con cada uno de los más extremos corresponde exactamente con la salida del sol en los dos solsticios y la alineación con el central marca la salida del sol en los equinoccios. No parece que semejante disposición pueda ser fruto de la casualidad, y menos cuando en nuestro oratorio se citan también direcciones astronómicas: las del sol en los dos solsticios y la del planeta Venus en su posición más septentrional. En la viñeta diecinueve se habla del templo del sol en el solsticio de invierno; podría tratarse del más meridional de los tres templos de Uaxactún. Por último se menciona Caana. Es el nombre dado a la gran pirámide de Caracol, otra ciudad maya también próxima, pirámide que aún se conserva en bastante buen estado.

—Tres ciudades cercanas entre sí, cada una con algún monumento concreto, tres direcciones astronómicas y una cifra maya, 11.13.9.14.15, que se repite en dos ocasiones —resumió Nicole—. Parece que en la cifra pudiera estar la clave…

—Cierto, cierto —Augusto Fabricio hizo un gesto de aplauso—, sobre todo teniendo en cuenta que en la primera parte se indica que hemos de leer con orden, o con atención, las viñetas siguientes. Y parece que ese orden nos lo pudiera dar la famosa cifra. Todo muy bonito, sí..., pero seguimos como al principio.

—Hombre, no tanto, Augusto —el rostro de Julio Rivera no expresaba el menor asomo de seriedad—. Al menos sabemos ya todas las interpretaciones que hemos intentado y que no nos han conducido a ningún sitio. Y recuerda que investigar consiste muchas veces en ir desechando posibilidades.

Los ojillos del guatemalteco brillaron divertidos.

—También cierto, mi querido Julio, pero te aseguro que me sentiría más a gusto si al menos una de esas posibilidades nos hubiera abierto una puerta, aunque fuera pequeñita.

—He pasado el segundo grupo de viñetas por un programa de análisis lingüísticos muy sofisticado en la Escuela de Informática de París, buscando un orden que tuviera sentido —Guy Lalande habló con voz más seria que la de sus dos compañeros—. Lamentablemente, lo que salió tenía sentido para el ordenador..., pero no para nosotros.

—También lo hemos intentado con las tres ciudades y las tres direcciones, teniendo en cuenta que estas últimas varían ligeramente dependiendo de dónde nos encontremos. Pensamos que quizá habría alguna combinación en la que se cortarían en algún punto. Otro maravilloso programa de ordenador y otro mayúsculo fracaso —Julio Rivera abrió sus manos en señal de impotencia.

—¿Y cuáles son vuestros planes? O, mejor dicho, ¿*nuestros* planes?

—Primero terminar el levantamiento cartográfico de este lugar. En la expedición anterior lo dejamos a medias. Además del oratorio existen otras pequeñas construcciones. Y explorar los alrededores para comprobar que no nos dejamos nada. Quizá la solución la hallemos aquí mismo. Y luego, si no se nos ha ocurrido algo, buscar en alguna de las tres ciudades. Uaxactún parece la más prometedora...

Nicole sonrió a los tres hombres, que ahora la miraban expectantes, como si de pronto ella fuera a darles la clave.

—Ayudaremos en lo que podamos, aunque estoy convencida de que algo descubriréis. Después de todo, sois los mejores...

El campamento dormía, aunque Nicole seguía con los ojos abiertos. El cielo aparecía limpio, y las estrellas, más numerosas de lo que jamás hubiera visto. Hasta la Vía Láctea, que en París apenas se insinuaba, resplandecía como si hubiera sido trazada con una brocha blanca. Por unos momentos la muchacha se sintió plenamente unida a aquel universo que la rodeaba.

Justo a su lado colgaba la hamaca de Jean, y Nicole buscó con la mirada aquel rostro que tan bien conocía. No le extrañó encontrarse con que sus ojos estaban abiertos y la miraban, y que su boca le sonreía. Un instante antes había notado esa sensación que le advertía, sin lugar a error, que la atención de su novio estaba fija en ella.

—Qué lejano parece París, ¿verdad? —Nicole miró a Jean con cariño—. Y no me refiero sólo a los kilómetros que nos separan. Hay momentos en los que pienso que la civilización que hemos creado y de la que tanto alardeamos es un tremendo error.

—No lo sé. Yo lo paso bien... No creo que me gustara cambiarme por un maya de hace más de mil años —la cara de Jean se mantenía seria, aunque el tono de su voz parecía querer decir lo contrario—. Aunque... quién sabe; si me hicieran rey, a lo mejor me lo pensaba.

—Jean, estoy hablando en serio —Nicole intentó dar firmeza a sus palabras, aunque sólo lo consiguió a medias—. Estamos en un lugar maravilloso, en medio de una civilización perdida, buscando el regalo de los dioses y tú sales con que quieres ser rey.

—Hombre...; piensa en que tú podrías ser reina.

Nicole no pudo evitar una sonrisa.

—¿Te acuerdas, Jean, del *ostracum* que me llevó a la tumba de Seti y al descubrimiento de la estatuilla de Meretseger? No puedo dejar de pensar en que las inscripciones del oratorio son en el fondo muy similares. Encierran un secreto que tenemos que descubrir. Y tú me resultaste una gran ayuda entonces —la joven se volvió a mirarlo—; de modo que a ver si espabilas y se te ocurre algo.

—Estoy convencido de que la clave está en esa cifra que se repite por dos veces. Claro que no es muy difícil llegar a esa conclusión, porque es la única que parece abrir alguna puerta, como dijo Fabricio. Y también estoy convencido de que hay algo que se nos escapa. Y todo ello suponiendo que la traducción de nuestros doctos amigos sea la correcta...

—Sí —Nicole asintió en la oscuridad—. La verdad es

que son demasiados condicionantes. Recuerdo que entonces soñé con el *ostracum* y a la mañana siguiente todo me resultó un poco más claro. Quizá una parte de nuestro cerebro trabaja sólo cuando estamos dormidos y es mucho más lista que la que nos acompaña durante el día. De modo que te propongo que nos durmamos.

—O a lo mejor nuestra mente se abre cuando dormimos y permite que los dioses nos hablen. En aquella ocasión debió de ser Meretseger, o quizá el espíritu de Seti… A lo mejor hoy nos visitan esos tres dioses… ¿Cómo se llamaban?

—No me acuerdo. Su nombre acaba en *kuh*…, o algo parecido, excepto el del inframundo, que se llama Hun Cimil. De su nombre sí me acuerdo. Y te confesaré, Jean —las palabras de Nicole sonaban ya veladas por el sueño—, que ese dios me da un poquito de miedo…

12

CIUDAD MAYA DE TIKAL, AÑO 626 DE NUESTRA ERA

La tarde declinaba con rapidez mientras Murciélago Blanco preparaba una tisana que calmara el cansancio y ayudara a conciliar el sueño a los que, con él, habían viajado desde Caracol hasta la gran ciudad de Tikal. Habían sido tres duras jornadas, a través de la selva, teniendo en muchos momentos que abrir una senda a través de la densa floresta. El chamán en ningún momento había tenido que empuñar uno de los pesados machetes, pero aun así se encontraba cansado, sintiendo el peso de sus cincuenta y dos años en cada uno de los músculos.

En total eran veinticuatro las personas que ahora se alojaban en una de las dependencias que Calavera de Animal,[21] el gran rey, les había cedido en el vasto complejo arquitectónico donde se hallaban, en el que también habitaban los principales dignatarios de la corte y la propia familia real.

Murciélago Blanco había procurado aparecer indiferente ante la magnificencia de la ciudad y de las dependencias en donde los habían instalado, y lo propio había hecho Cuernos de Ciervo, hijo tercero del rey K'an II y persona que oficialmente comandaba la expedición, aunque el resto de sus componentes, incluido Balam, apenas habían podido mantener cerrada su boca mientras contemplaban con asombro la increíble urbe que había surgido ante ellos en medio de la selva.

El Hombre de la Vara Alta[22] los había recibido a la entrada de la urbe y los había acompañado hasta su alojamiento. Aunque su comportamiento había sido correcto, e incluso obsequioso para con Cuernos de Ciervo, su media sonrisa y su mirada irónica habían expresado a las claras el desdén que le producían aquellas personas llegadas desde una ciudad de menor importancia que la suya y que en aquellos momentos no era amiga ni aliada de Tikal.

El inmenso complejo en el que se hospedaban daba frente, hacia el norte, a una plaza de vastas dimensiones que se cerraba, en el lado opuesto, con una acrópolis escalonada de gran belleza, en la que escaleras, templos y pirámides formaban un conjunto de singular armonía.[23]

La comitiva, a su llegada, había sido conducida por un itinerario bien estudiado que los llevó a lo largo de las zonas más relevantes de la ciudad. Los habitantes de Tikal los veían pasar sin exhibir una especial curiosidad, aunque procurando no cruzarse en el camino de los guerreros que marchaban a la cabeza. Cuernos de Ciervo, alto como su padre, había caminado erguido, imponente con su tocado real, sin desviar ni por un momento la mirada del frente. Murciélago Blanco se había sentido orgulloso de él. No pensaba lo mismo el *halach winik* de Luz Negra, que también había viajado con ellos hasta Tikal. El hijo del rey de Naranjo parecía más una copia del Hombre de la Vara Alta que uno de los integrantes de la expedición. Exhibía una amplia sonrisa y miraba a su alrededor con el aplomo de quien tiene la seguridad de encontrarse en territorio amigo. Su condición de príncipe le permitía marchar en cabeza y había mantenido una fluida conversación con el hombre que había acudido a recibirlos. En alguna ocasión había vuelto la cabeza y Murciélago Blanco había visto como su mirada se posaba desafiante sobre Balam, que caminaba junto al hombre sabio, aunque el joven, absorto en lo que veía, no se había percatado.

Cuernos de Ciervo se hallaba en ese momento sentado junto al chamán, aparentemente absorto en los preparativos de la poción que éste estaba terminando de elaborar, pero sus ojos miraban sin ver. Murciélago Blanco sintió lástima por él. El motivo oficial de aquella expedición era el de viajar con el joven príncipe para el inicio de su estancia en la corte de Tikal, y después acompañar, en el regreso, a una de las hijas de Calavera de Animal hasta Caracol, donde ella pasaría a residir.

Pero en realidad se trataba de un intercambio de rehenes. Los dos príncipes serían magníficamente tratados en sus respectivos destinos, se incorporarían de lleno a la vida de la nueva ciudad y estudiarían con los mejores maestros; pero siempre vigilados con discreción y respondiendo con sus vidas ante una posible agresión o una muestra de hostilidad. Cuando Luz Negra llegó a Caracol, cuatro años atrás, tenía la misma edad con la que ahora Cuernos de Ciervo se aprestaba a quedarse a vivir en Tikal. Y también él lo hizo entonces como rehén, para garantizar la estabilidad de las relaciones entre la ciudad que lo acogía y Naranjo.

Luz Negra se encontraba también en la amplia habitación, mirando por una de las ventanas, sin que la fría sonrisa se hubiera separado de su rostro. Murciélago Blanco pensó que el joven se había adaptado bien a vivir en un lugar que le resultaba ajeno y rogó para que a Cuernos de Ciervo le sucediera lo mismo, aunque resultaba evidente que las formas de ser de ambos jóvenes poco tenían en común. Luz Negra seguía produciendo en el *halach winik* una indefinible sensación de desasosiego.

Él era su maestro y había de reconocer que el príncipe de Naranjo era trabajador y respetuoso, y dotado de una fina inteligencia, aunque en la misma medida fuera distante y calculador. Lo peor, para Murciélago Blanco, era la absoluta falta de calor que exhibía su mirada.

K'an II, el rey de Caracol, en señal de buena voluntad, había propuesto que Luz Negra se integrase en la expedición, por ser su padre aliado de Tikal, y Murciélago Blanco había decidido que Balam también los acompañara. El resto del grupo lo formaban tres servidores, que habrían de quedarse junto al príncipe, y soldados miembros de la guardia personal de K'an II.

Murciélago Blanco terminó de revolver la infusión contenida en la pequeña olla, se puso en pie e hizo una seña a uno de los soldados.

—Apaga el fuego, por favor, y cuando el líquido haya perdido su calor, haz que todo el mundo se tome media taza. Os ayudará a descansar.

El chamán utilizó el cucharón para llenar hasta la mitad su propio tazón y, con él en la mano, se dirigió hacia la salida, dispuesto a retirarse a la habitación que le habían asignado. Sentado junto a la puerta, en el exterior, Balam parecía ensimismado. Estaba en el suelo, con la espalda apoyada contra la pared. Los brazos abrazaban a las piernas y su mentón descansaba en las rodillas. Aunque ya era casi de noche, el joven contemplaba sin pestañear la acrópolis que se erguía majestuosa al otro lado de la plaza. Los diferentes edificios se remataban con tejados de pajizo de color claro, mientras que las paredes exhibían un estuco de un suave tono rojizo, aunque de todo ello ahora, en la semioscuridad, ya sólo se percibían las manchas difusas de los remates de paja.

—Debes descansar, Balam. Mañana podrás contemplar más de este lugar. Y sin duda lo que verás te impresionará. Pero recuerda que Tikal no es una ciudad amiga, de modo que habla poco y trata de pasar desapercibido. No les des la ocasión de mostrarte su desprecio ni de ponerte en evidencia. El día después de mañana ya nos habremos ido.

El joven alzó los ojos y los fijó en los de su maestro. Se mantuvo durante unos instantes en silencio, como permitiendo que las palabras que había escuchado llegaran al fondo de su cerebro, y luego asintió mientras su boca se distendía en una sonrisa.

Murciélago Blanco siguió su camino. A su espalda, en una ventana que se hallaba próxima al lugar en el que estaba recostado Balam, prácticamente invisible en la penumbra, Luz Negra había seguido atento las palabras del *halach winik*. Y él también sonreía.

El día había amanecido espléndido. Ni una sola nube se interponía entre el sol y la ciudad de Tikal, y la acrópolis situada al norte de la Gran Plaza aparecía especialmente bella iluminada por aquel sol temprano. En la amplia sala que les servía de lugar de reunión, a los expedicionarios les habían servido un desayuno y se les había anunciado que el mayordomo de palacio acudiría en breve a por ellos para conducirlos ante Cabeza de Animal. Los soldados, les habían dicho, no participarían en la recepción.

Cuernos de Ciervo, Murciélago Blanco, Luz Negra y Balam habían vestido sus trajes de ceremonia. También los tres servidores que a partir de aquel día habrían de permanecer en la ciudad en compañía de su príncipe habían cuidado su apariencia con esmero y habían decorado sus cabezas con una pluma de quetzal.

Poco después fueron conducidos a una zona de la Gran Plaza que daba frente a los edificios que albergaban las dependencias reales. Allí habían colocado unos asientos en el centro de una zona acordonada. El mayordomo real les indicó que aquél era el lugar donde ellos debían situarse. Antes les había explicado el desarrollo de la ceremonia que iba a tener lugar.

Balam miró a su alrededor, todavía impresionado por la magnífica ciudad. La plaza se hallaba aquella mañana ocupada por un número considerable de espectadores, mantenidos a distancia por guardias regularmente situados. La llegada del grupo y del mayordomo real había levantado murmullos entre los que esperaban, aunque habían cesado pronto. Ahora reinaba de nuevo en el lugar un silencio expectante. Frente a ellos se elevaba una plataforma de piedra, de escasa altura, a la que se podía acceder por escaleras situadas a derecha e izquierda. Y, detrás, a su mismo nivel, un edificio grande y de amplio tejado amarillo que era sin duda la morada de Calavera de Animal. A ambos lados de su puerta, guardias armados y con lujosos atavíos permanecían inmóviles. Un sitial había sido colocado en la plataforma, con otros dos más bajos a cada uno de sus lados.

El mayordomo real había penetrado por la puerta del palacio, aunque poco después volvió a aparecer, esta vez acompañado por el Hombre de la Vara Alta, la misma persona que el día anterior había acudido a recibirlos en la entrada de la ciudad.

—*K'uhul ajaw* Cabeza de Animal —tronó la voz del mandatario—. Pueblo de Tikal, rendid homenaje a vuestro rey, cuyo poder viene de los dioses y él mismo es un dios —tras estas palabras los dos hombres se hicieron cada uno a un lado dejando libre la puerta.

Y por ella apareció el gran rey, precedido por dos servidores que agitaban unos incensarios. Era un hombre pequeño, aunque el tocado que lucía lo hacía parecer más alto. Se encontraba próximo a los sesenta años y presentaba una piel arrugada y de color oscuro, mientras sus ojos, inquietos, parecían observarlo todo. Portaba un cetro, cuyo cuerpo semejaba el de una serpiente, y sobre su cabeza lucía el símbolo del dios Hu'unal,[24] una diadema rematada en tres puntas en forma de flor. Varias plumas de quetzal de diversos colores y de extraordinaria longitud remataban el complicado tocado.

Tras él asomaron dos personas más. La primera era un hombre y portaba también los atributos de la realeza. Balam tuvo la seguridad de que se trataba del príncipe heredero. Era un individuo maduro, más alto que su padre y de piel más clara. Pero la mirada del joven apenas reposó en él, porque detrás venía la mujer más bella que Balam hubiera visto jamás. Su cuerpo era delgado y esbelto, y se movía con una gracia especial, como si no necesitara tocar el suelo para avanzar. El faldellín que llevaba dejaba a la vista sus piernas largas y desnudas, pues iba descalza, con tan sólo un adorno floral en los tobillos. En el torso únicamente una breve tela cubría su pecho, dejando al descubierto los brazos. Pero todo ello, se dijo Balam, lo único que hacía era servir de marco adecuado al rostro de una diosa.

Su cara, en contra de lo que era costumbre, apenas presentaba afeites: un toque de negro alrededor de los ojos y algo de color en las mejillas y en los labios. Y es que aquella joven no los necesitaba, pues no hacía falta tamizar la luz que irradiaba su piel ni dar mayor profundidad a la mirada de los ojos oscuros. Tenía el pelo negro, y sobre la cabeza lucía un pequeño tocado hecho con flores de vivos colores. Todo en ella era etéreo, como si en verdad fuera la diosa que Balam creía estar contemplando. Se situó delante del asiento que había a la izquierda del rey, mientras que el príncipe lo hacía a la derecha.

Calavera de Animal habló. Su voz era profunda, aunque perfectamente audible. Balam apenas lo escuchó, prendado como estaba de la bella joven, aunque sí llegó a entender, cuando el rey se volvió hacia ella, presentándola, que su nombre era Nikte'* y que era hija del monarca. Y entonces comprendió lo que ya debía haber imaginado: que la muchacha era la persona a la que habían ido a buscar y que era ella la que los acompañaría en el viaje de regreso a su ciudad.

La princesa Nikte' era el rehén que Tikal entregaba a Caracol a cambio de Cuernos de Ciervo.

El resto de la ceremonia pasó desapercibido para Balam. Sus ojos permanecían fijos en la joven, y hasta de vez en cuando hacía un pequeño movimiento tratando de llamar su atención. Pero la mirada de Nikte' permanecía fija en el horizonte, como si mirase, sin ver, la acrópolis que tenía enfrente. Tan sólo una vez descendió hacia el grupo de los que habían llegado desde Caracol, y se detuvo, por unos instantes, en aquellos ojos que permanecían fijos en ella. Ligeramente turbada, bajó lo suyos, aunque fue sólo un instante. Pronto volvieron a enfocar el infinito para permanecer, ya, inalterables.

Habló el rey. Habló Cuernos de Ciervo. Y también lo hizo Murciélago Blanco. Hubo intercambio de regalos, y cuando Balam subió a recoger el suyo, se encontró frente a Nikte'. La princesa tenía en sus manos el regalo que la casa real le había destinado. Era una figura de obsidiana no más larga que un palmo, pero Balam apenas reparó en ella. Sólo tenía ojos para la bella diosa y, cuando la mirada de ésta se cruzó por un momento con la suya, sintió cómo un estre-

* Flor en maya.

mecimiento recorría su cuerpo. Ella pareció evaluarlo durante unos instantes, y el joven habría jurado que una de sus finas cejas se levantó en un gesto divertido.

Balam quiso decir algunas palabras, pero sólo un lacónico «gracias» salió de sus labios. Unos instantes después se hallaba de nuevo en su asiento, abajo, en la explanada, recriminándose por su torpeza. Miró la pequeña escultura y comprobó con asombro que se trataba de la representación de un jaguar. Era un magnífico trabajo y el animal se encontraba en posición de acecho.

Notó, a su lado, que Murciélago Blanco se envaraba ligeramente, y se obligó a prestar atención al rey Cabeza de Animal, quien, con su voz profunda, estaba hablando de nuevo.

—Tikal ha sido, desde que los hombres tienen memoria, favorecida con el aprecio de los dioses. Somos grandes; y somos poderosos. Y esto es así porque esta ciudad siempre ha dado a nuestros creadores lo que éstos han demandado. Nuestro primer gran rey, Yax Eeb Xook,[25] fue soberano de Tikal por designio de ellos, y su estirpe se ha prolongado hasta hoy. Y cada uno de sus sucesores ha obedecido el mandato de los dioses. ¡Nuestros dioses reclaman sangre! ¡Exigen que ella riegue la tierra que nos han concedido! Y, cuando así lo hacemos, ellos nos corresponden enviándonos la lluvia que abona la tierra y que permite crecer al maíz que nos alimenta. Así ha sido y así debe seguir siendo. Los que pretendan ir en contra del designio de quienes nos han dado la vida no sólo atraerán sobre ellos la ira de nuestros creadores, sino que harán que todos suframos las consecuencias de su soberbia. Tlaloc, el dios que nos favorece con la lluvia, exige nuestra ofrenda. ¡Y nosotros se la damos!

Las últimas palabras las había pronunciado Cabeza de Animal con sus ojos fijos en el pequeño grupo que formaban los visitantes. Al terminar, su mirada se apartó de ellos y, pasando por encima de sus cabezas, fue a fijarse en la acrópolis que tenían a su espalda. El rey levantó el brazo derecho señalando hacia ella y lo mantuvo firme, haciendo que todos los presentes se sintieran obligados a darse la vuelta y mirar hacia allí.

El silencio que habían guardado hasta ese momento los espectadores reunidos en la Gran Plaza se hizo, si cabe, más intenso. Sin duda intuían lo que estaba a punto de suceder. También debía suponerlo Murciélago Blanco, pues su cara se había tornado inexpresiva y sus ojos se habían cerrado hasta formar una fina línea.

De uno de los templos situados en la zona derecha de la parte alta de la acrópolis surgió un reducido grupo de personas. Dos eran guerreros, sin duda de la Orden de los Campeones.[26] Su atavío era colorido, y una cabeza de águila de expresión fiera remataba el tocado que lucían alrededor de la frente. Entre ellos, sujeto por los brazos, caminaba un hombre de pequeña estatura, sin más vestuario que un escueto faldellín. Su cabeza estaba inclinada, con la mirada fija en el suelo, y parecía que le costaba andar.

Tras ellos salió del templo un cuarto personaje. Iba vestido de negro y sus largos cabellos aparecían sucios y enmarañados. Balam lo identificó de inmediato como un sacerdote del culto de Tlaloc, el dios de la lluvia traído de tierras del norte, pues su aspecto en nada se diferenciaba del que ofrecían los que él conocía en Caracol.

Llevaba un pequeño incensario del que emanaba un denso humo negro, y su boca se movía, sin duda entonando un cántico que no era audible desde donde ellos se encontraban.

La comitiva se detuvo próxima al borde de la plataforma, que prácticamente caía a pico sobre la plaza situada más abajo. El sacerdote se mantuvo un poco apartado, mientras elevaba el volumen de su canto, que ahora sí pudo escucharse, y agitaba el incensario dirigiéndolo alternativamente hacia los cuatro puntos cardinales.

El cántico finalizó de manera abrupta, y ello fue como una señal para los dos guerreros. Obligaron al hombre que permanecía entre ellos a arrodillarse y uno de ellos tiró de su cabeza hacia atrás, exponiendo su garganta. El sacerdote había dejado el incensario en el suelo y ahora exhibía en su mano un largo cuchillo con filo de obsidiana que había extraído de entre sus ropas. Dando un fuerte grito en el que Balam pudo distinguir el nombre de Tlaloc, se colocó junto al hombre arrodillado y de un solo tajo abrió su garganta, cercenando limpiamente el cuello de lado a lado.

La sangre manó en abundancia, y los guerreros inclinaron el cuerpo hacia delante, para que el líquido espeso cayera sobre la tierra. Luego, tras unos instantes en los que mantuvieron al hombre, ya inerte, en esa posición, se acercaron al borde de la plataforma y lanzaron el cuerpo al vacío.

Balam cerró entonces los ojos, aunque el sonido de aquel despojo humano rebotando contra la piedra se hundió en su cerebro. Por su cabeza pasaron, durante unos momentos, los instantes vividos en Caracol poco tiempo atrás, cuando el sacerdote del dios de la lluvia se precipitó desde lo alto de la pirámide. Y, como entonces, su mente se rebeló ante lo absurdo de aquella muerte.

Mientras el cuerpo caía, el hombre vestido de negro volvió a gritar el nombre de Tlaloc y, a modo de respuesta, un ruido sordo se dejó oír, lejos, hacia el este.

Fue como el retumbar de un trueno que, suave al principio, fue ganando en intensidad para apagarse después. El cielo, empero, aparecía de un azul inmaculado. El sacerdote se volvió hacia allí con los brazos levantados, manteniendo todavía en su mano la daga ensangrentada, y volvió a pronunciar en alta voz el nombre de Tlaloc. Entre los espectadores reunidos en la Gran Plaza se elevó un murmullo de asombro.

—¡Tlaloc ha hablado! —ahora fue Calavera de Animal quien se dejó oír de nuevo—. ¡Su voz de trueno ha expresado la satisfacción que siente por la sangre que le hemos ofrecido! —la muchedumbre congregada en la Gran Plaza guardaba ahora un sobrecogido silencio.

—El hombre que habéis visto morir —continuó el rey tras una pausa— era un espía al servicio de los enemigos de Tikal. La ofrenda de su vida no sólo satisface a los dioses, sino que permitirá que su espíritu pueda morar entre ellos en lugar de perderse para siempre en el mundo de las tinieblas. Su muerte florida[27] lo ha redimido.

Y, sin más palabras, Calavera de Animal se dio la vuelta y abandonó su lugar en la plataforma. Balam buscó entonces la mirada de Murciélago Blanco, pero no la encontró. Los ojos del chamán seguían fijos en la puerta que acababa de traspasar el rey, y su gesto, de extrema frialdad, parecía tallado en piedra.

La expedición regresaba por el mismo camino que había recorrido dos días atrás. Cabeza de Ciervo y sus tres servidores se habían quedado en Tikal y, a cambio, Nikte' y cuatro de sus doncellas viajaban ahora rumbo a Caracol. La princesa lo hacía sobre una pequeña silla de manos, aunque pronto la abandonó cuando el camino se convirtió en una estrecha vereda que se internaba en la selva.

Balam se había enterado de que la joven era la séptima de los ocho hijos de Calavera de Animal y de que ella tendría aproximadamente su misma edad: unos dieciocho años. Para el viaje había cambiado su atuendo del día anterior: ahora lucía una falda por debajo de las rodillas y unas botas de piel de venado que sujetaba con cintas alrededor de sus tobillos. Los brazos aparecían también cubiertos, para protegerse de los arbustos, y llevaba el pelo anudado en dos trenzas en las que había entretejido pequeñas flores blancas.

La mirada del joven maya continuaba prendida en ella y, aunque la princesa se mantenía altiva y distante, Balam habría asegurado que la mujer era consciente de su atención. Sus ojos de vez en cuando se encontraban, y los de Nikte', a pesar de su aparente indiferencia, permanecían sobre los suyos unos momentos más de los necesarios.

El día anterior, por la tarde, los integrantes de la expedición habían sido conducidos a visitar lugares de Tikal que aún no conocían, y después se les ofreció la oportunidad de presenciar un partido de pelota que enfrentaba a campeones de la Orden del Águila y campeones de la Orden del Jaguar. El rey Cabeza de Animal no estuvo presente, pero sí lo hizo la princesa Nikte', acompañada por algunos de sus hermanos y por varios dignatarios de la corte.

La cancha de juego se hallaba al este de la Gran Plaza y próxima a las dependencias en las que los expedicionarios habían sido alojados. Era larga y estrecha, limitada por dos paredes laterales que se inclinaban hacia el exterior y rematadas por plataformas sobre las que se situaban los espectadores.

Al finalizar el encuentro, el mayordomo real preguntó si alguien de entre los invitados deseaba participar en otro partido, e inmediatamente Luz Negra se levantó para aceptar. Luego, sus ojos negros buscaron los de Balam y lo retó con un gesto. Aunque notó sobre su brazo la mano de Murciélago Blanco, el joven aceptó de inmediato. Le apasionaba el juego de pelota y además era consciente de que Nikte' se hallaba presente. Incluso, aunque ella se encontraba a su espalda, tuvo la certeza de que los ojos de la joven estaban en aquel momento fijos en él.

Balam formó pareja con uno de los guerreros que los habían acompañado desde Caracol, mientras que Luz Negra lo hacía con uno de los hermanos de la princesa. Los contendientes vistieron las rígidas protecciones de cuero que envolvían codos, muslos, rodillas y caderas, y cubrieron sus manos con guantes de piel de venado. El partido fue breve. Tras unos comienzos en los que ninguno de los dos equipos logró ventaja, Balam se hizo con un rebote de la pelota en la pared y, mientras su compañero lo protegía del acoso de sus rivales, consiguió llevarla, golpeándola sólo con codos y muslos, hasta las proximidades del fondo que correspondía a sus contrarios. Allí lanzó la pelota alta y, apoyándose en el suelo con su brazo derecho, la golpeó con la cadera cuando caía. La dura esfera de caucho salió de los límites del campo a una altura suficiente como para que el mayordomo de palacio diera por terminado el partido.

Balam se puso de pie mientras los espectadores expresaban en alta voz su aprobación. Su mirada buscó la de la princesa y se encontró con unos ojos que lo observaban divertidos. Nikte' incluso esbozó una leve sonrisa antes de apartar la vista. El joven también sonrió y alzó los brazos con júbilo saludando a quienes lo aclamaban. Lo que no vio fue el desesperado gesto de rabia de Luz Negra y la mirada cargada de odio que éste le lanzó.

Desde entonces los dos jóvenes no habían tenido ocasión de cruzar palabra y ahora marchaban separados en la comitiva que regresaba a la ciudad de Caracol.

Luz Negra caminaba próximo a Nikte', intentando atraer su atención con alguna historia que le estaba contando, aunque sin conseguir que la princesa le prestara un excesivo interés.

Balam se había emparejado con su maestro, pues desde el día anterior notaba en éste un gesto adusto y un hermetismo que no eran habituales en él. Por la tarde, ya en las habitaciones que les habían asignado, había intentado hablar con el *halach winik*, pero éste le respondió con un lacónico: «Hablaremos mañana. Aunque te extrañe, estas paredes son capaces de oír».

Ahora, los muros de piedra se habían convertido en espesas paredes vegetales, y el chamán habló, aunque lo hizo en voz muy baja, como si temiera que incluso en plena fronda alguien pudiera escucharlo. Balam tuvo que hacer un esfuerzo para recoger todas las palabras de su maestro.

—El mensaje que transmitiré a nuestro rey no podrá ser más claro: Tikal está despertando. Y vuelve de su letargo con renovadas ansias de dominio...; y Calavera de Animal ha querido que así lo comprendiéramos.

—Tú conoces bien la historia de nuestro mundo, Balam —continuó Murciélago Blanco mientras sonreía a su discípulo—, y pareciera que los dioses siempre hubieran querido que los hombres estuviéramos enfrentados, quizá para mantener nuestro espíritu alerta, o tal vez porque el ser humano nunca sabe conformarse con lo que tiene. Tikal y Calakmul llevan ya varios ciclos de vida actuando como si fueran venados en la época de celo, cada uno tratando de demostrar a los demás que él es el más fuerte.

La mirada del chamán pareció perderse en las profundidades de la selva.

—Fue pocos años antes de mi nacimiento cuando Calakmul obtuvo una victoria que pareció poder acabar para siempre con las aspiraciones de los que hasta ayer han sido nuestros anfitriones. Pero, ay, parece que ese tiempo se acaba. En aquel entonces Tikal se hallaba desde largo tiempo bajo el dominio de Teotihuacán,[28] y los viajeros venidos del norte amenazaban con hacerse con todo nuestro territorio e imponernos sus costumbres... y hasta sus dioses. Suyo era el comercio, pues eran los dueños de la obsidiana, y ante la piedra negra poco podían nuestras semillas de cacao. Pero Calakmul y Caracol no lo permitieron. Se aliaron y entraron en guerra con Tikal, pues había que poner freno a la incontenible arrogancia del rey Wak Chan K'awiil.

—Sí, maestro, lo sé. Wak Chan K'awiil fue quien hizo a Yajaw Te K'inich rey de nuestra ciudad.

—Así es. Creyó que Yajaw sería como un muñeco en sus manos y que incluso colaboraría en su deseo de gobernar todo nuestro mundo, pero erró por completo en su valoración. Yajaw Te K'inich fue un magnífico soberano en cuyo pecho latía un corazón maya. Su boda con Ojos de Jade, nuestra gran reina, entonces princesa de Calakmul, no hizo sino cerrar los lazos entre ambas ciudades. Y, por fortuna, el hijo de ambos, el rey K'an II, sigue los pasos de sus padres.

—Pero Calavera de Animal no está sometido a Teotihuacán. Él es maya.

—Pero es esclavo de su propia ambición. Y desde Teotihuacán siguen susurrando en su oído las palabras que a él le gusta escuchar. Sabemos que lleva años preparando a sus guerreros y fabricando para ellos armas con filo de obsidiana. ¿No te fijaste en sus lanzas y espadas? Calavera de Animal hizo todo lo posible para que las viéramos.

—Sí. Y también el cuchillo del sacerdote...

Murciélago Blanco encogió levemente los hombros.

—Otro mensaje que nos hicieron llegar. Y por partida doble. Primero, nos dijeron que los dioses quieren sangre y que Tlaloc, un dios que no era nuestro y que nos han traído desde el norte, es quien maneja la lluvia. Y de la lluvia depende nuestro maíz...; y, en último término, nuestra vida. Y, segundo, nos han dicho que saben que tenemos espías en Tikal.

—Pero todas las ciudades se espían...

—Así es. Pero un hombre ha muerto. Alguien que nos informaba. Y los otros espías que teníamos en Tikal serán ahora más reacios a seguir colaborando.

Balam guardó unos instantes de silencio antes de formular su siguiente pregunta, aunque Murciélago Blanco, con su mirada, lo animaba a seguir.

—¿Y la voz de Tlaloc? ¿El sonido del trueno cuando aquel hombre fue sacrificado?

—¡Bah! Supercherías de esos sacerdotes andrajosos. Te darías cuenta de que sólo uno de ellos apareció en lo alto de la acrópolis. Y a esa gente le gusta exhibirse. Debieron de sortear quién iba a ser el afortunado que le iba a cortar el cuello a aquel pobre desgraciado y los demás corrieron a la selva para hacer su trabajo. Lo malo es que el pueblo cree que Tlaloc habló.

Balam se abstuvo de decir que también él había sentido un escalofrío recorrer su espalda cuando, en el silencio de la plaza, fue creciendo el sonido de aquel trueno distante.

—¿Ellos hicieron el ruido? ¿Pero cómo...?

—Troncos huecos sacudidos con palos..., grandes tambores rituales golpeados con furor... Están acostumbrados a hacerlo. En sus ceremonias imitan el sonido del trueno para atraer la atención de Tlaloc. El grito que lanzó el sacerdote cuando el cuerpo caía fue la señal. La verdad es que en esta ocasión se esmeraron.

Maestro y discípulo continuaron su camino en silencio.

La tarde avanzaba y la expedición se hallaba ya próxima al lugar en que pasarían la noche.

—La princesa Nikte'... —Murciélago Blanco pareció estar hablando para sí mismo—. Es muy guapa, ¿no es cierto? Me recuerda a Ojos de Jade cuando tenía su edad, aunque la verdad es que son mujeres distintas. —Y, sin apenas transición, continuó—: El partido de pelota, Balam. Comprendo que aceptaras, aunque no debiste hacerlo. Si hubieras perdido les habrías dado un motivo más para humillarnos.

—Sí, maestro, pero gané —los ojos del joven brillaron divertidos.

—Cierto. Y además jugaste muy bien.

13

ORATORIO MAYA EN EL PETÉN (NORTE DE GUATEMALA), AÑO 2001

El trabajo en el campamento seguía su curso, aunque nadie había vuelto a tocar el tema del mensaje que encerraban las paredes del oratorio. Al despertarse con el amanecer, Nicole se había encontrado con la mirada interrogante de su prometido.

—Nada, Jean, no he recibido visitas del más allá. Ni siquiera he soñado con las inscripciones. Que yo recuerde, sólo lo he hecho con una gata que tuve de pequeña. Era preciosa, pero un día desapareció.

—Vaya... Una gata. Quizá ha vuelto para darte un mensaje. ¿No te habló?

—No tiene gracia, Jean. Te diré que la quería mucho.

Durante los trabajos de la mañana Jean se había revelado como un excelente ayudante de campo. Los arqueólogos estaban completando el levantamiento cartográfico del yacimiento, y las dotes del joven como dibujante y como arquitecto habían sido de gran ayuda. Nicole pudo ver como Augusto Fabricio le palmeaba el hombro y también pudo escuchar las palabras que le dedicó:

—Habría sido usted un magnífico arqueólogo, muchacho —y acto seguido, con la sonrisa bailando en sus pequeños ojos—: Claro que todavía está usted a tiempo.

Nicole se hallaba recostada contra un árbol, repasando sus notas y consultando de vez en cuando algún libro. Empezaba a comprender el mundo maya y hasta podía imaginar la manera de ser de aquella gente, pero le costaba un esfuerzo tremendo el tratar de captar sus complejos sistemas de numeración. No ya el numeral de base veinte, que al menos podía asimilar, sino, sobre todo, los intrincados calendarios por los que se regían.

Hacía esfuerzos por entenderlos, y hasta se planteaba ejercicios con el calendario *haab*, de dieciocho meses de veinte días y uno de cinco, y con el calendario *tzolk'in*, compuesto por doscientos sesenta días. La existencia del *wayeb* (el mes de cinco días) la había sorprendido, pues también los egipcios finalizaban el año de modo similar, añadiendo un apéndice de cinco días —llamados *epagómenos* en el griego ptolemaico— para completarlo. En ellos celebraban el nacimiento de algunas de sus divinidades.

—¿Es casualidad, Jean, conclusión lógica o un misterio por explicar? ¿Tú que crees? —le había comentado a su prometido.

—¿Qué base de numeración usaban los egipcios? —preguntó él.

—Diez. Su año se componía de tres estaciones de ciento veinte días, a su vez divididos en cuatro grupos o meses de tres veces diez.

—Pues entonces parece lógico que a ambas civilizaciones les sobraran los cinco días. Aunque —añadió sonriente— tu fama crecería si pudieras demostrar que se habían puesto de acuerdo.

Pero resultaba que los mayas, para dar una fecha, utilizaban al mismo tiempo sus dos calendarios. Así, un día determinado se expresaba mediante un galimatías de cifras y nombres que, a Nicole no le cabía duda, ni ellos mismos entendían. A duras penas consiguió seguir la explicación que le había dado Jean durante su estancia en Ciudad de México de que el nombre de un día concreto que mezclara ambos calendarios no volvería a repetirse hasta cincuenta y dos años después.

—La verdad es que no es fácil —había admitido su novio—, sobre todo para nosotros, que nos resulta extraño. Pero si lo asimilas desde pequeño...

—Ni pequeño ni nada —había sido su enfurruñada respuesta—. Si tú me dices que me invitas a bailar el *9 manik' 13 k'ayab* a las siete de la tarde, ya puedes esperarme sentado, porque si aparezco será por casualidad.

Y por si aquello fuera poco, tenían además la cuenta larga, se dijo la arqueóloga mientras pasaba la página del cuaderno que estaba consultando. Con ella numeraban, en su dichoso sistema vigesimal, los días que habían pasado a partir del momento en que los dioses pusieron en marcha nuestro mundo, hacía ahora de ello 5.114 años. Y ni siquiera la cuenta larga mantenía la base vigesimal en todos sus niveles, pues en el segundo, el que equivaldría a nuestras decenas, se detenía en el 18 en lugar de llegar hasta 20.

—Estaban definitivamente locos —le había dicho Nicole a Jean mientras ella trataba de asimilarlo.

—No creas que tanto —repuso él—. Lo hacían así para que ese segundo nivel, en lugar de llegar a veinte veces veinte, lo que sería nuestro 400, se parara en 360, que es un número muy aproximado al de días que tiene un año. Con ello, te basta calcular el número que obtienes del tercer nivel para arriba y tendrás una idea muy aproximada de la cantidad de años que han pasado.

Nicole acomodó la espalda en el tronco del árbol y estudió la página en la que había dibujado los símbolos y los nombres utilizados en la cuenta larga. *Kin, K'atun, Bak'tun...*; las palabras bailaron ante sus ojos. Al pie Jean había escrito la fecha de nacimiento de Nicole, 13 de mayo de 1972, y su equivalente en la cuenta larga: 12.17.18.14.8.

GLIFO	NOMBRE	
	Kin	1 Kin = 1 día
	Uinal	1 Uinal = 20 Kin = 20 días
	Tun	1 Tun = 18 Uinal = 360 días (1 año aprox.)
	K'atun	1 K'atun = 20 Tun = 7.200 días (20 años aprox.)
	Bac'tun	1 Bac'tun = 20 K'atun = 144.000 días (395 años aprox.)
	Pic'tun	1 Pic'tun = 20 Bac'tun = 2.880.000 días (7.885 años aprox.)

El joven arquitecto lo había hecho como ejercicio para que ella viera cómo podía pasarse del calendario habitual occidental a la cuenta larga maya, y también como un recuerdo de aquel viaje. «Los chinos te dan tu nombre escrito en sus caracteres —le había dicho—. Bien está que de los mayas te lleves la fecha de tu nacimiento.»

—Jean —Nicole levantó la mirada del cuaderno mientras una idea pasaba por su mente. Comprobó que su prometido se hallaba cerca, inclinado ante una mesa de campaña sobre la que habían extendido unos planos—, ven un momento, por favor.

—Para serviros, señora —el joven se acercó sonriente—. ¿Qué deseáis? ¿Una bebida fresca, algún aperitivo?

—Pues no estaría mal —le devolvió la sonrisa y echó una mirada a su reloj—. La verdad es que ya va siendo hora de parar un rato; pero antes tienes que hacer los deberes. Anda, calcúlame cómo representarían los mayas en su cuenta larga 1.867.895 días contados a partir de la creación de lo que ellos llaman nuestro mundo.

Las cejas del arquitecto se fruncieron ligeramente mientras la sonrisa desaparecía de su rostro.

—Esa cifra, Nicole, es la misma que aparece en las inscripciones de la pared del oratorio.

—Sí.

—Acaso piensas que...

—No lo sé. Es sólo una idea.

—Sí, claro, puede ser —la voz de Jean sonaba ahora agitada—. Hasta parece lo lógico.

El hombre se dirigió hacia la mesa de trabajo mientras

Nicole cogía su cuaderno y se levantaba para seguirlo. De pronto ambos se sentían embargados por una imperiosa urgencia.

—Jean, lo más probable es que no resulte nada...

Pero su prometido pareció no escucharla. Tomó lápiz, papel y una pequeña calculadora. Cuando terminó, se obligó a repetir las operaciones para cerciorarse de no haber cometido ningún error.

—12.19.8.10.15 —recuadró la cifra y se la mostró a la mujer. Nicole la copió y rebuscó en el cuaderno.

—Es el mismo número 11.13.9.14.15 que figura en el oratorio, sólo que visto desde otra perspectiva —la voz de la arqueóloga sonaba ahora nerviosa—. Es por ese segundo nivel de la cuenta larga que sólo llega a 18, ¿verdad?

—Sí. A partir de ahí cambia todo.

—Así pues, ese número de días que figura por dos veces en el oratorio, una vez traducido a la cuenta larga, nos daría la fecha 12.19.8.10.15 —murmuró en voz baja—. ¡No se repite ningún número y todos están en lo que llamamos la segunda parte de las inscripciones! —se volvió hacia él—. Jean, ¿será posible...?

El joven no contestó, pero su mirada resplandecía por la emoción.

12. *En la ciudad de Uaxactún / en la pirámide del sol.*
19. *Un hombre camina* [hacia] */ el sol en el solsticio de verano.*
8. *En el templo / del sol en el solsticio de invierno.*
10. *Un hombre camina* [hacia] */ Venus del norte* [posición extrema de Venus en el hemisferio norte].

15. Los dos caminantes contemplan / la estela de la celebración de Naranjo.

—¡Sí, sí, tiene sentido! —Guy Lalande parecía a punto de dar saltos de emoción—. La clave está en Uaxactún, como pensábamos, y precisamente en la plaza de las pirámides. Hay dos direcciones, las que siguen los caminantes, y ambas se encuentran en un punto. ¡Allí está la clave!

Se hallaban todos situados alrededor de la mesa de campaña, y el arqueólogo francés había hecho un dibujo sobre una hoja en blanco.

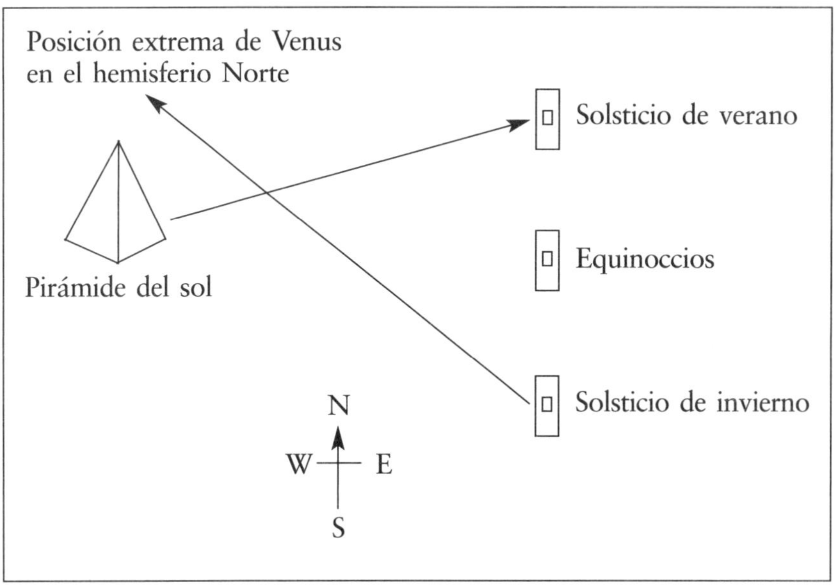

—Recordáis lo que os dije de Uaxactún, ¿verdad? —Lalande se dirigió a Nicole y a Jean con voz emocionada—. ¿Los tres edificios al este de la pirámide del sol que marcaban las distintas posiciones astronómicas? Bueno, pues la primera línea iría desde la pirámide del sol hacia el edificio del solsticio de verano, y la segunda desde el edificio del solsticio de invierno hacia la posición más extrema de Venus en nuestro hemisferio. Se encuentran los dos caminantes *et voilá!* —el arqueólogo marcó con una X el lugar en el que ambos trazos se cortaban y concluyó como hablando para sí mismo, con los ojos brillantes—: Se ha demostrado que yo tenía razón.

—¿Razón en qué? —la voz de Julio Rivera sonó casual aunque su ceño se había fruncido—. Te recuerdo que hasta hace unos momentos estábamos todos perdidos y que han sido nuestros amigos los que nos han abierto esa puerta que tanto ansiábamos. Creo que lo primero es felicitarlos y lo segundo agradecérselo de corazón.

—¿Eh…? Sí, claro. Enhorabuena y muchas gracias, Nicole, Jean. Lo que he querido decir es que yo siempre he insistido en que todo apuntaba hacia Uaxactún. Que tarde o temprano…

—¿Cómo sólo gracias y enhorabuena? —Augusto Fabricio lo interrumpió tajante—. Deberíamos hacerles una estatua en el centro de este claro. Y si de todo esto sale algo, nadie dudará de que el mérito es suyo. Yo, por lo menos, no.

—¡Qué tontería hablar de méritos! —Nicole terció sonriente—. Ha sido sólo una idea y un poco de suerte. Además está por ver adónde nos lleva todo esto. Guy lo ve claro, pero a mí…

—Yo también creo que has acertado, Nicole, por si te sirve de algo —Julio Rivera la miró con verdadero afecto—. En la plaza de las pirámides de Uaxactún hay varias estelas con inscripciones, y algunas de ellas aún no han sido por completo descifradas. ¿No es así, Augusto?

—Cierto, cierto. Tengo trabajos publicados sobre ello. Ahora nos resta saber de qué estela se trata y ver si podemos descifrarla. Aunque hay algo que me extraña: no recuerdo ninguna que haga referencia explícita a Naranjo. No sé..., tendría que verlo —el guatemalteco mesó su bigote.

—La posición de Venus... —dijo Jean—. Imagino que será conocida.

—Sin duda. Hoy pediré al observatorio de Ciudad de México que nos la manden —Nicole y Jean nunca habían visto a Julio Rivera tan eufórico—. Además os aseguro que es exactamente la misma hacia la que miraban los mayas hace quince siglos. Venus era para ellos algo muy especial y sabían con precisión dónde encontrarlo cada día del año. Llamaban a Venus *Chak'ek*, o gran estrella, y le tenían terror, pues pensaban que era un planeta cuyos influjos resultaban muy negativos, y que podía enviarles guerras y calamidades. Conocían con precisión el tiempo que duraba su periodo de rotación alrededor del sol,[29] y los mayas celebraban ceremonias para aplacarlo cuando se encontraba en posiciones determinadas. Te comentaba el otro día, Nicole, que en Chichén Itzá se conserva un observatorio astronómico maya. ¿Te acuerdas? Pues una de las direcciones a las que mira es precisamente aquella de la que estamos hablando: Venus en su posición más septentrional.

—Muy bien —Nicole miró a sus compañeros con picardía—. Entonces, ¿cuándo nos vamos a Uaxactún?

—Lo antes posible, no te quepa duda —fue de nuevo el arqueólogo mexicano quien habló—, aunque no es tan sencillo. Antes hay que hacer unos cuantos arreglos: viaje, estancia...; y además tenemos que terminar el levantamiento de este yacimiento.

—Eso puede esperar —la voz de Lalande sonó áspera—; es irrelevante frente a lo que nos espera.

—Nada es irrelevante en arqueología, y tú lo sabes. Además, no creo que suponga retraso: casi hemos terminado.

—Manos a la obra —intervino Fabricio dando una palmada—. Tú, Julio, ve ocupándote de los detalles del traslado; Guy y yo continuaremos con la cartografía, y seguro que Jean sigue dispuesto a ayudarnos —le dirigió un guiño al arquitecto—. Y tú, hada Nicole, imagino que tendrás que terminar de preparar el programa de televisión.

—Sí, casi lo había olvidado —la joven miró el reloj—. ¡Vaya!, me queda poco más de una hora. ¿Qué creéis que puedo contar de todo esto?

—Nada, nada en absoluto —Guy Lalande se adelantó a sus dos compañeros—. Al menos nada que pueda resultar mínimamente significativo.

Nicole fue a decir algo, pero comprendió que, al menos esta vez, su compañero del Louvre tenía bastante razón. Julio Rivera se encogió de hombros como diciendo «así son las cosas» y Fabricio le dirigió un guiño cariñoso. Jean, sonriente, le mandó un mudo beso.

El grupo se deshizo y la mujer tomó su cuaderno y regresó al árbol contra cuyo tronco había permanecido apoyada.

De lo que nadie se había percatado era de que uno de los conductores de la expedición había permanecido próximo a ellos mientras conversaban, en apariencia ocupado en distribuir unos bultos. Ahora él también se puso en marcha y fue a reunirse con sus compañeros.

14

CIUDAD MAYA DE CARACOL, AÑO 627 DE NUESTRA ERA

La época de lluvias parecía haber concluido[30] y el cielo se mostraba asombrosamente limpio. Los dioses habían sido generosos con los pueblos mayas y aquel año el agua había caído en abundancia, haciendo que la selva rebosara de vida y que las cosechas de maíz estuvieran garantizadas.

Quizá contagiadas por el ambiente exuberante que las rodeaba, las dos muchachas reían. Estaban sentadas al sol del atardecer en uno de los jardines que se hallaban próximos a la gran pirámide y recibían la luz por detrás, dejando que el calor envolviera su espalda. Garza Azul jugueteaba con unas flores que había cortado, entretejiendo sus tallos, mientras Nikte', a su lado, tenía en las manos un abanico blanco que usaba distraídamente.

La princesa de Tikal llevaba ya casi un año en Caracol y parecía haberse adaptado poco a poco a su nueva vida. Tanto el rey K'an como Murciélago Blanco habían pensado que Garza Azul sería la persona idónea para facilitar la incorporación de la joven a la ciudad que la acogía, aunque ni siquiera hizo falta pedirle su colaboración. La nieta de Ojos de Jade percibió el mismo día en que fueron presentadas que la princesa, detrás de la adusta fachada que su educación y su condición le imponían, era tan sólo una muchacha asustada. Desde entonces la había cuidado y aconsejado, pero, sobre todo, se había convertido en su amiga.

Las dos formaban una pareja que había pasado a ser habitual para los habitantes de Caracol. Se las veía pasear juntas, mantenerse una al lado de la otra en los actos oficiales, o simplemente, como ahora, hacerse compañía mientras charlaban con animación.

La princesa de Tikal resplandecía por su extraordinaria belleza, aunque un observador casual podría sentirse igualmente atraído por la magnética personalidad de su compañera. En la pequeña Garza Azul todo era sutil, casi etéreo, y hasta su piel poseía una finura especial que recordaba, según decían quienes la conocieron, a su abuela Ojos de Jade.

—No me gusta la lluvia —estaba diciendo Nikte'—. Sí, sí, ya sé que si los dioses nos castigaran sin ella, todos moriríamos; pero sigue sin gustarme —frunció la nariz mientras sonreía—. Odio quedarme encerrada mientras fuera llueve sin parar, detesto que los días sean oscuros y no poder ver el sol, y no soporto mancharme los pies de barro y que mi ropa se quede empapada. Los dioses deberían inventar algo distinto para dar vida a la naturaleza.

—Que no te oigan los sacerdotes de Tlaloc —Garza Azul aparentó mirar a su alrededor mientras sonreía—. Y además, piensa que sin la lluvia no apreciarías tanto un día como el de hoy.

—Sí...; tienes razón. Pero, al menos, si no existiera la lluvia, tampoco existirían esos sacerdotes —ahora fue la princesa quien miró por encima de su hombro—. Te aseguro que no me gustan nada. Y es que aquí, en Caracol, apenas tenéis que sufrirlos, pero en Tikal... De verdad, te diría que allí parecen tener más poder que mi propio padre. Y son tan sucios..., tan intransigentes... Y tan feos —concluyó riendo—. Tlaloc debe de tener muy mal gusto para hacerles caso.

—Aquí también intentan ganar poder. Murciélago Blanco nos cuenta que cuando él era joven apenas eran tenidos en cuenta. Pero ahora, ya lo ves... Tienen muchos seguidores.

—Sí. Luz Negra los defiende con vehemencia. Y justifica sus ritos sangrientos. Argumenta que Tlaloc se nutre de sangre humana. Un día me atreví a decirle que a mí no me gustaban y se puso furioso.

—Es un tema que procuramos evitar cuando hablamos con él —asintió Garza Azul—. Pero no creo que contigo se pusiera *muy* furioso —su mirada chispeó divertida.

—¿Qué? ¡Ah!, insistes en que él me corteja, ¿verdad? —Nikte' rió—. Más bien creo que se ve reflejado en mí. No olvides que nuestro papel es muy parecido: los dos estamos en esta ciudad como... invitados.

Garza Azul guardó unos momentos de silencio mientras contemplaba a su amiga.

—En eso eres afortunada, Nikte'. No es sólo Luz Negra. Hay otros que con gusto se convertirían en tus esclavos —en la voz de la joven asomó un trasfondo de tristeza.

—Te refieres a Balam, ¿verdad? —la princesa apoyó su mano libre sobre las de su amiga—. ¡Bah!, no hagas caso. Piensa que aquí soy todavía una novedad. Lo malo es que pronto dejaré de serlo. Ya verás como entonces no les pareceré tan interesante. Y será una pena —añadió con un mohín.

—Nikte' —la voz de Garza Azul sonó seria mientras sus ojos parecieron mirar más allá de la selva que se abría frente a ellas—, ya sabes que a veces tengo sensaciones que hablan de lo que está por venir. Desconozco de dónde proceden y tampoco sé hasta qué extremo pueden convertirse en realidad. Pero sí te diré que me asaltan con rudeza, y que lo hacen de pronto, cuando menos lo espero. Y rara vez tratan de algo en lo que yo haya estado pensando o cuyo desenlace me haya planteado.

La joven maya fijó sus ojos profundos en los de su amiga.

—Creo que se acercan tiempos difíciles, aunque desconozco hasta qué punto pueden afectarnos a nosotros o a nuestro pueblo. Pero cuando estoy a vuestro lado, contigo, con Balam,... incluso con Luz Negra o con Murciélago Blanco, siento que vuestra vida va a cambiar; que los dioses así lo han dispuesto y que ellos también van a estar involucrados. Y esa impresión es más fuerte cuando se trata de Balam y de ti. Pero no te asustes: la sensación que me atenaza no es de tristeza.

—¿Y qué más presientes? —la voz de Nikte' sonó agitada—. Cuéntamelo todo, por favor.

—No hay más, créeme —ahora fue Garza Azul la que oprimió la mano de la princesa mientras sonreía—. Siempre es así. Se trata sólo de impresiones que no puedo explicar.

—¿Y tú? ¿Qué sientes que te va a suceder a ti?

—Nada. No lo sé. Esos presentimientos nunca me incluyen.

—¿Y dices que Balam y yo...?

—No, no; sólo que la sensación es más fuerte. Quizá se deba a que os siento más cercanos. Pero no te preocupes: lo que anuncia el futuro no es negro...; sólo es distinto.

Una figura surgió por detrás de una de las construcciones próximas a la gran pirámide, en la zona en la que la ciudad daba paso ya a la selva y, aunque dudó al verlas, finalmente se dirigió hacia ellas. Ambas lo reconocieron al instante, pues la imagen de Luz Negra resultaba inconfundible. No era sólo la piel oscura o el pelo azabache, que llevaba largo, sino algo en su porte, hasta en su manera de andar, que transmitía esa sensación de suficiencia propia de quien se siente seguro de su condición social.

Se aproximaba ya el día en el que el príncipe de Naranjo debía volver a su ciudad. Su periodo de estudios en Caracol pronto iba a darse por finalizado y las dos ciudades pactarían un nuevo intercambio de rehenes.

Las relaciones entre ambos reinos distaban desde hacía tiempo de ser buenas, pero hacía meses que pasaban por momentos especialmente difíciles. La influencia de Tikal sobre su ciudad vasalla de Naranjo era cada vez más notoria y daba la sensación de que la estuviera utilizando a modo de ariete para probar el talante y la resistencia de otras ciudades de la zona. Gran Escorpión, rey de Naranjo y padre de Luz Negra, había ido cobrando fama de hombre pendenciero e intransigente. Hacía diecisiete años que había usurpado el trono, asesinando a la anterior familia real en pleno. Contó para ello con la ayuda encubierta de Tikal, que por aquel entonces había perdido el sometimiento de Caracol y necesitaba mantener su influencia en la zona.

Gran Escorpión tomó por sorpresa el palacio real, asesinó a Aj Wosal —a la sazón rey de Naranjo y vasallo de Calakmul— y a su familia, ocupó el trono real y anunció su sumisión a Tikal.

Desde entonces las relaciones entre Caracol y Naranjo habían sido frías, aunque cada una se guardaba de ofender a la otra y las transacciones comerciales se mantenían fluidas. Pero desde hacía unos pocos meses la situación había cambiado en detrimento de Caracol. Eran pequeños detalles: retrasos en la entrega de mercancías, exigencias y cambios que se hacían con posterioridad a haberse concretado determinados acuerdos, acusaciones veladas de incumplimientos, dificultades crecientes en las relaciones diplomáticas... Y era claramente Naranjo quien estaba tensando la cuerda, aunque luego fueran sus dignatarios los que más alzaran la voz quejándose de la actitud negativa de Caracol. Y detrás de todo ello se adivinaba la larga mano de Calavera de Animal, el rey de Tikal.

Luz Negra se mantenía, al menos en apariencia, al margen de la situación. Procuraba evitar las reuniones de la corte en las que pudiera hablarse del asunto y él nunca lo sacaba a colación, aunque en ocasiones, cuando se veía obligado a hacer algún comentario, daba la impresión de estar perfectamente informado de los últimos sucesos.

Tampoco los sacerdotes de Tlaloc contribuían a ponerle las cosas fáciles al rey K'an II. Durante el último año sus exigencias y su presencia en todos los niveles de la sociedad de Caracol habían ido aumentando. También lo había hecho el número de sus adeptos, y ya venían celebrando con regularidad ceremonias en las afueras de la ciudad en las que se sacrificaban animales. Los seguidores del dios de la lluvia no se recataban en declarar en alta voz que Tlaloc no se iba a conformar con la sangre que se le ofrecía, y que el dios pronto reclamaría la de los seres humanos.

Murciélago Blanco y el propio rey habían recibido informaciones de que en las ceremonias los propios sacerdotes y algunos de sus seguidores más enfervorizados se autoherían con agujas hechas de hueso, con aguijones de mantarraya o con puntas de obsidiana. Con ellas atravesaban los lóbulos de sus orejas, la lengua, y los sacerdotes incluso la piel de su pene. La sangre obtenida se recogía en unas vasijas donde empapaba tiras de hojas secas que luego eran quemadas mientras se rendía culto al dios. Los que habían estado presentes relataban que el olor que envolvía aquellos ritos era repugnante.

La sonrisa de Luz Negra al llegar junto a las dos jóvenes pareció forzada, aunque su voz trató de sonar intrascendente.

—Los dioses nos han ofrecido un magnífico día, y vosotras hacéis bien en aprovecharlo —dijo.

—Que ellos te den larga vida, Luz Negra —le respondió Nikte' mientras Garza Azul le dirigía una sonrisa—. Tú también lo disfrutabas, porque venías de la selva, ¿no?

El príncipe de Naranjo pareció turbado y por unos momentos no supo qué responder.

—Eh..., bueno, yo..., sí. La verdad es que estaba dando un paseo. Tenía cosas en que pensar y quería estar solo.

Como desmintiendo sus palabras, otras dos figuras surgieron por el mismo lugar por el que lo había hecho Luz Negra unos momentos antes. Estaban lejos y pronto se perdieron de vista entre unos edificios, aunque las dos mujeres tuvieron la misma impresión, como más tarde comentarían: aquellas vestimentas oscuras e inapropiadas para la temperatura que hacía únicamente podían corresponder a sacerdotes del dios Tlaloc.

—Maestro, no hemos vuelto a hablar del viaje que hicimos juntos hace ya un año, pero ahora quisiera hacerte una pregunta —Balam no necesitó ser más explícito, pues no tuvo duda de que el *halach winik* lo entendería perfectamente.

Murciélago Blanco asintió con la cabeza, aunque se mantuvo en silencio. Se hallaban los dos sentados en el patio de la casa en la que habitaba el hombre sabio y que también había acogido a Balam durante los primeros años de su vida en Caracol. Ix Tab, la mujer del chamán, había dispuesto sobre una pequeña mesa unos cuencos que contenían chocolate espumoso y un plato con pequeñas tortillas de maíz. Luego, después de permanecer un rato junto a ellos de conversación, se había retirado al interior de la casa dejándolos solos.

El joven maya había pedido permiso por la mañana a Murciélago Blanco para ir a visitarlo esa tarde y su maestro había asentido complaciente. De camino, Balam había percibido a lo lejos, sentadas en uno de los jardines próximos a la gran pirámide, a Garza Azul y a Nikte'. Se hallaban de espaldas a él y no podían verlo. Estuvo tentado de acercarse, aunque sólo fuera un momento, pero desistió. No quería que la princesa pudiese pensar que su presencia no resultaba casual y que lo que él pretendía era atraer su atención.

La relación de Balam con ella había ido haciéndose día a día más cercana desde cuando se conocieron en la gran ciudad de Tikal. El joven pensaba que ella lo recordaría de aquella ocasión, pues la muchacha había seguido con atención el partido de pelota, pero no se había atrevido a preguntárselo. Fue Nikte' quien, al poco de su llegada a Caracol y con motivo de una recepción en el palacio de K'an II, le preguntó sonriente:

—¿Conservas el recuerdo que te ofrecimos en tu visita a nuestra ciudad? Confío en que fuera de tu agrado.

Balam sintió que su corazón latía un poco más deprisa. Le habría gustado decirle a la princesa que no sólo lo guardaba, sino que lo contemplaba todos los días y que incluso lo tomaba entre sus manos recordando el momento en que la joven lo puso en ellas.

—Sí, princesa, lo conservo —y añadió sintiéndose imbécil por no ser capaz de responder algo más ingenioso—: Fue un regalo de lo más apropiado.

—¿Lo dices por tu nombre? —ella rió y Balam pensó que aquel sonido era maravilloso—. Te diré que fui yo quien eligió la figura del jaguar para que fuera tu regalo. Lo hice cuando en la corte de mi padre los estaban preparando y alguien comentó que uno de los visitantes tenía el nombre del animal. Lo que yo no sabía era con quién me iba a encontrar: si con un viejo sacerdote desdentado o...

—¿O?

—... o con un aceptable jugador de pelota —concluyó ella mientras reía de nuevo.

Los dos jóvenes habían coincidido después en múltiples ocasiones, pues la creciente amistad de Nikte' con Garza Azul lo había propiciado. La princesa incluso había asistido durante un tiempo a las clases que Murciélago Blanco daba a sus discípulos. Allí fue donde el joven maya comenzó a saber lo que eran los celos, pues Luz Negra no se recataba en mostrar su admiración por la mujer y procuraba situarse junto a ella siempre que podía. Cuando Nikte' reía por algún comentario del príncipe de Naranjo o simplemente se dirigía a él para preguntarle algo, Balam sentía un aguijonazo en su corazón. Tampoco para la muchacha pasaba él desapercibido, aunque el muchacho no llegaba a ser consciente de ello: con frecuencia, cuando la miraba, se encontraba con sus ojos ya fijos en él.

Durante sus conversaciones, Balam descubrió que, además de su extraordinaria belleza, Nikte' era una mujer divertida e inteligente, y que su educación en la corte de Calavera de Animal había sido esmerada. Era capaz de hablar sobre cualquier tema, aunque, sobre todo en astronomía, sus conocimientos eran profundos, y la joven disfrutaba cuando podía mantener una charla con los *maestros de las estrellas*. No era de extrañar que, a esas alturas, Balam estuviese ya perdidamente enamorado.

Ahora, sentado frente a su maestro, el joven maya había olvidado por el momento a la bella princesa. Con voz tranquila expuso al *halach winik* el motivo de su visita. Siempre le había resultado fácil hablar con él; no en vano había sido como el padre que nunca conoció.

—Tú me dijiste que cuanto vivimos aquella noche fue real y que en verdad nuestros espíritus viajaron en los cuerpos de aquellos poderosos animales. No lo pongo en duda porque tú me lo aseguras, pero aunque no hubiera sido así lo recordaría como algo maravilloso. Y quiero saber, maestro, si me está dado repetirlo.

Murciélago Blanco lo observó en silencio mientras su cabeza se movía levemente en señal de asentimiento.

—Has tardado en venir a preguntármelo, hijo mío, lo cual habla del rigor con el que controlas tus deseos. Te diré que no es potestad mía regular los momentos en los que tu espíritu desee liberarse y viajar en ese otro cuerpo que los dioses te prestan. A ti corresponde el ser dueño de tus decisiones. Lo que sí dependía hasta ahora de mí —el chamán dejó escapar una suave risa— era el proporcionarte los medios para ello. Ojos de Jade tampoco me facilitó los ingredientes del líquido mágico en seguida; hubo de pasar un tiempo desde aquel atardecer en el que habité por primera vez en el cuerpo del gran murciélago. No —los ojos del hombre sabio se velaron por el recuerdo—; la reina esperó con paciencia hasta comprobar que yo estaba preparado para ello.

—Ya te dije aquella noche —continuó Murciélago Blanco— que el líquido debe ser consumido con sumo cuidado y que el exceso puede hacer que tu espíritu vague sin control y no halle el camino de retorno. Entonces tu cuerpo humano morirá. Si te hubieras mostrado ansioso por repetir la experiencia, yo habría esperado hasta ver que tu ánimo se calmaba; y quién sabe si hasta habría llegado a negarte el conocimiento que ahora te voy a dar. Pero no ha sido así y hoy saldrás de esta casa con el secreto de los dioses. Y puede que algún día seas tú el que deba transmitírselo a alguien más.

Balam sentía un cúmulo de emociones encontradas. Su cuerpo era de nuevo el del gran jaguar que él ya conociera la noche en la que viajó con Murciélago Blanco por la selva. Ahora nadie lo acompañaba. Su forma humana lo esperaba en un pequeño claro de la selva que él había elegido con cuidado de forma que estuviera alejado de los lugares frecuentados por los habitantes de Caracol. El chamán le había asegurado que ningún animal haría daño al cuerpo inmóvil, pues los dioses lo protegían, pero aun así Balam sintió aprensión cuando por fin, sentado en un tronco, ingirió la pócima que había fabricado siguiendo las instrucciones de su maestro. Al igual que entonces sintió un ligero mareo, que fue creciendo hasta hacerle creer que iba a perder el conocimiento, pero la sensación pasó repentinamente y Balam supo que, como en aquella ocasión, su espíritu había pasado a habitar en el cuerpo del gran jaguar macho. Y lo supo porque de pronto se sentía pletórico de fuerza y de vitalidad, y sus sentidos eran capaces de percibir a su alrededor mil pequeños detalles.

La noche de su iniciación se había limitado a dejarse llevar, maravillado, por aquellas extraordinarias emociones, pero en esta ocasión se propuso percibir con plenitud cada una de ellas y gozar con la sensación de poder que le otorgaban.

Sólo el caminar por la selva resultaba ya una experiencia diferente. Sus patas parecían saber perfectamente dónde se apoyaban, y lo hacían sin que él tuviera que mirar; el olfato le traía multitud de olores diferentes, aunque él podía aislarlos y distinguir su origen; sus oídos recogían todos los murmullos de la selva, por tenues que fuesen; y su vista, en fin, parecía hallar luz donde antes sólo existía oscuridad.

Por momentos el jaguar pareció un cachorro con el cuerpo de un animal adulto, pues Balam se entretuvo en trepar a los árboles, en pasar de uno a otro sin tocar el suelo y en medir la distancia que podía alcanzar con uno de sus prodigiosos saltos.

Luego se dejó llevar por el instinto, y vagó por la selva sin rumbo fijo, disfrutando simplemente de la tarde tranquila y de la inagotable variedad de cuanto le rodeaba.

El atardecer se aproximaba cuando Balam se detuvo en seco, en respuesta a una orden de su cerebro de la que no fue consciente. Su olfato había percibido un olor que había disparado la alarma. Y de inmediato supo de qué se trataba: era el aroma acre que despedían los seres humanos.

El rastro llevaba hacia su derecha, y pronto descubrió las ramas rotas y hojas tronchadas que los viajeros habían dejado a su paso. El aroma no era único, y Balam pudo notar que eran varios los individuos que hacía poco habían pasado por aquel lugar. La dirección que llevaban venía del sur, como si provinieran de Caracol o de algún punto próximo y fueran hacia el norte.

La curiosidad por un lado y el deseo de probar sus habilidades por otro llevaron a Balam a seguir el rastro. Dejó que fuera de nuevo el instinto animal el que lo guiara y así pudo sentir que el olor que perseguía se hacía cada vez más fuerte, anunciando la presencia próxima de los que caminaban por delante de él.

Finalmente los oyó y, calculando la ruta que seguían, se adelantó buscando un lugar seguro desde el que esperarlos. Fue así a dar con el camino —poco más que insinuado en la densa selva— utilizado por quienes viajaban entre las ciudades de Caracol y Naranjo y trepó a un árbol frondoso. Lo que Balam no pudo recordar, pues entonces era apenas un recién nacido, fue que se hallaba en un punto muy próximo a aquel en el que diecisiete años atrás otro jaguar macho, agazapado como él entre las ramas de un árbol, había saltado al sendero para quitar la vida a aquellos que pretendían arrebatarle la suya.

Los sintió llegar. Venían a buen paso demostrando con ello que eran personas acostumbradas a moverse por la espesura. Caminaban en silencio, aunque no se molestaban en esconder su presencia: cualquier animal vigilante podría percibirlos a mucha distancia. Cuando por fin se hicieron visibles, Balam pudo comprobar que eran cinco. Cuatro de ellos llevaban el atuendo propio de los guerreros y cargaban una lanza corta en las manos y una espada ancha con filo de obsidiana colgada de la cintura. Aunque no llevaban colores de combate que los identificaran, su vestimenta no era la habitual entre los guerreros de Caracol, y Balam dedujo que podían ser de Naranjo, ya que hacia allí se dirigían. El quinto integrante del grupo era de más edad y sus ropas, aun cuando estaban elegidas para poder desplazarse con comodidad por la selva, evidenciaban un rango elevado.

Pasaron por debajo de donde se encontraba agazapado el jaguar, que tenía sus patas en tensión, presto a huir a la menor señal de amenaza. No tenía motivo para atacar a los hombres que formaban el grupo y tampoco se fiaba de aquellas lanzas que sin duda sabían manejar con habilidad. Pero ninguno se percató de su presencia y pronto desaparecieron absorbidos por la floresta.

Balam razonó con su mente humana mientras permitía que el cuerpo animal se relajara. Parecía claro adónde se dirigían, ya que aquella senda conducía a Naranjo, pero ¿de dónde venían? Comprendió que con suerte podría averiguarlo y que para ello le bastaría con seguir su rastro... en sentido contrario.

Con una sensación de urgencia, pues el olor podía perderse y la noche estaba a punto de caer, el jaguar saltó del árbol y rápido desanduvo el camino hasta llegar al lugar en el que se había cruzado con el rastro de los seres humanos. El aroma inconfundible seguía allí y Balam se dispuso a seguirlo. Veía también las marcas del paso del grupo por la selva, aunque pronto se haría de noche y sus ojos ya no podrían distinguirlas.

Al principio marchó todo lo deprisa que pudo, pues el rastro estaba fresco y la señales eran inequívocas, pero cuando cayó la noche tuvo que ir más despacio. El olor era más tenue y empezaba a ser difícil de distinguir entre los mil aromas que impregnaban aquel mundo que ahora le parecía tan suyo.

Por fin el jaguar llegó a un pequeño claro, relativamente próximo ya a la ciudad de Caracol, y comprendió que había alcanzado su objetivo. Allí el olor resultaba mucho más fuerte, y marcas en el suelo y en los árboles, que pudo distinguir a pesar de la oscuridad, le confirmaron que los integrantes de la expedición habían permanecido durante largo rato en el lugar. También creyó percibir aromas distintos, aunque todos ellos con el inconfundible tono amargo de los seres humanos. Parecía que aquel claro hubiera sido elegido como lugar de encuentro. Decidido a confirmarlo, tomó el rumbo de la ciudad y pronto pudo fijar el rastro que llevaba hacia allí.

Ya no le cupo duda: alguien —los olores mezclados correspondían a más de una persona— se había desplazado desde Caracol hasta el claro para encontrarse allí con las cinco personas a las que él había estado siguiendo. Y a Balam no se le ocurría ningún motivo que pudiera justificarlo y que no resultara amenazante.

15

ORATORIO MAYA EN EL PETÉN (NORTE DE GUATEMALA), AÑO 2001

—¿Sabes, Jean? Esta noche ha venido.

—¿Que ha venido? ¿Quién? —el joven se sacó el cepillo de dientes de la boca para responder.

—El dios del Cielo. Me ha visitado en sueños. Chan K'uh, uno de los tres dioses que custodian la máscara de jade.

Jean depositó el cepillo con cuidado sobre un trozo de madera que le servía de repisa y se volvió hacia Nicole.

—Vamos a ver —le dijo con el ceño fruncido—, ¿va del todo en serio, sólo a medias o me estás tomando el pelo?

—Pues... no lo sé. Está claro que no voy a creer que los dioses vienen a visitarme mientras duermo, pero... era tan real. ¿Te acuerdas de los sueños que tenía cuando nos conocimos? Hasta despierta me parecían verdaderos. Bueno, pues esta noche he tenido la misma sensación. El dios estaba ante mí, igual que tú ahora. Y yo entendía perfectamente lo que me decía, a pesar de ser un jaguar.

—¿Que era un jaguar? —Jean la miró con rostro preocupado.

—Pues sí. ¿Qué quieres que haga? Podría decirte que era un señor con barba; pero no: era un jaguar. Y bastante grande, por cierto. ¡Ah!, y además llevaba un collar de colores.

—Bueno, ¿y qué te decía? —Jean decidió retomar su cepillo y concluir con lo que estaba haciendo.

—Pues que la máscara estaba ahí, esperando. Y que sería la tercera vez que se pondría al alcance de los hombres. Añadió que su poder, el de la máscara, seguía intacto a pesar del paso del tiempo. Y dijo que sólo serían tres los que tendrían acceso a ella. Lo expresó en segunda persona, «seréis tres», de modo que supongo que yo podría ser uno de ellos.

—Caramba —Jean evitó todo acento de ironía en su exclamación, pues sabía que la joven le estaba hablando en serio. Además, había tenido ya pruebas de que las «visiones» de Nicole no debían ser tomadas en broma—. ¿Algo más?

—Pues sí, aunque no lo entendí bien, a pesar de que recuerdo las palabras con claridad. Dijo: «Pero tened en cuenta que no sois vosotros, los humanos, los que marcáis el tiempo de la máscara».

—¿Y luego?

—Se fue.

El arquitecto se rascó la cabeza sin saber bien qué decir. Recién levantado se encontraba con que su novia le contaba cómo un dios maya con cuerpo de jaguar había venido a visitarla mientras dormía.

—¡Ah, Nicole!, ¿cómo sabes ahora el nombre del dios? La otra noche no podías recordarlo.

—Tienes razón —la arqueóloga se había quedado un momento pensativa—. Quizá lo guardara en el subconsciente y haya aflorado ahora. Aunque hay otra explicación más sencilla —concluyó con una sonrisa pícara.

—¿Cuál?

—Pues que el jaguar, al presentarse ante mí, estuvo muy correcto. Lo primero que dijo fue: «Soy Chan K'uh, el dios del Cielo».

La marcha hacia Uaxactún estaba prevista para las dos de la tarde. Caminarían de nuevo por la selva hasta el lugar en el que los esperaban los vehículos y viajarían en ellos hasta Tikal, donde pasarían la noche. Nicole tenía pensado que uno de sus programas televisivos estuviera dedicado al gran enclave maya; Stan y Pierre, los dos técnicos, planeaban quedarse al día siguiente en la ciudad haciendo tomas. Después ambos viajarían hacia Uaxactún, situada a menos de veinte kilómetros al norte de Tikal, para reunirse con el resto del grupo.

Nicole consultó su reloj mientras permanecía sentada junto al árbol que ya casi consideraba suyo. Lo había elegido el día que llegaron, y siempre que buscaba un acomodo, acababa instalándose con la espalda apoyada en aquel tronco.

Eran poco más de las once y la joven repasaba los datos que tenía sobre Uaxactún y que iba a utilizar para el programa que grabarían esa misma mañana. Era el último que emitirían desde el campamento y Nicole había planeado dar las postreras imágenes del oratorio mientras hablaba ya de su nuevo destino. Miró con tristeza al modesto edificio que encerraba aquellas enigmáticas inscripciones. Estaba ahora solo, pues los arqueólogos se hallaban lejos, completando el alzamiento cartográfico. Un rayo de sol, que había buscado camino entre la vegetación, lo iluminaba de lleno. De pronto le pareció muy pequeño, como un ser desvalido perdido en la inmensa selva, y pensó que era un milagro que su secreto hubiera podido llegar a ser conocido. «Quizá lo de los tres dioses no sea ninguna tontería», pensó, y le dirigió un guiño imaginario al jaguar que había venido a visitarla la noche anterior.

Antes de acostarse le había pedido datos a Julio Rivera sobre la ciudad maya que sería su próximo destino: Uaxactún. Sólo el nombre ya venía envuelto en un halo de misterio, pensaba la joven, y el arqueólogo mexicano sonrió cuando se lo comentó.

—Significa «ocho piedras» —le había dicho—, y es una palabra plenamente maya. Lo que no sabemos es si ése era el nombre que le daban sus habitantes, pues fue Sylvanus Morley, un arqueólogo del siglo XX, quien se lo puso. Mucho de lo que hoy sabemos de Uaxactún se lo debemos a él.

—¿Y por qué ocho piedras?

—El nombre venía en una de las estelas que Morley descifró y nuestro amigo pensó que podía corresponder al nombre de la ciudad. Quizá algún día lleguemos a saber si el bueno de Sylvanus estaba en lo cierto o no.

—¿Lo conociste?

—¿Tan viejo me ves? —Julio Rivera rió de buena gana—. No, no. Morley murió en 1948. Yo apenas tenía un año. Sus excavaciones en Uaxactún fueron entre 1920 y finales de los treinta. Aunque te confieso que me habría gustado conocerlo. Debió de ser un personaje de esos que ya no existen, un romántico de la arqueología. Imagínate lo que podía suponer en aquella época el perderse en mitad de esta selva, sin caminos, sin comunicaciones... Era romper todos los vínculos con la civilización.

—Pues yo lo envidio. Tuvo que vivir momentos maravillosos. Ahora ya queda poco por descubrir y está todo demasiado... organizado. No hay espacio para la fantasía.

—¿Y tú dices eso? —Julio Rivera frunció el entrecejo—, ¿tú, que descubriste una estatuilla de más de tres mil años de antigüedad en una tumba del Valle de los Reyes? ¿Tú, que le sigues la pista ahora a una máscara de jade cuyo poder se nos anuncia inmenso? Creo que no eres justa.

Nicole se sintió ligeramente turbada y hubo de confesarse a sí misma que el arqueólogo mexicano tenía razón.

—*Touché* —reconoció con una sonrisa—. Quizá sea demasiado ambiciosa...; o en exceso ilusa. ¡En fin!; a lo mejor en aquellos tiempos tampoco era todo tan bonito y supongo que Sylvanus Morley debió de pasar por momentos en los que se sintiera desencantado. ¿Algo más que pueda contar sobre Uaxactún? —planteó cambiando de tema.

—Pues que se trata quizá de la ciudad más longeva de entre las que formaron el mundo maya. Debía de existir ya alrededor del 900 a. C., o incluso antes, y estuvo habitada hasta entrado el siglo X de nuestra era, aunque su máxima extensión la alcanzó entre los siglos sexto y noveno. El primer periodo de su historia...

—Julio —Nicole levantó el lápiz del cuaderno y se quedó mirando al hombre—, ¿no te parece exagerada la reserva con la que Guy pretende llevar todo este asunto? Bien está que nos callemos ciertas cosas, pero te diré que sus recelos me parecen un poco exagerados.

—Sí. Tu compatriota siempre ha sido un poco dado al hermetismo —a Rivera no pareció importarle la interrupción—, y hasta a lo melodramático, te diré ahora que no nos oye, aunque en la investigación que nos llevamos entre manos no sería yo quien le quitara la razón.

—¿A qué te refieres?

—Pues tiene nombre y apellido. Verás, Nicole, hay un multimillonario colombiano del que dicen que sólo tiene dos obsesiones: una es el dinero y la otra... el arte maya. El origen de su fortuna lo desconozco, aunque me lo imagino, y en cuanto a su segunda afición...; se dice que es capaz de todo con tal de conseguir hacerse con lo que le interesa.

—Vaya —Nicole se había quedado sin saber qué decir.

—Se llama Florencio Sánchez y pocas personas pueden presumir de conocerlo. Yo al menos no sé de ninguna. Pero sí he oído las historias que se cuentan. Y algunas, de ser verdad, darían toda la razón a Guy en su afán de mantener el secreto.

—¿Crees que ese hombre puede...?

—No lo sé, Nicole, no lo sé; ya te digo que no lo conozco... al menos en persona. Pero para que te hagas una idea te diré que a quien sí conocía era a un hombre llamado Gregorio Luna. Lo llamaban «El Tumbas». Se dedicaba a recorrer el Yucatán en busca de antigüedades mayas que luego vendía al mejor postor. Pagaba bien a los chicleros que le informaran sobre cualquier yacimiento que pudieran descubrir en la selva. En fin, era lo que siempre se ha llamado un ladrón de tumbas.

—¿Y...?

—Espera. Quiero añadir que yo le tenía cierto... aprecio, dentro de lo que cabe. Era una persona de palabra y, si no hubiera sido un ladrón, podría haber resultado un magnífico investigador, porque sus conocimientos sobre el mundo maya eran inmensos. Nosotros teníamos con él una especie de acuerdo no escrito: podíamos llegar a comprarle algunas piezas de máximo interés; de forma extraoficial, claro está. Y me consta que en ocasiones Gregorio perdía dinero con ello, porque el maya que llevaba dentro quería que la cultura de sus antepasados fuera conocida por todos.

—No puedo hablar de él en televisión, ¿verdad?

—Me temo que no —Julio Rivera sonrió—. La última vez que nos llamó fue para ofrecernos una extraordinaria figura de arcilla del preclásico tardío. El precio que pedía era muy alto, pero dijo que no podía bajarlo porque Florencio Sánchez estaba dispuesto a pagarle mucho más. Cuando intentamos entrar en contacto con él para decirle que estábamos de acuerdo, nos fue imposible. Poco después apareció su cadáver; había sido asesinado en su propio domicilio. Y de la figura de arcilla no se ha vuelto a saber nada.

—No tienes duda de dónde se encuentra ahora, ¿verdad?

—No puedo jurarlo, aunque sí me apostaría unos cuantos pesos.

—Pero ese hombre... ¿La policía no puede hacer nada?

—Colombia es un país complicado, ya sabes. Suele suceder que la policía no esté al servicio de quien debiera estar.

—Gracias por contármelo, Julio —la expresión de Nicole se había tornado seria—. Tendré mucho cuidado con mis comentarios.

—Sí; es lo más sensato. Aunque te diré que mucho me temo que Florencio Sánchez ya tenga noticias de nuestra expedición y de lo que buscamos. Son demasiadas las personas que estamos involucradas y de Florencio se dice que tiene oídos hasta en el despacho presidencial.

En ese momento Stan, que venía con un trípode en la mano, se acercó a ellos.

—Nicole, a las doce grabamos. ¿Estarás lista?

—¿Y si te dijera que no? —repuso con gesto compungido, aunque en seguida rió al ver la cara de circunstancias que se le había quedado al hombre—. No te preocupes, Stan, vete planeando las tomas, que a las doce me tendrás con vosotros. Por cierto, Julio —se volvió hacia el arqueólogo—, ¿qué tal si apareces conmigo? Podrías contar algo sobre Uaxactún que resulte interesante. Lo de tu amistad con Sylvanus Morley, por ejemplo —añadió muy seria.

El mexicano la miró con el ceño fruncido durante unos instantes y después se echó a reír. Nicole tampoco pudo mantener su seriedad por más tiempo.

—Encantado, aunque prefiero que me presentes como su reencarnación. ¿Sabes?, me quita algunos años de encima; y, por si aún no te has dado cuenta, te confesaré que soy un poco presumido.

16

CIUDAD MAYA DE CARACOL, AÑO 627 DE NUESTRA ERA

Balam empezaba a sentirse tan compenetrado con el cuerpo del jaguar como lo estaba con el que constituía su envoltura humana. Desde el día que descubrió la presencia de los guerreros de Naranjo en el claro de la selva había bebido con frecuencia el líquido que le permitía habitar en el cuerpo del poderoso animal. El temor que sintiera entonces al enfrentarse, solo por primera vez, con lo sobrenatural había ido desapareciendo y ya aceptaba aquella maravillosa transformación como un don que le habían otorgado los dioses y del que podía disfrutar sin reparo.

Cuando le contó a Murciélago Blanco lo que había visto y cómo el rastro unía también el claro con la ciudad, el chamán se mostró tan preocupado como él, aunque sus palabras fueron, al igual que siempre, de cordura.

—Sería inútil preocupar a nuestro rey con algo que no es tangible, y puede que lo que conseguiríamos fuera alertar a quienes pretenden pasar desapercibidos. Aprovechemos la ventaja que nos da que ellos desconozcan lo que nosotros sabemos y permanezcamos al acecho. Gracias a los dioses tú y yo podemos vigilar el claro con mayor facilidad que cualquiera. Nos turnaremos. Pero querido hijo mío —añadió con voz pausada—, donde más alerta debemos estar es aquí en nuestra ciudad, en Caracol. Lo que me has contado apunta a que una conspiración está en marcha y no son muchos los que pueden estar involucrados en ella.

—Si hubiera pasado por allí unos momentos antes, los habría descubierto. ¿Sospechas de alguien?

—La respuesta es sencilla, Balam. De todo aquel que desee el mal de nuestra ciudad o que, simplemente, aspire a hacerse con el poder. La posición de nuestro rey es muy sólida: se trata de una persona querida y que cuenta con la lealtad de quienes podrían ser cómplices de un golpe para derribarlo. Tenemos que mirar hacia fuera: hacia Tikal, o hacia Naranjo.

—¿Y los sacerdotes de Tlaloc, maestro?

—Es muy probable, hijo mío, aunque ellos por sí solos poco pueden hacer sin un apoyo externo. Escasas dudas tengo de que se hallen involucrados, aunque me atrevería a asegurar que están siendo utilizados.

Murciélago Blanco guardó unos instantes de silencio mientras parecía sopesar sus próximas palabras.

—Y seguramente cuentan con alguien en nuestra ciudad —continuó—, alguien que representa intereses que no son los nuestros.

—¿Te refieres a Luz Negra? —Balam pronunció su nombre en voz baja, como temeroso de lo que había dicho.

—Sí, sin duda, aunque los dioses me libren de sospechar de él sin tener pruebas —el *halach winik* sonrió con afecto a su discípulo—. Y tampoco olvides a la princesa Nikte', mi querido hijo; tampoco la olvides.

Aquella frase había calado hondo en el joven Balam. No se atrevió entonces a discutir las palabras de su maestro, aunque le habría gustado pronunciar una encendida defensa en favor de la muchacha. Nadie que la conociera podría jamás dudar de ella, le habría gustado argumentar. En su alma no cabían la traición o el disimulo, habría añadido; para concluir diciendo que era la mujer más maravillosa que habían creado los dioses. Además Garza Azul, que todo lo veía y todo lo intuía, se habría dado cuenta de que algo ocultaba, ¿o no?, pues no en vano pasaba con ella una gran parte de su tiempo.

Todo eso habría querido decir, pero lo calló. Lo calló por respeto al *halach winik* y lo calló porque comprendía que habrían sido palabras pronunciadas con el fervor de un alma trastornada.

Y ahora, mientras seguía el rastro de Nikte' a través de la selva, la sombra de la duda planeaba sobre él. Pasado el mediodía, cuando ya el calor había dejado de ser agobiante, había visto cómo la joven, acompañada por una de sus doncellas, tomaba el camino de salida de la ciudad precisamente en la dirección que llevaba hacia el claro. La había visto por casualidad, mientras él se dirigía hacia la gran pirámide en busca de unas hierbas que le había encargado Murciélago Blanco.

Recordando con dolor las palabras de su mentor, había regresado con presteza a sus habitaciones y había bebido el líquido mágico. Por fortuna, una de las ventanas quedaba próxima a la floresta y el cuerpo del jaguar podía saltar por ella y perderse en la selva sin ser visto.

El rastro de Nikte' era inconfundible y Balam habría podido distinguirlo entre otros mil diferentes. Era el aroma del agua en la que ella se bañaba, en la que vertía esencia de las blancas flores del esquisúchil,[31] y era también el perfume de su piel joven y limpia, y el de su pelo, que tenía la fragancia de resinas aromáticas.

Eran olores que el olfato humano apenas intuía, aunque agradecía, pero que el jaguar era capaz de reconocer y de aislar con precisión.

Pronto notó, con alivio, que el rastro que seguía se desviaba del camino que llevaba hacia el claro, y entonces se recriminó por haber podido albergar ese instante de duda.

El rumbo que mantenían Nikte' y su doncella era el que conducía hacia la Laguna Blanca, un cenote que surgía en la roca calcárea y que pocos animales utilizaban para beber, porque las orillas eran escarpadas. La piedra caliza era allí de extraordinaria blancura, lo que provocaba un colorido contraste con los matices profundos del entorno.

A medida que Balam se aproximaba al pequeño lago, el aroma de la princesa se iba haciendo más fuerte. Pronto también sus oídos sintieron su presencia: un canto de singular belleza se dejaba oír en la espesura.

El jaguar se movía ahora despacio, tanto por no ser descubierto como para no perturbar la música que se había hecho dueña del lugar. La misma emoción debía embargar a todos los animales que se hallaban cerca, pues el silencio resultaba absoluto y sólo la voz humana se escuchaba. Balam reconoció en ella la de Nikte', aunque nunca antes la había oído cantar. Tenía una voz cristalina, de extraordinaria pureza, y que viajaba por la escala musical sin la menor dificultad. La canción que interpretaba era desconocida para el joven maya, aunque no le cupo duda de que no se trataba de ninguna de las monótonas letanías religiosas que solían entonar los sacerdotes. Era la música que podría haber compuesto la propia selva si hubiera tenido voz para cantarla: tan pronto parecía imitar el trino de los pájaros como descendía de nivel para recordar los sonidos más profundos de la selva.

Finalmente el animal pudo tener una visión de la laguna. Se instaló tras un arbusto y, encogiendo las patas, dejó que la parte inferior de su cuerpo descansara sobre el suelo.

Allí estaba la princesa, próxima al borde del pequeño lago, mientras su doncella la observaba sentada sobre el tronco de un árbol caído. Nikte' llevaba la túnica blanca con la que Balam la había visto abandonar la ciudad, pero mientras cantaba había deshecho el tocado que llevaba sobre la cabeza, dejando que su largo pelo cayera suelto.

Del todo ajena a los ojos que la observaban desde el borde del claro, la muchacha se comportaba con toda naturalidad. Había dejado de cantar y ahora se hallaba próxima al pequeño lago. Miró hacia el agua y luego dijo algo en voz baja a su doncella, lo que provocó la risa de ambas. Luego Nikte' llevó las manos hacia el lazo que cerraba su túnica y lo deshizo con hábiles movimientos. La tela cayó al suelo mostrando en todo su esplendor la figura desnuda de la joven.

Balam, en el cuerpo del jaguar, percibió la misma reacción que habría tenido si hubiera habitado en su forma humana: un nudo cerró su garganta mientras una sensación de calor se extendía por todo su cuerpo. La visión de Nikte' era la de una diosa, la más bella entre ellas, pensó el joven. Se diría que sus formas estaban talladas en piedra, sin el menor asomo de blandura en sus firmes caderas ni en los pechos, que, erguidos, apuntaban hacia el frente.

En ese momento la muchacha se volvió hacia la dirección en la que se encontraba escondido el jaguar, y se quedó mirando hacia la espesura, como si hubiera adivinado su presencia. Balam permaneció inmóvil, sabedor de que su figura era indistinguible sobre el fondo de la selva, y aprovechó aquellos instantes para grabar en su memoria la imagen de aquel cuerpo perfecto. Una tremenda urgencia recorrió su cuerpo y tuvo que reprimir el aullido animal que pugnaba por salir de su garganta.

La princesa, finalmente, se dio la vuelta y se dirigió hacia la laguna. Unos instantes después estaba en el agua y sólo su cabeza era visible. De nuevo el canto surgió de su boca y pareció adueñarse del lugar. Era una canción distinta, más reposada, teñida de añoranza y melancolía. La voz de su sirvienta se unió a la de ella, aunque más baja, casi monocorde, como un acompañamiento que hubiera sido largamente ensayado.

Balam comprendió que su presencia allí sobraba, que había sido un intruso en una escena muy íntima y que Nikte' lo repudiaría si alguna vez llegara a enterarse. Avergonzado, aunque reacio, se deslizó en silencio del lugar que le había servido de escondite y lentamente al principio, más deprisa después, emprendió el camino de regreso.

Pronto su marcha se hizo desenfrenada, corriendo a través de la selva como si una jauría de demonios lo persiguiera. Sin duda los animales que lo vieran, o que lo oyeran, se sorprenderían de que un jaguar pudiera delatar su presencia de forma tan violenta.

Por fin Balam pudo sentir el cansancio que iba buscando y notó como todo su cuerpo se relajaba. La carrera se hizo más y más lenta hasta que finalmente el gran animal se detuvo. Se sentó sobre los cuartos traseros y su cabeza se alzó buscando un hueco entre los árboles que le permitiera ver el cielo.

Y entonces el aullido reprimido surgió imparable elevándose hacia lo alto. Era la voz ancestral de la selva y que todos sus moradores comprendían, era el lamento desgarrado del macho que añora a su hembra.

17

ANTIGUA CIUDAD MAYA DE UAXACTÚN, AÑO 2001

Nicole sentía aquella mañana esa emoción que hizo suya cuando leyó, estando todavía en el colegio, cómo Howard Carter había atisbado a través del hueco practicado en el muro final que daba acceso a la sala del sarcófago de Tut-Ank-Amón. «Veo cosas maravillosas», había dicho Carter cuando lord Carnarvon le preguntó, inquieto, por lo que había al otro lado.

Era la emoción del arqueólogo que consigue asomarse a un pasado que todavía nadie ha hollado, a un pasado que permanece incólume, dispuesto a desvelar sus secretos tras el paso de los siglos.

Uaxactún, «ocho piedras», y su gran plaza con la pequeña pirámide central y los tres edificios situados hacia el este. Hasta allí los había llevado un críptico mensaje dejado mil cuatrocientos años atrás en un pequeño oratorio milagrosamente conservado.

Y era también el aguijonazo de la duda, la duda que atormentaba a todos ellos desde tres días atrás, cuando por fin creyeron haber descifrado aquello que con tanto celo alguien había escondido. Era el temor al fracaso, al callejón sin salida, a la habitación vacía tras el muro que ahora se disponían a derribar.

Nicole había dormido poco la noche anterior, pese a haber dispuesto por primera vez en varios días de una cama y de un techo sobre su cabeza. La habían pasado en Tikal, a donde llegaron al atardecer. Todavía había luz suficiente como para que la inmensa plaza, con sus pirámides gemelas, la acrópolis al norte y las dependencias reales al sur, dejara a la joven sobrecogida. Jean debió de percibir su emoción, o fue partícipe de ella, pues Nicole sintió cómo la mano de su novio tomaba la suya y la oprimía con suavidad, sin decir palabra.

En Tikal habían dormido en unos bungalows próximos a las ruinas. En ellos se alojaban las personas que trabajaban en el Parque Nacional y que atendían a los miles de turistas que todos los años llegaban hasta la gran ciudad maya. Ella y Jean habían salido a dar un paseo antes de cenar y de nuevo habían podido maravillarse ante la sensación de plenitud que les embargaba al vivir en contacto con aquel ambiente inigualable. La selva era como una madre, amante y posesiva a la vez, que hacía suyo todo aquello que entrara en contacto con ella.

Tras la cena se retiraron pronto. Los demás seguían sentados junto a la gran mesa del comedor, hablando sobre lo que les esperaba al día siguiente, pero Nicole dijo que quería acostarse pronto y Jean se levantó con ella. Era cierto que ambos estaban cansados y que su cuerpo pedía a gritos horas de sueño, pero también lo era más que cada uno ansiaba perderse en los brazos del otro y disfrutar de unos instantes de intimidad que en los últimos días se les habían negado. Ninguno tuvo que decir nada, y quizá sus compañeros de expedición fueron más conscientes que ellos de cuáles eran sus verdaderos deseos, pues su retirada estuvo acompañada por la comprensiva sonrisa de Julio Rivera mientras que Augusto Fabricio los miraba atusando su bigote con los ojos chispeantes. Guy Lalande parecía ensimismado con su vaso de ron, pero cuando Nicole y Jean se hubieron ido, se le oyó comentar muy bajo, como para sí mismo:

—*C'est l'amour.*

Temprano al día siguiente habían partido hacia Uaxactún, y allí estaba ahora Nicole, sentada en lo alto de la pirámide del Sol, viendo cómo sus compañeros se afanaban en distintos puntos de la plaza. Era casi mediodía y hacía calor, pero la emoción que sentían impedía que ninguno de ellos lo notara.

Guy se hallaba próximo a ella, en la base de la pirámide, mirando a través de un teodolito montado sobre un trípode. El aparato se encontraba alineado con el extremo más alejado del edificio situado a la izquierda de los tres que se divisaban al este de la pirámide. Nicole trató de imaginarse el sol surgiendo por aquel lugar el 22 de junio, para alzarse después majestuoso sobre el inmenso mundo de la selva. «Bueno, eso si no hay nubes», pensó encogiéndose de hombros al recordar que aquélla era época de lluvias.

Uno tras otro todos habían mirado a través del teodolito y el veredicto había sido unánime: había al menos tres estelas que aparecían en el horizonte y que podían ser la que ellos buscaban. Una de ellas era la más centrada, pero, como indicó Julio Rivera, eso variaba en cuanto se desplazara ligeramente el trípode.

De modo que habían cargado con el aparato y se habían desplazado con él hasta el extremo sur del más meridional de los edificios. Rivera había preguntado el día anterior a la Universidad de México la declinación exacta de Venus en su punto más septentrional y se la habían dado, incluso con minutos y segundos, pero al orientar el teodolito la emoción que sentían se enfrió de golpe: ninguna estela aparecía en esa dirección. La frustración de Guy Lalande era patente, Augusto Fabricio se mesaba el bigote y Julio Rivera trataba de no aparentar emoción alguna. Nicole y Jean se miraron y encogieron imperceptiblemente los hombros.

—Podemos estudiar cada una de las tres estelas que aparecían en la visual que hemos trazado desde la pirámide. Quizá la respuesta nos llegue por sí sola —la voz de Fabricio sonó poco convencida.

—Sí, Augusto, podemos —Julio Rivera esbozó una sonrisa—, pero si lo que imaginábamos no se cumple desde aquí, puede que tampoco sea cierto desde allí —concluyó mientras hacía un gesto hacia la pirámide del Sol.

Durante unos momentos nadie habló. Parecían un grupo de niños que comprobaran que su juguete se había estropeado. Fue Jean quien rompió el silencio. El arquitecto se había mantenido ligeramente apartado del grupo durante todo el proceso, pero ahora su voz sonó firme.

—¿Hemos tenido en cuenta la declinación magnética? —preguntó—. Imagino que los datos que tenemos de Venus serán de acuerdo al norte geográfico y la brújula señala al magnético[32] —añadió en voz más baja como pidiendo perdón por la explicación.

De momento el silencio fue la respuesta. Luego Lalande frunció el ceño y fue a decir algo, pero el guatemalteco se le adelantó.

—¡Por Dios, claro! —echó un vistazo a la brújula y asintió con la cabeza—. ¡Está a cero y aquí la declinación debe de ser de… unos tres grados este! No puedo afirmarlo, pero recuerdo que en 1993 cartografiamos un yacimiento y entonces era de casi cuatro grados. Muchos levantamientos se han realizado de manera incorrecta por no tener en cuenta la declinación, y eso nos trae ahora problemas. Sí, sí —sus ojillos brillaron—, está usted en lo cierto, mi joven amigo.

De nuevo la urgencia pareció apoderarse del grupo. Augusto Fabricio desmontó la brújula, pidió un pequeño destornillador y lo introdujo en un pequeño tornillo que había en el lateral del aparato.

—Sería más rápido añadir los tres grados directamente, ¿no? —preguntó el arqueólogo francés. Fabricio pareció no haberlo escuchado y fue Julio Rivera el que respondió:

—Hagamos las cosas bien, Guy. Tendremos la brújula bien calibrada por si volvemos a necesitarla. Además, no parece que a estas alturas nuestra suerte dependa de un minuto más o menos.

Una vez que el teodolito estuvo reorientado, fue Lalande quien primero intentó mirar a través del objetivo, pero Julio Rivera lo tomó con suavidad del hombro tirando hacia atrás.

—Porque es joven y guapa creo que debe ser Nicole, ¿no te parece, Guy? Aparte de que se lo merece; al fin y al cabo estamos aquí por ella. Y además con tu permiso, Jean —le hizo un guiño amistoso—, esta vez la idea ha sido tuya.

El francés se puso tenso y pareció ir a decir algo, pero finalmente se hizo a un lado y, componiendo una sonrisa, hizo un amago de reverencia hacia la muchacha.

—Por favor, Nicole. Es todo tuyo.

Ella sonrió mientras se encogía de hombros y se inclinó hacia el visor.

—Dinos, Nicole, ¿qué ves al otro lado? —Augusto Fabricio intentó dar un tono melodramático a su pregunta.

La joven no pudo reprimir una sonrisa mientras continuaba mirando a través del teodolito.

—Veo cosas maravillosas, amigo mío;... cosas maravillosas.

Nicole se asombró de nuevo ante la facilidad del guatemalteco para hacer el comentario preciso que fuera capaz de devolver la sonrisa a todos. Durante uno de los atardeceres que habían pasado junto al pequeño oratorio, ambos habían hablado de la emoción que la breve conversación entre Carter y Carnarvon había suscitado en ella y Fabricio se lo recordaba ahora con cariño. A su espalda percibió la sosegada risa de Julio Rivera.

—Ahora hay dos estelas en la visual —dijo la joven—. Y creo que la más lejana puede coincidir con una de las que vimos desde la pirámide...; aunque no puedo asegurarlo —se hizo a un lado y ofreció su puesto a Fabricio—. Por favor, Augusto, las estelas de Uaxactún son tu terreno.

El guatemalteco no se lo hizo repetir y aproximó su ojo al visor. Esta vez Lalande permaneció impasible. Al momento Fabricio se volvió hacia el grupo, la sonrisa semioculta por su inmenso bigote.

—Sí —dijo—, comprobadlo por vosotros mismos, pero no hay ninguna duda. Creo que hemos dado con la X del mapa del tesoro.

Y allí estaban todos, mirando la estela con veneración, como esperando que de su interior fuera a surgir de pronto la voz de uno de los dioses que habían dirigido los destinos de aquella civilización misteriosamente extinguida.

Julio Rivera había sido el primero en llamar la atención sobre algo que pareció confirmar que se hallaban en el buen camino.

—¡Mirad, el glifo que remata la estela! ¡Es Chan K'uh, uno de los tres dioses del oratorio!

Nicole observó el dibujo con atención, aunque no fue capaz de encontrar ningún parecido entre aquel apunte esquemático y el enorme jaguar que la visitó en sueños unas noches atrás.

Pero allí estaba, y Fabricio y Lalande asintieron con énfasis. Presidiendo la estela, aislado en lo alto de la cabecera de aquella columna de piedra llena de signos tallados, el dios del Cielo parecía darles la bienvenida.

Fabricio se sentó en una silla de tijera y, tras rebuscar en una cartera que acarreaba desde la mañana temprano, sacó unos folios encuadernados.

—Son los estudios que hizo mi departamento sobre estas estelas —dijo—. Me los enviaron ayer a Tikal. Veamos...; sí, ésta es la estela que numeramos como diecisiete.

Mientras el guatemalteco hojeaba aquellos apuntes, Nicole se concentró en la columna de piedra que tenía frente a ella. Tenía unos dos metros de altura y sólo una de sus caras estaba tallada. La protegía un tenderete de paja hecho en época reciente para evitar que la lluvia pudiera dañarla. El glifo que representaba al dios del Cielo aparecía en lo alto, solitario y separado del resto. Tenía la forma de una cabeza achatada vista de lado y, lo que debía ser el ojo visible, parecía observar a la joven con fijeza.

La superficie tallada aparecía asombrosamente bien conservada y, al percatarse de ello, un escalofrío subió por su espalda. Todo lo que había visto hasta ahora de la cultura maya, tanto en fotos como al natural, se hallaba muy deteriorado, si no prácticamente destruido, pues la piedra caliza no soportaba durante mucho tiempo los cambios climáticos. Todo..., a excepción del interior del oratorio y, ahora, de aquella estela enclavada en la milenaria plaza de Uaxactún. Parecía como si de verdad los dioses estuvieran atentos para preservar las pistas que habían de conducir hacia esa misteriosa máscara de jade que querían volver a poner a disposición de los hombres...

—Es una estela que ya entonces nos sorprendió —la voz del guatemalteco la sacó de su ensimismamiento—. Fijaos en que está muy bien conservada en comparación con las que hay a su alrededor. Algunas, de hecho, están semiderruidas. Cuando hicimos el estudio pensamos que estaba esculpida sobre piedra de superior calidad. También nos sorprendió que su contenido, lo que en ella está escrito, no parece tener relación con las restantes. De hecho, ni siquiera pudimos encontrarle mucho sentido, y llegamos a pensar que podría ser la continuación de una estela anterior que se hubiera perdido. Sí, Nicole —sonrió al ver el gesto de incomprensión de la mujer—; hasta estelas completas han sido robadas de las ruinas mayas.

—¿Y su contenido, Augusto? —preguntó Guy Lalande—. Supongo que lo habréis interpretado.

—Sí, aunque ya os digo que no tiene un sentido muy claro. Describe una celebración, o ceremonia, aunque no explica el motivo. Tampoco aparece fecha alguna en ninguno de los glifos, lo que también resulta bastante extraño. El dios del Cielo, Chan K'uh, preside la estela, aunque luego vuelve a aparecer más abajo, inmerso en lo que parece ser esa ceremonia.

—*La gran estela de la celebración de Naranjo*. ¿Recordáis el mensaje del oratorio que nos trajo hasta Uaxactún? ¡Nos indica que lo que aquí vemos debemos situarlo en Naranjo! —la voz de Nicole sonó excitada.

Fabricio la observó durante unos segundos antes de responder.

—Por Dios, ¡claro! Siempre hemos dado por hecho, desde que estudiamos esta estela, que se refería a alguna ceremonia que tuvo lugar aquí, en Uaxactún. Era lo lógico —el guatemalteco se volvió hacia el bloque de piedra con renovado interés.

—¿Y qué más nos cuenta el dios del Cielo, Augusto?

—Sí, claro, Julio. Perdona. La estela nos relata cómo Chan K'uh rinde culto a Itzamna, el gran dios creador, que aparece situado por encima de él. A su vez el dios del Cielo ocupa una posición intermedia, pues por debajo aparece representado el pueblo maya. Vedlo en este dibujo —Fabricio señaló una zona en el centro de la estela—. A lo largo de esta serie de escalones podemos ver a Itzamna, a Chan K'uh y finalmente al pueblo agradecido. Por último los grabados citan a la ciudad de Caracol. Ved, éste es el glifo que representa a Caracol. Nosotros supusimos que la estela podría haber sido erigida en conmemoración de una victoria de Uaxactún sobre la ciudad rival, pero ahora ya lo dudo mucho —concluyó mientras se atusaba el bigote.

—Dejadme ver —dijo Nicole frunciendo el ceño—. A lo mejor lo que voy a decir no deja de ser una tontería, pero me parece que comprendo el mecanismo de quienes nos dejaron estas pistas. Por lo menos hasta ahora se cumple...; o eso creo —se encogió ligeramente de hombros—. En el oratorio nos encontramos con un acertijo que nos decía dónde buscar la siguiente pista, pero que también nos indicaba a qué lugar iba a referirse lo que encontráramos —al detenerse en la cara de los demás comprendió que no estaba siendo muy clara—. Veamos, en el oratorio descubrimos que debíamos buscar en Uaxactún, pero además supimos que esta estela que ahora tenemos delante se refería a Naranjo.

Guy Lalande fue el primero en reaccionar.

—¡Claro!, y ahora lo que descubramos aquí sabemos que nos llevará a Naranjo, pero lo que allí encontremos hará referencia a Caracol. Brillante.

—Sí, lo es —convino la mujer—. Una pista aislada no servirá de nada aunque sea interpretada de forma correcta, puesto que no sabremos dónde buscar sin haber resuelto la anterior.

—Lo que nos lleva al oratorio, que fue la primera —ahora fue Julio Rivera quien habló; su voz sonaba excitada—: Sin lo que hay representado en sus paredes nunca se podría seguir el hilo.

—Bien, Nicole. Bien una vez más —Augusto Fabricio parecía pequeño sentado en su silla de tijera—. Si son los dioses los que nos guían, sin duda tú debes de ser una de ellos.

La joven sonrió; Jean la tenía cogida del hombro.

—Gracias, pero en el fondo todo esto no es más que palabrería. Si no descubrimos el mensaje que esconde la estela, seguiremos donde estamos. Y eso os corresponde a vosotros. De modo que ánimo, mis queridos colegas.

—El glifo que representa a Chan K'uh está a la altura del tercer o del cuarto escalón —estaba diciendo Lalande—; pero no de una manera clara. También podríamos situarlo en el quinto...

—Es cierto —convino Julio Rivera—. No parece que quien esculpió la estela pretendiera señalarnos uno en concreto.

—Quizá no lo necesitemos. De momento estamos de acuerdo en que el dibujo parece referirse a la escalinata de Naranjo[33] y que es allí donde nos espera una nueva pista que nos llevará a Caracol —opinó el guatemalteco—. Poco más podemos deducir de la estela. No hay en ella textos ni fechas; ni siquiera un número que pudiera darnos en qué pensar. Tan sólo lo que vemos. Y realmente parece muy sencillo en comparación con el mensaje que tuvimos que descifrar en el oratorio.

—Pero también es lógico —Nicole tenía un vaso de limonada en la mano—. Ya no tiene sentido complicar el mensaje. Se supone que sólo puede ser entendido por alguien que haya descifrado el primero y ese alguien cuenta ya por ello con el visto bueno de quien realizó las inscripciones en el oratorio... o de los dioses.

—Que viene a ser lo mismo si creemos en todo esto —rió Julio Rivera—. Es probable que estés en lo cierto, Nicole. Naranjo nos lo dirá.

—Una pregunta —intervino Jean, que se había sentado junto a su prometida—: ¿Por qué tantas pistas? Por lo menos nos queda ir a Naranjo y después a Caracol. ¿No podrían habernos mandado directamente desde el oratorio al lugar en el que se supone que vamos a encontrar la máscara?

Tras un momento de silencio fue Fabricio el primero en responder.

—Buena pregunta, joven amigo. Pensemos que los designios de los dioses son inescrutables.

—O que cada uno quiere poner su granito de arena. Quizá sean un poquito presumidos y les guste figurar. Fijaos en que...

Las palabras del mexicano se vieron interrumpidas por una voz que llamaba a Nicole desde el lindero de la selva.

Todos se volvieron para ver a Stan dirigirse hacia ellos con paso rápido. El técnico de televisión era seguido a pocos pasos por su ayudante Pierre. Nicole miró su reloj: ¡caramba, cómo pasaba el tiempo! Eran ya más de las dos de la tarde y resultaba lógico que sus compañeros de la televisión francesa regresaran de Tikal. El plan era que se quedaran en la ciudad recogiendo imágenes para luego reunirse con el resto del grupo. Pero algo en la urgencia de Stan hizo sentir a la mujer que su voz transmitía algo más que un simple saludo.

—¡El emisor, Nicole, el emisor! —dijo el francés al llegar a la altura del grupo—. Alguien nos ha robado el emisor. Ya no podemos transmitir vía satélite. Y no parece que el problema vaya a tener fácil solución.

18

CIUDAD MAYA DE CARACOL, AÑO 628 DE NUESTRA ERA

La plaza resplandecía en aquellas horas próximas al atardecer, y toda la explanada, así como sus alrededores y las avenidas próximas, se hallaban atestados de gente. Incluso el área próxima a la selva había sido desbrozada para permitir que los presentes disfrutaran de un mínimo espacio por el que poder moverse. Era la fiesta de la recolección, una de las más importantes en el calendario ritual maya, aunque sin duda la más celebrada si la cosecha había sido buena.

Desde primera hora se habían sucedido las ceremonias y los espectáculos. Los sacerdotes de Tlaloc habían tenido ocasión de celebrar sus ritos, pero el rey K'an había sido tajante: era aquél un día en el que se rendía homenaje a la vida y a la naturaleza, por lo que no habría sacrificios. Los mugrientos seguidores del dios de la lluvia se habían plegado a la exigencia, pero no se habían recatado al anunciar que ellos no serían responsables de la ira del dios. El pueblo había asistido a su ceremonia en considerable número, aunque no mayor que el que había estado presente a lo largo de los diversos actos programados.

El mayor éxito había sido para la representación que había tenido lugar en la gran pirámide y en la que se había puesto en escena la creación del mundo. Sobre un estrado que se prolongaba desde el nivel medio de la inmensa construcción los figurantes habían asumido primero los papeles de los dioses que colocaron las tres piedras que habían de configurar el centro del universo. El público manifestó su aprobación cuando un gran lienzo azul se elevaba poco después hacia lo alto de la pirámide, simbolizando la separación de cielo y tierra, pero las exclamaciones de admiración fueron unánimes en el momento en que, de entre las tres piedras, se elevó el árbol del mundo. Surgió lento, rodeado por los dioses, mientras tambores y timbales redoblaban con estruendo. El árbol había sido escondido bajo el estrado que sobresalía de la pirámide y empujado hacia arriba, pero el efecto conseguido había sido espléndido.

Finalmente, desde el fondo de la pirámide había surgido K'an II. El rey iba ataviado con los atributos que luciera el día de su coronación: portaba el cetro en forma de serpiente que representaba al dios K'awiil[34] y llevaba en la cabeza el tocado tricorne del dios Hu'unal[35] engalanado con largas plumas doradas y verdes de quetzal. Al aparecer el rey, los presentes habían prorrumpido en gritos y vítores de forma unánime.

Los tambores callaron y el rey habló a su pueblo. Tenía una voz poderosa que llegaba a todos los rincones y la multitud lo escuchó en silencio.

—Soy el ungido por los dioses —dijo— y mi voluntad es la suya. Pero esa voluntad resulta también la vuestra, porque un rey tiene el deber de actuar a través de su pueblo, de modo que cada uno de vosotros sea partícipe de los deseos de quienes disponen de nuestras vidas y responsable de darles lo que piden. Así, es labor de todos que ellos se sientan satisfechos y nos sigan otorgando la abundancia que hemos recibido este año —guardó unos momentos de silencio mientras paseaba la mirada por la atestada plaza. Su figura, desde lo alto del tablado, resultaba imponente—. No hagamos nada que pueda irritarlos y no alteremos unas costumbres que, a lo largo de muchos *bak'tuns,*[36] han proporcionado prosperidad a nuestro pueblo.

Finalizadas las ceremonias, Balam, Chalmek, Garza Azul y Nikte' se hallaban sentados en el suelo charlando con animación. Todos tenían en la mano un vaso lleno de cacao espumoso al que habían añadido unas gotas de *octli.*[37] El líquido embriagador había empezado a servirse tan sólo unos minutos antes, y eran unos empleados de palacio los que lo vertían en pequeñas cantidades en los vasos que los asistentes les iban presentando. La costumbre de servirlo en las fiestas, y hasta el secreto de su preparación, habían sido una herencia llegada desde Teotihuacán no hacía mucho tiempo. Los toltecas no sólo habían traído la obsidiana y al dios Tlaloc; también eran los responsables de que aquel líquido de apariencia inofensiva ocupara un lugar importante en las costumbres de la sociedad maya.

El rey K'an había ordenado que se retrasara su reparto hasta que estuviera avanzada la tarde, cuando ya todas las ceremonias hubieran concluido y la gente estuviera cansada, pero las largas colas que se formaron cuando fue anunciada su llegada dejaron bien claro que nadie quería quedarse sin probar aquella bebida que aletargaba los sentidos y alegraba el espíritu.

El hijo del rey de Naranjo había estado en varios momentos con ellos, pero hacía rato que los había abandonado. Luz Negra llevaba un tiempo en el que se le veía nervioso y encerrado en sí mismo. Apenas emitía palabra cuando se encontraban juntos y hasta su aparente interés por Nikte' parecía haberse diluido.

Seguía asistiendo a las clases de Murciélago Blanco y acudía como siempre a las reuniones de palacio, pero luego desaparecía sin tomarse siquiera unos instantes para charlar con los presentes.

—Lo siento por él —estaba diciendo en ese momento Garza Azul, pues Luz Negra había pasado a ser el tema de conversación—; algo le preocupa o sencillamente se ha cansado de nosotros. El caso es que así no puede ser feliz.

—Su situación resulta difícil —terció Chalmek—. Nunca se ha adaptado a nuestra ciudad y, además, pocas veces estamos de acuerdo con él.

—No es sencillo poder estarlo —Balam no sonreía—. Estaréis de acuerdo en que él se lo ha buscado. Nunca ha hecho el menor intento por ser amable. Ni siquiera por parecerlo.

—Es difícil, Balam —Garza Azul lo miró con cariño—. Seguro que añora a su gente. Lleva mucho tiempo fuera de Naranjo.

—Pues Nikte' también lo lleva —Chalmek dirigió una sonrisa a la princesa— y ahora todos somos sus amigos, ¿verdad?

—Verdad —la princesa rió—, pero es cierto que no es fácil. Cuando llegué estaba muy asustada. Menos mal que ahora os tengo a vosotros —su mirada se posó con intención en Garza Azul.

—Bueno, olvidémonos de él, no sea que nos arruine la fiesta —Balam echó una mirada a su vaso y vio que estaba vacío—. Si habéis terminado, os propongo un paseo por la selva. Aquí hay demasiada gente.

—¡Estupendo! —Nikte' palmoteó con alegría—. El *octli* se me sube en seguida a la cabeza, sobre todo si estoy quieta.

Todos se pusieron de pie mientras Chalmek apuraba su bebida.

—¿Qué os parece si vamos hacia la Laguna Blanca? —Balam estaba algo achispado y pronunció las palabras casi sin pensar mientras sus ojos se posaban en los de Nikte'. La imagen de aquel cuerpo desnudo había llenado de pronto su mente—. Nos dará tiempo para ir y volver antes de que se haga de noche.

La princesa mostró un ligero sobresalto, aunque de inmediato la sonrisa iluminó su rostro.

—Muy bien. ¿Por qué no? ¿Todos de acuerdo?

Balam caminaba junto a Nikte' por la vereda que conducía a la Laguna Blanca. El *octli* había liberado su lengua y el joven se encontraba dicharachero y ocurrente. La princesa también se mostraba exultante y su risa oponía un alegre contrapunto al sereno verdor de la selva.

Balam sentía correr por su sangre una inmensa alegría por estar vivo. El atardecer parecía envolverlos con su serena quietud, los árboles y arbustos estaban exuberantes y el tiempo parecía haberse detenido, dándole la sensación de que podría ser joven para siempre. Y, sobre todo, tenía junto a él a la mujer que amaba.

Llegados ya al cenote, se dio la vuelta buscando a sus amigos, pero no los vio. Chalmek y Garza Azul se habían ido rezagando: al principio aún podían escuchar sus voces, pero ahora sólo los sonidos de la selva eran audibles.

Se detuvo aguzando el oído e incluso inició unos pasos para retroceder en su busca.

—¿Adónde vas? —la voz de Nikte' sonó casual.

—Chalmek..., Garza Azul. Deberían venir detrás de nosotros.

La princesa hizo un mohín.

—Vamos a ver, Balam Kimil, ¿tan a disgusto te encuentras a solas conmigo?

El joven se quedó paralizado y por unos momentos no supo qué responder. Nikte' le había llamado por su nombre completo y él ni siquiera sabía que ella lo conociera. Tampoco supo el sentido que la muchacha había querido darle a su pregunta y se hallaba muy lejos de adivinar cuál debía de ser la respuesta adecuada.

La vio allí, delante de él, con las cejas levemente arqueadas y una mirada irónica en sus ojos oscuros. Tenía la piel ligeramente tostada por el sol y vestía una túnica blanca y púrpura que le llegaba a los tobillos. Llevaba el pelo peinado hacia atrás, dejando la frente al descubierto, y pequeñas flores de colores se entretejían con él. Balam se dijo que nunca la había visto más bella.

Se olvidó de Chalmek, de Garza Azul, y se olvidó de todo lo que no fueran los sentimientos que amenazaban con desbordarlo. Y empezó a hablar. Lo hizo sin pensar en lo que decía, porque las palabras surgían de su corazón antes que de su cerebro.

—¿A disgusto, Nikte'? Por favor, no te burles. Dicen que las mujeres tenéis un don especial para saber cuándo enamoráis a los hombres. Entonces sabrás que desde aquel día en que te vi en Tikal no he podido dejar de pensar en ti, y mil veces he dado gracias a los dioses por haberte traído a Caracol y poder tenerte cerca. Pero también te diré que sufro, porque ya no me basta con poder verte y con esperar que de vez en cuando te acuerdes de mí y que me sonrías —Balam se había aproximado a la muchacha y ahora la tenía muy cerca. Ella lo escuchaba en silencio, con la mirada prendida en la de él—. Pero también sufro pensando que algún día te vayas o que te fijes en otro... —el joven quedó en silencio, pues de pronto se sintió profundamente turbado—. Perdona..., no debería haber hablado así —sus ojos rehuyeron por un momento los de la princesa—; discúlpame si te he molestado. Los hombres...

—Los hombres sois bastante tontos —lo interrumpió Nikte'—. Presumís mucho de vuestra inteligencia y luego no os enteráis de nada —a pesar de sus palabras, el tono era dulce—. Recuerdo aquel día en Tikal tan bien como tú. Y te diré una cosa: yo te vi antes que tú a mí. Atisbé por las ventanas del palacio y allí estabas: sentado con los tuyos, aparentando arrogancia, pero en el fondo un poquito asustado —Balam fue a decir algo, pero ella posó un dedo sobre sus labios; él se extrañó al notarlo muy frío—. Decidí ser yo la que te diera el regalo que te ofrecía nuestra ciudad.

El rostro de Nikte' sonreía y sus ojos brillaban con una luz especial. Se había aproximado a Balam y ahora ambos se hallaban muy juntos.

—Y recuerdo muy bien el partido de pelota, en el que pedí con todas mis fuerzas a los dioses que le dieras su merecido a ese arrogante de Luz Negra. Y los dioses me escucharon. Suelen hacerlo, ¿sabes? —su mano acariciaba ahora la mejilla del hombre—. También les pedí que tú y yo pudiéramos estar algún día solos, en la selva, sin nadie que nos molestara…

Balam había abarcado con sus manos la cintura de Nikte'. Notaba su corazón acelerado y el cuerpo extrañamente ardiente.

—Pero… ¿y Garza Azul?, ¿y Chalmek…?

La princesa se limitó a sonreír con expresión divertida.

—La verdad es que sois completamente tontos. Los dos están ahora muy lejos de aquí. Garza Azul se ha ocupado.

—¿Garza Azul?

—Sí. Al empezar el paseo se acercó y me lo dijo: «Id los dos a la laguna; ya veré lo que hago con Chalmek». Pero yo ya no quiero seguir hablando, ¿y tú?

Ambos estaban ahora prácticamente unidos. Balam sentía el cuerpo de la joven palpitar contra él y podía notar sus pechos oprimiendo el suyo.

Lo que ocurrió a continuación fue más que cada uno de los sueños que Balam se había forjado; fue aún más que el compendio de todos ellos.

Hasta los animales que se hallaban próximos a la laguna se sumieron en el silencio, cautivados al comprender que estaban asistiendo al ancestral rito común que a todos ellos les imponía la Naturaleza y que de ninguna manera debía ser perturbado.

Tiempo después, cuando la tarde declinaba, los dos cuerpos, desnudos, se dirigieron a la laguna. Iban cogidos de la mano y, sin soltarse, se sumergieron en sus aguas.

19

CIUDAD MAYA DE CARACOL, AÑO 628 DE NUESTRA ERA

Balam no recordaba haber visto nunca a Murciélago Blanco tan preocupado. Su padre adoptivo era una persona que rara vez dejaba traslucir en su rostro las emociones que pudiera sentir, y ello era algo que el joven maya había llegado a aprender al cabo de los muchos años de convivencia. Había que conocer bien al *halach winik* para poder deducir de algún breve gesto si algo le satisfacía o, por el contrario, le resultaba molesto, aunque Balam había llegado a comprender que aquella aparente falta de emociones era el resultado de una férrea disciplina que el hombre se había impuesto a sí mismo.

Pero aquella tarde el chamán no disimulaba su malestar y Balam lo escuchaba con el convencimiento de que algo muy grave había de haber sucedido para alterarlo de semejante forma.

—He hablado ya con el rey —estaba diciendo el hombre—, pues él es el primero que debe ser informado. Pretenden asesinarlo, Balam —Murciélago Blanco lo soltó de pronto, fijando sus ojos en los del joven—. Esos malditos sacerdotes de Tlaloc se proponen matarlo y hacerse con el poder... para ellos o para algún otro —murmuró como para sí mismo—. Ha sido una verdadera suerte que hayamos podido enterarnos. Y tú has tenido mucho que ver, hijo mío...

—¿Yo? Pero si no...

—Aguarda. Es lógico que no entiendas nada, porque mis palabras surgen nubladas por la indignación que me embarga. Empezaré por el principio.

Balam guardó silencio, sabedor de que el *halach winik* hablaría con la precisión a la que todos estaban acostumbrados y que las preguntas podrían esperar.

—Tú me alertaste de que en el claro de la selva se celebraban reuniones que alguien pretendía mantener en secreto y que involucraban a gentes de la vecina Naranjo. Todo apuntaba a una conspiración. Y todo apuntaba hacia esos sacerdotes que piensan que nuestra forma de vivir puede ser cambiada y que creen que su dios es más poderoso que los nuestros.

El hombre aparecía ya más calmado, aunque mantenía sus manos apretadas con fuerza mientras hablaba.

—Dispuse una discreta vigilancia en torno a los principales sacerdotes de Tlaloc y pedí ser informado en el mismo instante en el que abandonaran la ciudad. Y ayer la abandonaron, Balam. Dos de ellos tomaron el camino de la selva en dirección al claro. Para mí fue sencillo seguir su pista: de nuevo el murciélago blanco voló entre los árboles y no tardé en dar con ellos. Te diré que el fuerte olor que desprenden me resultó en esta ocasión de ayuda. Convencido de que se dirigían al claro, los adelanté para esperar su llegada. Pero alguien más los estaba aguardando. Debía de ser la misma persona que tú viste. Lo acompañaban guerreros que se habían situado en los alrededores, vigilantes.

—¿Piensas que venían de Naranjo?

—No lo sé, pero lo doy por hecho. Tú los seguiste e iban en dirección a la ciudad. Además, lo que presencié después lo confirma.

»Los sacerdotes no tardaron en llegar y saludaron al hombre con deferencia, aunque no se pronunciaron nombres. La reunión fue breve; no hicieron sino confirmarse unos a otros que el plan seguía su curso y que nuestro rey sería asesinado. Por fortuna dejaron claro el momento: pretenden hacerlo dentro de doce días, finalizado el *wayeb*, durante la ceremonia en la que es colocada la estatua en la entrada este de nuestra ciudad, como corresponde al nuevo año que comienza.[38] El rey se mezcla entonces con el pueblo y resulta vulnerable. Será uno de los danzantes, que como sabes van disfrazados, quien lo intentará. Lo que no dijeron es su nombre.

—Pero entonces, al menos, el rey estará a salvo. Le bastará con no aparecer.

—Balam, con eso poco conseguiríamos —en los ojos del chamán surgió un asomo de reproche—. Volverían a intentarlo y no sabríamos cuándo ni dónde. Ni siquiera podemos acusar públicamente a los sacerdotes porque no tenemos pruebas. Y menos insinuar que un reino vecino está involucrado. También parece probable que alguien ajeno a nosotros los ayude desde dentro.

—¿Luz Negra?

—Puede ser —Balam tuvo la sensación de que Murciélago Blanco prefería callar esta vez el nombre de Nikte'.

—Pero entonces..., si esperamos...; K'an II no puede ser puesto en peligro.

—También eso es evidente, hijo mío, con lo cual el camino a seguir no parece ofrecernos muchas salidas. El rey y yo lo hemos estado hablando y los dos hemos llegado a la misma conclusión. Tan sólo falta perfilar el plan y asegurarnos de que nada falle.

—Habrá que vigilar de cerca a los dos sacerdotes que viste en el claro.

—Con mucho cuidado, Balam, con mucho cuidado. Si sospecharan algo, todo se vendría abajo. Es mejor tender una trampa y que caigan en ella. Si el plan que hemos esbozado sale bien, nos libraremos de ellos para siempre. Pero es la relación con Naranjo lo que más preocupa a nuestro rey. De ninguna manera podremos tolerar una afrenta semejante.

Balam se limitó a interrogar a su maestro con la mirada.

—La guerra, hijo mío, la guerra. Parece que a veces los dioses no se conforman con que podamos vivir en paz.

20

ANTIGUA CIUDAD MAYA DE NARANJO, AÑO 2001

El traslado hasta Naranjo había sido más lento de lo que su proximidad sobre el mapa con respecto a Uaxactún podía hacer suponer. Las sendas que permitían el paso de los coches acabaron pronto y además el grupo había perdido esa frescura que hacía que las horas de camino por la selva discurrieran con rapidez. La noticia del robo del transmisor los había afectado a todos, sobre todo por las implicaciones que parecía acarrear, aunque ninguno se atreviera a expresarlas en voz alta: era como si alguien pudiera estar interesado en aislarlos del exterior o, cuando menos, en impedir una conexión en directo que pudiera dar a conocer su localización.

—El que lo robó sabía muy bien lo que hacía —había dicho Stan con gesto serio—. Incluso cerró de nuevo la carcasa donde se aloja el emisor para que tardáramos más en descubrir su desaparición. Fue una casualidad que nos diéramos cuenta antes de salir de Tikal.

Ahora Stan iba camino de Ciudad de Belice para enviar desde allí el material grabado y para tratar de hacerse con otro emisor, mientras que Pierre seguía viaje con ellos. «Es muy improbable que pueda hacerme con uno —había dicho Stan—. Me temo que el viaje se ha terminado para mí.»

El camino a través de la selva había transcurrido en silencio, pues ya nadie parecía tener nada más que decir sobre la extraña desaparición del transmisor. Además, la casi certeza de que algún miembro del grupo era el culpable planeaba sobre ellos como una ominosa presencia.

Julio Rivera había terminado por colmar el vaso de la desazón que embargaba al grupo. En el descanso que habían hecho al mediodía les había hablado en tono casual, aunque sin conseguir evitar un tono de preocupación.

—No os lo había contado, pero ahora creo que deberíais saberlo. Primero pensé que podría haberse debido a un despiste mío, pero ahora tengo serias dudas. Anteayer, en Uaxactún, al poco de llegar, fui a buscar mi diario para completar unas anotaciones... y no lo encontré. Es sólo un cuaderno en el que voy escribiendo el progreso en la investigación. Se trata de algo que vengo haciendo desde que me inicié en la arqueología y es una costumbre que se ha revelado muy útil. Bueno, pues el diario no estaba. No contenía nada especial, nada que ninguno de vosotros desconozca, pero sí puede ser de gran utilidad para alguien ajeno...

Sus últimas palabras flotaron en el denso aire de la selva sin que nadie respondiera.

—Aunque tal vez fuera sólo que empiezo a hacerme viejo, porque unas horas después lo encontré. Estaba en el suelo, bajo la mesa de campaña, pero yo juraría que ése era uno de los lugares en los que había mirado mientras lo buscaba...

—Supongo que en ese diario relatarás todo lo que hemos descubierto hasta ahora. ¿Me equivoco? —Guy Lalande fue el primero en hablar.

—Supones bien —la respuesta del mexicano fue cortante.

—No vale la pena preocuparse —Augusto Fabricio comprendió que la chispa podía estar a punto de brotar—. Si alguien lo ha leído, sólo sabrá que nuestro próximo destino es Naranjo. Todo lo anterior es ya historia.

—Sí, pero una historia muy reveladora —insistió el francés.

—De la que de momento somos protagonistas —Nicole procuró dar un tono alegre a sus palabras—. Y dado que pretendemos seguir siéndolo, os propongo que nos pongamos en marcha.

Jean había permanecido todo el camino junto a su prometida, muy consciente de su estado de ánimo. La llevaba cogida por el hombro y había tratado de derivar la conversación a otros terrenos, aunque Nicole terminaba siempre por volver al tema que la obsesionaba.

—Además, Jean, de pronto veo a todas estas personas como ajenas a mí. Me doy cuenta de que apenas sé de ellas, de que en el fondo desconozco cuáles son sus intenciones y que tampoco sé los intereses personales que cada una pueda tener en esta expedición —había confesado en voz baja—. Quiero pensar que nadie oculta nada, pero lo único cierto es que ha desaparecido ese maldito emisor. Y que parece haber alguien interesado en conocer con exactitud lo que nos traemos entre manos. ¿Sabes, Jean?, la selva, de pronto, me parece menos acogedora; siento que estamos solos en medio de la nada, buscando lo que quizá no sea más que una quimera y que hay alguien que puede desear que no lleguemos al final. Y temo que, además, ese alguien pueda hacernos daño.

—¡Nicole!, somos muchos. Y seguimos en contacto con el mundo exterior. Tenemos radio… y si me apuras, tenemos armas —Jean se arrepintió de inmediato de sus últimas palabras, aunque la joven pareció no haberlo oído.

—Te acuerdas de Florencio Sánchez, ¿verdad? El colombiano del que nos habló Julio. Lo imagino como una encarnación de Hun Cimil, ese dios del inframundo que no me gusta nada. Nos dijo Julio que es capaz de todo con tal de hacerse con reliquias del arte maya. No quiero ni pensar que se haya enterado de que vamos en busca del regalo de los dioses.

—Si ese Sánchez hubiera querido hacernos daño, habría tenido ya múltiples ocasiones. Hay que pensar que todo ha sido un desgraciado incidente. Cuando volvamos a París te reirás de tus miedos.

Nicole hizo un esfuerzo y sonrió a su prometido.

—A lo mejor lo que pretende ese colombiano, o quien sea, es que nosotros hagamos todo el trabajo y quedarse él con el premio. Lo siento, Jean, pero no puedo dejar de pensarlo.

El arquitecto la oprimió con más fuerza mientras hacía un gesto de despreocupación. Lo que no confesó a la muchacha fue que la posibilidad que ella ahora planteaba ya había pasado antes por su cabeza.

La llegada a Naranjo tampoco había contribuido a alegrar los ánimos entre los miembros de la expedición. La tarde se aproximaba a su final y la que fuera importante ciudad maya ofrecía un deprimente aspecto de deterioro. Allí, más que en ningún otro lugar de los que habían visitado, se hacía patente que se hallaban en los dominios de la selva milenaria, y que los intentos de los seres humanos por robarle terreno eran de manera inexorable reconquistados. Augusto Fabricio había explicado a los dos jóvenes franceses que la antigua metrópoli había dispuesto de cinco acrópolis, al menos cincuenta plazas, y que aún se conservaban decenas de estelas con inscripciones que habían ayudado a conocer mejor al pueblo indígena. Amén, naturalmente, de la conocida escalinata repleta de jeroglíficos.

Mientras se montaba el campamento los cuatro arqueólogos y Jean se acercaron a verla. Los escalones eran amplios y parecían conducir hacia una plataforma superior que podría haber sido una importante plaza.

Nicole intentó, como siempre solía, que su mente llenara aquel lugar de seres humanos, de mayas desaparecidos hacía ya muchos siglos, y trató de imaginar aquella cultura y aquella civilización ahora desaparecidas. Pero no pudo. El espacio a su alrededor continuó vacío mientras las sombras se enseñoreaban de él. Quizá a la mañana siguiente, bajo la luz del sol, sería capaz de ver las cosas de otra manera.

Fijó su atención en los escalones y le pareció imposible que de ellos pudiera surgir nada coherente. Estaban desgastados, mordidos por la humedad, y en algunos lugares apenas se podía distinguir entre lo que había grabado el hombre y lo que había sido simplemente capricho de la naturaleza.

—Será mejor esperar a mañana —la voz de Fabricio sonó a su espalda—. Está a punto de anochecer y no es cosa de andar con linternas. Y no te preocupes, preciosa —el guatemalteco pareció haber adivinado las dudas de Nicole y la tomó con cariño por el hombro—, los jeroglíficos de la escalinata están bastante bien estudiados. Lamentablemente ninguno de nosotros ha traído documentación, pero no creo que nos cueste mucho refrescar nuestra memoria e interpretarlos.

Julio Rivera asintió en silencio, pero sus pensamientos parecían, en aquellos momentos, hallarse lejos de allí. Guy Lalande continuó arrodillado frente a los escalones, aunque unos instantes después se puso de pie.

—Seguimos en tu terreno, Augusto —dijo—. Tú sabes más de estas inscripciones que ninguno de nosotros y, sin una buena luz, coincido en que será difícil hallar lo que buscamos y podríamos llegar a conclusiones erróneas. Será mejor que nos vayamos a dormir.

Nicole se dio la vuelta, dispuesta a emprender el regreso y algo atrajo su mirada. En el lindero de la selva, que se encontraba próximo, una sombra parecía haber cambiado de posición, aunque quizá sólo hubiera sido un efecto producido por las luces que ya anunciaban el anochecer. Fue sólo un instante, pero se grabó en su retina, y un escalofrío recorrió el cuerpo de la joven arqueóloga.

De nuevo Jean y Nicole tenían el cielo nocturno del Yucatán como techo sobre sus cabezas. Tendidos en las hamacas, sus manos se habían buscado y la mirada de ambos se encontraba perdida en las lejanas estrellas. Contrariamente a lo que ella esperaba, la noche había acudido en su ayuda y le había traído calma. Sentía la selva latir a su alrededor y algo le decía que aquel ser ancestral cuidaría de ella.

No le costó trabajo evocar a alguien tallando los escalones de la escalinata mientras dejaba en ellos el mensaje de los dioses; y pudo imaginar al propio dios del Cielo, Chan K'uh, dirigiendo la mano del artesano. Lo recreó tal como lo había visto el día en que vino a visitarla en sus sueños: como un enorme jaguar de andar pausado.

—Si hemos llegado hasta aquí, los dioses no nos abandonarán ahora, ¿verdad que no, Jean?

Pero sólo el silencio fue su respuesta. Con la mano de ella entre las suyas, el joven arquitecto se había quedado dormido.

21

CIUDAD MAYA DE CARACOL, AÑO 628 DE NUESTRA ERA

Faltaban tres días para el comienzo del nuevo año y la ciudad de Caracol se hallaba sumida en el letargo que las costumbres mayas imponían para aquel mes final, el *wayeb*, que contaba con tan sólo cinco días. Durante él se suspendían todas las actividades, pero no eran fechas festivas. El pueblo se limitaba a aguardar a que pasara cuanto antes, intentando no atraer sobre sí las miradas de los dioses. Eran días muertos, un apéndice impuesto mucho tiempo atrás por los astrónomos para completar el año, pero que para los mayas tenía sobre todo un significado religioso.

Quizá contagiados por aquel letargo los tres jóvenes guardaban silencio y parecía, cada uno, estar sumido en sus pensamientos.

Se habían reunido frente a la gran pirámide, dispuestos a dar un paseo, pero de momento seguían sentados en dos de los bancos que salpicaban la gran plaza.

Chalmek, el sobrino de Murciélago Blanco, había intentado durante un rato mantener viva la conversación, pero ante el poco eco que había encontrado en sus dos compañeros, se entretenía ahora lanzando piedrecitas hacia una hoja situada a unos pasos de él.

Garza Azul, cuyos sentimientos siempre se reflejaban en su rostro, estaba seria, con las manos recogidas sobre el regazo. La pequeña descendiente de la princesa Ojos de Jade parecía casi etérea en su traje blanco. No tenía motivo especial para aquella aparente tristeza, e incluso quienes la conocían bien la habrían achacado a la melancolía circunstancial producida por aquellos cinco días de fin de año, pero ella sabía que su preocupación se debía más al estado de ánimo de quien se sentaba en aquellos momentos a su lado: Balam, su adorado Balam, estaba pasando por momentos que ella adivinaba difíciles.

Desde pequeña, Garza Azul había sabido adaptarse a lo que la vida le había ido deparando, quizá porque en múltiples ocasiones había presentido un futuro que más tarde se revelaba cierto. Ello hacía que admitiera como algo natural que eran los dioses los que movían los hilos de la vida de los humanos, y que de la misma forma aceptara que a ella le habían otorgado el don (ni suerte ni desgracia, simplemente un don) de poder adivinar en ocasiones cuáles eran sus designios.

Su fortaleza de ánimo sólo se resquebrajaba en lo que atañía a Balam. Se conocieron siendo todavía unos niños, cuando su tío el rey la llevó a recibir clases de Murciélago Blanco, y desde entonces se sintió profundamente cautivada por el joven maya de orígenes desconocidos. Percibió en él no sólo su gran atractivo, sino también una inmensa fuerza que lo hacía diferente a los demás. Supo sin duda que Balam, al igual que ella, y antes su abuela Ojos de Jade, era un elegido de los dioses.

La amistad entre ambos surgió fácil, aunque en el corazón juvenil de Garza Azul pronto se transformó en amor. Ella trató de reprimir sus sentimientos, pues presentía con claridad que sus destinos tarde o temprano habrían de separarse, pero no le fue posible. Su amor por Balam fue creciendo con el tiempo, aunque ella trató siempre de mantenerlo oculto, sobre todo a los ojos del joven.

Presentía que Murciélago Blanco lo sabía, porque al chamán rara vez se le escapaba algo, y temía que también Chalmek se hubiera dado cuenta. Y lo temía porque no tenía duda de que el sobrino de su maestro estaba enamorado de ella.

Lo miró con cariño mientras el joven se agachaba buscando piedras pequeñas en el suelo arenoso.

Lo que asomaba al exterior en su persona no era llamativo: ni guapo ni feo, con el pelo lacio y la piel cetrina; rara vez trataba de imponer su criterio y prefería mantenerse en un segundo plano sin atraer la atención de quienes lo rodeaban.

Pero Garza Azul sabía que tras esa fachada de contornos difusos se escondía una brillante inteligencia y, sobre todo, una bondad difícil de igualar. También presentía la nieta de Ojos de Jade que quizá su vida sí se vería algún día unida a la de Chalmek. Cuando pensaba en ello no existía ninguna premonición que lo rechazara, aunque también era cierto que sus visiones del futuro rara vez la incluían a ella.

Pero, de ser, ello tendría que esperar; al menos mientras la presencia de Balam resultara tan potente en su interior.

Convencida de que sus caminos pronto resultarían divergentes, Garza Azul haría cuanto pudiera para ayudar a la persona que amaba, aunque ello significara alejarlo aún más de ella.

Desde que Nikte' llegó a Caracol supo que Balam estaba enamorado de la muchacha. Sintió celos, y envidia, pero los guardó dentro de sí y se obligó a conocer a la princesa de Tikal y a ayudarla a incorporarse a la nueva vida que los azares políticos le habían impuesto. No sólo se hicieron grandes amigas, sino que además pronto tuvo Garza Azul el convencimiento de que los destinos de Balam y Nikte' habrían de discurrir en poco tiempo muy próximos el uno del otro. De nuevo el futuro se le había mostrado con toda su crudeza y la muchacha no tuvo ninguna duda de que así habría de ser.

El día en que facilitó que Balam y Nikte' llegaran solos a la Laguna Blanca fue una amarga prueba, pero al menos se vio compensada por la alegría de Chalmek, que no pudo disimular su felicidad por poder compartir con ella, a solas, aquel festivo paseo por la selva. Fue entonces cuando, por primera vez, el sobrino de Murciélago Blanco le dio a entender que la amaba. Sus palabras fueron torpes y deslavazadas, pero produjeron en ella una gran ternura.

No hizo nada por animarlo, ni tampoco por cortar sus pretensiones; aún no había llegado el momento de plantearse el lugar que el joven maya podría ocupar en su vida.

¡Y Balam! Garza Azul sabía que su relación con Nikte' era la que alguna vez ella había soñado para sí: los dos jóvenes se habían declarado su amor y vivían esos momentos de plenitud que ella no conocía aunque pudiera imaginar muy bien.

Pero algo le pasaba a su adorado amigo. Llevaba varios días como ausente, ajeno a lo que sucedía a su alrededor, y sólo la presencia de Nikte' parecía poder devolverle la alegría. Pero aquella tarde la princesa no había podido ir con ellos y Balam mostraba el ceño fruncido y la mirada perdida, que indicaban con claridad que algo le preocupaba.

Garza Azul no había tenido ocasión de preguntarle por lo que le pasaba, y tampoco sabía si debía hacerlo, pero sufría al verle en aquel estado.

Tampoco en el palacio los ánimos estaban sosegados. Garza Azul adivinaba una tensa calma similar a la que precede a las tormentas y ni siquiera su tío el rey, que sentía una especial predilección por ella, le había dirigido durante los últimos días más que alguna distraída sonrisa. La joven presentía que las premoniciones que había tenido tiempo atrás, augurando momentos de cambio, iban a cumplirse pronto.

—Venga, Chalmek —la voz de Balam los sorprendió a todos—, deja ya en paz a esa pobre hoja. Vamos a pasear de una vez o se nos hará de noche.

Balam había hecho un esfuerzo para alejar de su mente los pensamientos que desde hacía días se habían instalado machaconamente en ella y ahora trataba de bromear con Chalmek y Garza Azul mientras los tres caminaban sin rumbo por la aletargada ciudad.

—¡Qué desperdicio estos cinco días! —la voz de Chalmek aparentaba enojo, aunque su rostro lo desmentía—. No podemos trabajar, pero tampoco divertirnos. No debemos reír, ni hacer ruido...; ¡ni siquiera encender fuego! Y las madres deben abstenerse de tener hijos. ¿No os parece todo un poco tonto?

Sus dos compañeros se miraron y se sonrieron. Sabían que su amigo estaba hablando por boca de su tío Murciélago Blanco, aunque éste se abstuviera de proclamar en público sus reticencias sobre algunas de las creencias y ritos del pueblo maya. Balam y Garza Azul también coincidían con él en lo extraño de algunas de las costumbres que se veían obligados a mantener, pero las aceptaban como algo natural que venían practicando desde pequeños.

—Sí, es probable que tengas razón —fue la joven quien respondió—. Pero piensa que es el hombre el que debe interpretar los deseos de los dioses y puede equivocarse. Y, quién sabe, a lo mejor los dioses quieren que tengamos cinco días al año para poder meditar sobre todo lo que hemos hecho.

—Y sobre lo que nos espera —terció Balam.

—De acuerdo —la voz de Chalmek sonó más relajada—; lo malo es que no son los hombres los que deciden, sino los sacerdotes. Y ya sabéis que en ocasiones pueden resultar extraordinariamente arrogantes.

—Sea como sea, aquí estamos. Y tampoco está mal poder dar un paseo juntos. Y no sólo nosotros. También las familias tienen ocasión de reunirse, y compartir días enteros...

—Por cierto... —Chalmek parecía ya olvidado de sus críticas—, ¿os habéis dado cuenta de que los ejercicios para formar a nuestros guerreros se han incrementado mucho estos últimos días? Los veo desde una de las ventanas de mi casa. Claro que ellos también han tenido que parar. Espero que no me llamen para una nueva sesión de entrenamiento. La última vez acabé agotado; y además os confieso que las armas no son lo mío.

—Pues estarías muy atractivo vestido de campeón de la Orden del Águila —Garza Azul rió de buena—. ¿No te parece, Balam?

La sonrisa del joven resultó forzada, porque nuevamente le habían recordado aquello que estaba tratando de olvidar. Él podría haber respondido a su amigo que sí, que sabía que el entrenamiento de los guerreros se había intensificado aquellos días, aunque de una manera discreta, y podría haber añadido que también conocía el motivo. Pero era algo que no debía contar.

Tres días más tarde se rompería la forzada calma del *wayeb* y lo haría de una manera que resultaba imprevisible, por mucho que el rey K'an y Murciélago Blanco hubieran planeado con precisión cada uno de sus movimientos. Y Balam habría de jugar ese día un papel importante que repasaba a cada momento en su cabeza. Parecía que la ventaja estaba de su parte, pues ellos conocían los planes de sus enemigos. Pero podía suceder que éstos hubieran cambiado su estrategia y nada sucediera como ellos esperaban. Y era mucho lo que estaba en juego.

Tres días más tarde se iniciaría el año nuevo. Resultaría un año *lamat;*[39] su punto cardinal sería el este y su color, el rojo.

Rojo de sangre, como no podía dejar de pensar Balam.

22

ANTIGUA CIUDAD MAYA DE NARANJO, AÑO 2001

Nicole se despertó antes de la salida del sol y su primera idea fue la de intentar volver a dormirse. Pero entonces escuchó ruidos a su alrededor y comprendió que otros habían amanecido antes que ella. La hamaca de Jean, situada junto a la suya, estaba vacía, y la joven se incorporó tratando de encontrarlo. Se dio cuenta entonces de que la oscuridad ya no era absoluta y de que un nuevo día se preparaba para adueñarse de la selva.

Se frotó los ojos, disgustada, pues su cuerpo pedía a gritos que lo dejaran descansar, aunque el aroma de café recién hecho pareció infundirle ánimos.

El olor, fuerte, le había llegado con claridad, y Nicole no pudo por menos que extrañarse de que la vida en el campamento se hubiera puesto ya en marcha. Recordó entonces la escalinata llena de jeroglíficos que había visto en la penumbra de la tarde anterior y comprendió que sus compañeros estuvieran ya despiertos esperando las primeras luces del nuevo día. También a ella el recuerdo le había borrado los vapores del sueño, y el cansancio que parecía embargarla parecía, de pronto, lejano.

Vislumbró movimiento junto a la mesa que se había instalado en el centro del campamento y, con un último suspiro, descendió de la hamaca y se dirigió hacia allí.

Jean, Julio Rivera y Augusto Fabricio conversaban en voz baja sentados junto al tablero, bebiendo café. La tenue luz de una lámpara portátil les daba un aspecto irreal. Próximo a ellos, uno de los ayudantes estaba friendo huevos en una sartén. Nicole pudo ver como Pierre, el cámara de televisión, se acercaba también a la mesa, tratando de alisar su pelo alborotado.

Los hombres se levantaron sonrientes al verla llegar y Jean le dio un cariñoso beso mientras indicaba un sitio a su lado.

—Unos cuantos huevos más, Juan —le dijo Fabricio al hombre de la sartén—. Y tocino, mucho tocino, por favor.

—Como verás, parece que nos hemos puesto de acuerdo en despertarnos pronto —la sonrisa de Julio Rivera reveló sus dientes blancos. El hombre parecía recién salido de la habitación de un hotel y su aspecto era, como siempre, impecable—. Te diré que me siento ansioso por descifrar el próximo mensaje.

—Alguien debería despertar a Guy —terció Jean—. Me imagino que no le gustaría que empezarais sin él.

—No sería yo el que lo intentara… —la voz de Fabricio sonó divertida mientras miraba en la dirección en la que se hallaban los jeroglíficos—. Si no está ya sentado junto a la escalinata, seguro que aparecerá por aquí en cualquier momento. Anda, Antonio —se dirigió a otro de los mozos—, busca al doctor Lalande y dile que en seguida estaremos listos.

El día clareaba a ojos vista, algo que no dejaba de sorprender a Nicole, acostumbrada a los lentos amaneceres de París. Se sentó junto a Jean y se dijo, al contemplar el plato que habían colocado ante ella, que, verdaderamente, aquella mañana tenía hambre.

Pero no tuvo tiempo de terminar su desayuno, pues, de pronto, los acontecimientos se precipitaron, ahuyentando todo resto de sopor del cerebro de la joven arqueóloga.

Antonio volvía apresurado, con la cara demudada y un papel en la mano que entregó a Julio Rivera con un movimiento rápido, como pidiendo perdón.

El mexicano lo leyó, primero para sí y luego en voz alta. Estaba escrito en español y Fabricio lo tradujo al francés para Jean y Nicole al tiempo que Rivera iba desvelando su contenido: «*El señor Lalande es ahora nuestro rehén. Sólo lo liberaremos si su expedición deja de profanar el suelo maya y abandona de inmediato el territorio de nuestros antepasados. Vigilamos todos sus movimientos*».

Durante unos instantes todos se mantuvieron en silencio, mirándose entre sí, con el estupor marcado en el rostro. Nicole fue la primera en hablar, aunque lo hizo en voz baja, como dirigiéndose a ella misma.

—No es posible. Tiene que ser una broma.

—Ojalá sea sólo eso. Resulta difícil imaginar que sea una broma tratándose de Guy —Julio Rivera depositó el papel sobre la mesa, con cuidado, como si fuera un objeto valioso—. Pero debemos comprobarlo. Hay que registrar el campamento y averiguar quién fue el último en verlo. Y, sobre todo, debemos mantener la calma. Antonio, ¿dónde estaba el papel?

—En la hamaca del doctor. Sujeto entre las cuerdas —el hombre estaba visiblemente nervioso—. Él siempre montaba su hamaca apartada, ya lo saben.

—Bien —Julio Rivera emitió un suspiro—; pienso que debemos comenzar por ahí.

Media hora más tarde todos habían olvidado el mensaje encerrado en la escalinata, pues a la desaparición del arqueólogo francés, que ya nadie ponía en duda, se había unido otra para la que no existía aparente explicación: la de uno de los conductores de los vehículos todoterreno. Se llamaba Jorge y era un guatemalteco enjuto y silencioso.

Además, en uno de los claros próximos a la ciudad maya se había encontrado una de las dos radios de campaña que formaban parte de la expedición desde su comienzo. Estaba con la antena extendida, lista para ser usada, aunque apagada. Junto a ella, manchando el suelo y unas rocas adyacentes, algo que tenía todo el aspecto de ser sangre. Y considerando que la tierra habría absorbido una buena parte, el volumen derramado podría haber sido considerable.

—No imagino a Jorge llevándose de noche, a punta de pistola, a Guy —estaba diciendo Jean. Los cuatro habían vuelto a instalarse alrededor de la mesa de campaña mientras que el resto de los integrantes de la expedición permanecían próximos a ellos, como buscando amparo ante una situación que no comprendían—. Y menos diciéndole: «Espere un momento, que tengo que dejar una nota. Luego nos vamos».

—Si la mancha es de sangre, como parece, podemos suponer que Guy pueda estar herido, incluso de gravedad —el bigote de Augusto Fabricio parecía más lacio que de costumbre.

—Y es raro que no haya ningún rastro desde el claro. Parece difícil que la persona herida dejara de pronto de sangrar.

—Sí, resulta extraño —el guatemalteco parecía realmente perplejo—, aunque es cierto que la selva es capaz de difuminar con rapidez cualquier huella. Confieso que me cuesta encontrar la lógica a lo que está pasando.

—A mí me pasa lo mismo, Augusto —la voz de Julio Rivera sonó de pronto cansada—. Es como si me hubiera hecho viejo de repente.

—Todos nos sentimos igual, y no tiene nada que ver con la edad —Nicole intentó infundir firmeza en sus palabras—. Estamos justo donde las personas que se han llevado a Guy querían que estuviéramos. Nos encontramos anonadados y acobardados. Y eso no lo podemos consentir.

—Pero es que Guy...

—De acuerdo, de acuerdo. Sólo en él debemos pensar, pero yo no me creo nada de toda esa palabrería de la nota que nos han dejado. *Profanación del suelo maya..., el territorio de nuestros antepasados...* Si suena a folletín barato. Lo que pretende quienquiera que sea es que abandonemos la búsqueda de esa máscara de jade. Vamos, que nos marchemos para casita y le dejemos a él el camino libre.

Un denso silencio siguió a las palabras de la joven, como si cada uno de los asistentes se tomara tiempo para analizarlas.

—¿Crees que...?

—¿Florencio Sánchez...?

Fabricio y Rivera habían hablado a la vez.

—El nombre no lo sé, pero parece claro que hay alguien más que está interesado en lo mismo que nosotros. Y que no ha dudado en jugar fuerte para quedarse solo.

—Y que ha tenido información desde dentro —Jean intervino de forma pausada, como quien se limita a constatar un hecho—. Sin duda ha esperado a que nosotros..., bueno, vosotros, hicierais el trabajo. Ahora ya no os necesita.

—Pero si nosotros aún no sabemos dónde buscar... —Julio Rivera parecía perplejo y se notaba que estaba haciendo un esfuerzo para poner orden en sus ideas.

—Pues no debe de ser muy complicado porque parece claro que él, o ellos, sí lo saben.

—¡La escalinata! —intervino Nicole con voz excitada—. ¡Deben de haber descifrado el mensaje que figura en ella! Y no hay duda de que nos han tomado la delantera. Creo que antes de seguir hablando, o de tomar ninguna decisión, nosotros también tenemos que saber cuál sería nuestro próximo destino. ¡Y debemos saberlo cuanto antes!

—Es impresionante, Jean. Te aseguro que al contemplar la escalinata un escalofrío me subió por la espalda. Nadie tuvo que decirme cuál era el escalón en el que debíamos fijarnos. Parecía resaltar sobre los demás...; tan perfecto, tan nítidamente conservado. De verdad te digo que si los dioses no tienen nada que ver, las personas que dejaron las pistas se tomaron un gran trabajo en hacer que así lo pareciera.

—Es cierto, y yo tampoco encuentro una explicación lógica. Y no puede ser casualidad. El mensaje en las paredes del oratorio parecía recién pintado, la estela de Uaxactún resplandecía sobre todas las demás... —Jean se encogió de hombros—. Y ahora el escalón. Pareciera que acabaran de cincelarlo. Te fijarías en que había otros prácticamente borrados...

—Sí. O bien los dioses han colaborado o se puso un especial cuidado al elegir los materiales. Te diré que yo casi me inclino por los dioses —Nicole pronunció las últimas palabras en voz baja, casi para sí, mientras seguía estudiando los dibujos que había hecho en el cuaderno que ahora tenía sobre su regazo.

Jean sonrió y se sentó en el suelo junto a su prometida, apoyando su cuerpo sobre el gran árbol que les servía de respaldo.

El cuaderno de la joven presentaba varios dibujos hechos a lápiz. El primero era un esbozo de la escalinata, en el que Nicole había resaltado con trazos firmes el cuarto escalón. Bajo él aparecía la reproducción ampliada de un glifo del que surgía una flecha que Nicole había trazado señalando su posición al principio del escalón. Y debajo del glifo la arqueóloga había escrito con letras mayúsculas la traducción de lo que representaba: Kab K'uh. Y la arqueóloga había encerrado aquel nombre en un círculo, como queriendo atraparlo para siempre sobre el papel.

—Kab K'uh, Jean. El dios de la Tierra. Dándonos la bienvenida y confirmando que estamos en el buen camino. En Uaxactún fue Chan K'uh quien nos saludó desde lo alto de la estela.

—Piensas que Hun Cimil nos espera en Caracol, ¿verdad? —Jean la tomó por el hombro y atrajo el cuerpo de la mujer hacia el suyo—. Que él nos indicará el camino definitivo.

—No sé. Supongo. Ya te dije que ese dios no me gusta, pero imagino que tiene tanto derecho como los otros dos.

—La gran pirámide de Caracol. Caana —dijo Jean con veneración señalando el siguiente dibujo en el cuaderno—. Ya imaginábamos que podría ser nuestro destino.

—Sí, su nombre figuraba en el oratorio, junto a Uaxactún y Naranjo, pero no habríamos sabido dónde buscar —Nicole hizo una pausa y luego miró al hombre a los ojos, con gesto cansado—. La verdad, Jean, tampoco tengo muy claro que ahora lo sepamos —y pasando la página del cuaderno, hizo un ademán ambiguo hacia el resto de los dibujos que había hecho esa mañana.

—Sí —continuó—; una pirámide que suponemos que es la de Caana porque la estela de Uaxactún nos decía que nuestro próximo destino sería Caracol. Hasta ahí vamos bien, pero luego... —Nicole se encogió de hombros mientras contemplaba los bosquejos que venían a continuación.

—Debes creer a Augusto. Está convencido de que esos glifos apuntan hacia uno de los tres edificios que hay en lo alto de la pirámide. Ya lo oíste: el que da al norte y tiene dos puertas gemelas. Además Julio Rivera estuvo de acuerdo.

—Puede ser. Me recuerda al plano que había en el *ostracum* de la colección Garnier y que resultó corresponder a la cámara mortuoria de la tumba de Seti.* ¿Te acuerdas? Sólo que aquél era mucho más explícito.

—Para ti, que eres egiptóloga. Acepta ahora que los expertos son ellos.

—Bueno —Nicole no parecía muy convencida y frunció el entrecejo—. Llegamos a lo alto de la pirámide y entramos en el edificio que da al norte. Y lo hacemos por la puerta de la derecha porque el siguiente dibujo muestra a un maya arrodillado mirando hacia ella. Julio y Augusto dicen que en actitud de respeto, pero para mí igual podría estar esperando a que le cortaran la cabeza.

Jean rió divertido mientras miraba el dibujo.

—Sí. Sobre todo tal como tú lo has pintado. Pero recuerda que nuestros amigos explicaron que llevaba el tocado propio de la realeza. Normalmente eran los reyes los que mandaban cortar las cabezas de los demás y no al revés.

—De acuerdo, de acuerdo. Pues ya hemos entrado en la habitación de la derecha. ¿Y ahora qué? Según Augusto, es pequeña y cochambrosa, pero lo peor es que está vacía. Ni una inscripción, ni un pequeño altar... Nada. ¿Se supone que una vez allí va a venir Hun Cimil desde el Inframundo a entregarnos la máscara?

---

* Véase *Satanael*, óp. cit.

Jean la atrajo hacia sí y le dio un beso en la frente.

—Nicole, no te reconozco. ¿Dónde está la arqueóloga ansiosa de nuevos descubrimientos? ¿La que es capaz de ilusionarse y buscar un tesoro partiendo de un grano de arena? Recuerda que bajo el suelo de la habitación de la izquierda se descubrió una tumba. Quién sabe lo que podremos hallar en la otra...

Nicole lo miró a los ojos durante unos momentos y finalmente sonrió. Sus labios se posaron durante unos instantes sobre los de él.

—Tienes razón, Jean. Estoy cansada y confundida; casi no he dormido y, por si fuera poco, han secuestrado a Guy y nos han amenazado. Dije que no debíamos amedrentarnos, pero no soy capaz de evitarlo. De repente añoro volver a París y sentarme frente a la mesa de mi despacho. Y al terminar ir a pasear contigo por Montmartre cogidos de la mano mientras nos comemos un helado —las siguientes palabras las pronunció en voz muy baja, casi susurrantes—: Y casarnos de una vez, que ya va siendo hora.

Pronto se haría de noche y en el campamento instalado en la ciudad maya de Naranjo reinaba el silencio. Un silencio extraño para lo que hasta entonces había sido habitual entre los miembros de la expedición, que aprovechaban esas horas finales de la jornada para reunirse en grupo y desmenuzar los sucesos del día. También el lugar mostraba un aspecto de precariedad, con las cajas apiladas y todo preparado para la temprana partida a la mañana siguiente.

Julio Rivera se hallaba sentado junto a la mesa de campaña, hojeando distraídamente un libro. Augusto Fabricio fumaba su pipa instalado a pocos metros del mexicano, con la mirada perdida en las ruinas, mientras que Pierre se afanaba desde su hamaca en limpiar una de las cámaras. Tampoco hablaban los ayudantes, mozos y conductores, que permanecían juntos, aunque cada uno parecía sumido en sus propios pensamientos.

Jean y Nicole se habían sentado juntos, un poco apartados de los demás, la espalda apoyada contra el mismo árbol que habían compartido al final de esa mañana. Ellos sí hablaban, pero lo hacían en susurros, como temerosos de romper aquel silencio casi místico.

A primera hora de la tarde, tras una comida apresurada, los arqueólogos, junto con Jean y Pierre, habían simulado un paseo hacia las ruinas para poder hablar con tranquilidad.

Julio Rivera se mostró desde el principio partidario de abandonar la búsqueda de la máscara de jade —«En el fondo no es más que una quimera», había dicho—, de regresar a Ciudad de Belice y allí esperar noticias de Guy, aunque pronto se vio que Nicole y Augusto Fabricio no lo tenían tan claro. Jean y Pierre optaron, de momento, por reservar su opinión. «La decisión os corresponde a vosotros», fue el argumento de ambos.

—Julio —había razonado el guatemalteco—, Dios me libre de hacer nada que pueda poner en peligro a Guy, pero tampoco estoy dispuesto a obedecer de manera ciega las órdenes de unos desalmados. Nunca me han gustado las imposiciones. Ahora mismo tenemos una ventaja y debemos explotarla: ellos no pueden comprobar cuál ha sido nuestra reacción. Nadie nos espía desde la selva para ir a contárselo, porque nos habríamos dado cuenta.

—A lo mejor al espía lo tenemos dentro —rezongó el mexicano.

—Sí, puede ser. Aunque lo lógico es pensar que ese hombre podría haber sido Jorge y ahora ya no está aquí. En cualquier caso, si decidimos darnos alguna oportunidad, debemos hacer que quede entre nosotros y transmitir a los demás que nos vamos para casa.

—Pasando antes por Caracol... —Nicole asintió con vigor al darse cuenta de lo que pretendía Fabricio—. Es eso lo que piensas, ¿verdad?

—Sí, sí —el bigote del hombre se abrió en una tímida sonrisa—. Es lógico llegar hasta Caracol para tener mejor acceso a las carreteras. Y una vez allí...

—Dios dirá —apostilló Jean.

—O nuestros tres dioses mayas dirán —la voz de Nicole mostraba la firmeza de quien sabe que se ha llegado a una buena decisión—. No os olvidéis de ellos.

A su regreso de las ruinas se habían enterado de la última noticia cuando los abordó uno de los conductores que acababa de regresar del lugar, distante un par de kilómetros, donde habían dejado los vehículos todoterreno.

—Falta uno de los coches —les dijo—. Precisamente el que solía conducir Jorge. La buena noticia es que los demás están intactos.

Para nadie fue una sorpresa, aunque la desaparición del

vehículo añadió una gota más de desazón en el ya quebrantado ánimo de los expedicionarios.

—Jean, dime que estamos haciendo lo correcto, anda —Nicole acomodó la pequeña almohada que había situado entre su espalda y el tronco del árbol—. Tengo miedo de que la decisión que hemos tomado haya sido egoísta.

—Cualquier opinión es posible y todas serán aceptables, pero si te sirve de algo, te diré que cuando Augusto propuso pasar por Caracol, estuve a punto de darle un abrazo.

—Sí, yo también —por unos momentos una sonrisa bailó en los labios de la arqueóloga—. No habría podido resistir el irme para casa cuando estamos tan cerca del final. Lo que temo es que cuando lleguemos a la gran pirámide la máscara haya volado.

—Nos llevan un día de adelanto, pero aún tienen que descifrar la parte final del mensaje que aparece en la escalinata.

—Sí, esos dichosos números —Nicole abrió su cuaderno—. 9, 11, 10, 14, 3, 11, 3, 14. Bueno, agrupados por parejas, y cada dos parejas reunidas entre sí.

Jean miró una vez más el dibujo que Nicole había hecho al copiar la parte final del cuarto escalón.

9	11	10	14	3	11	3	14

—Julio se acordó al verlos de que esas cifras siempre habían extrañado a los arqueólogos. Pensaban que podrían indicar el número de enemigos capturados en una batalla o algo así. Está claro que ya no lo piensa.

—Lo malo es que no tenemos ni idea; y no parece que esa habitación vacía en lo alto de la pirámide vaya a darnos la solución.

—Ya lo veremos, Nicole. Hasta ahora hemos ido resolviendo cada uno de los mensajes; ten confianza. Yo la tengo plena en ti. Algo se te ocurrirá.

La joven sonrió de nuevo y tomó su mano entre las suyas.

—No lo sé, Jean. Por primera vez en mucho tiempo me siento confundida, y no sólo por todo lo que nos está pasando, aunque imagino que tiene mucho que ver. Pero se trata de algo más íntimo, como si se hubiese cerrado una puerta dentro de mí. O abierto, no lo sé. Porque de pronto miro a mi alrededor y la sensación que tengo es la de estar contemplando a extraños.

Jean se limitó a hacer un gesto de incomprensión.

—Los seres humanos, cariño —continuó ella—. O mejor dicho: el ser humano. Hasta ahora siempre habían sido algo propio, algo de lo que yo formaba parte. Los había guapos y feos, altos y bajos, mejores y peores..., pero eso era algo que aceptaba y que no me preocupaba. Me sentía a gusto formando parte de la humanidad. Ahora, de pronto, veo en cada uno a un extraño, como si fueran mundos aparte.

—Te refieres a Guy, ¿verdad?

—No, no. Bueno, supongo que él ha tenido parte de culpa, pero es algo mucho más general. También Julio, Augusto... No, tú no —añadió risueña al ver la expresión que había ido apareciendo en el rostro de su prometido—. Quiero decir que pienso en ellos y los veo como a alguien educado, cordial..., incluso amigo, pero con los que no tengo nada en común y a los que en el fondo intereso muy poco. Quizá sea que estoy un poco deprimida, pero de repente percibo a las personas como si fueran islas muy pequeñas perdidas en un océano inmenso. No sé...

—Pues la humanidad no ha cambiado estos últimos días; y te diré que nuestros compañeros de viaje no son de lo peor.

—Sí. Está claro que es mi percepción la que ha cambiado. Y por eso estoy un poco triste. Me gustaría que fuéramos algo menos egoístas. A veces no me gusta demasiado el ser humano. Y no creas que olvido que yo soy uno de ellos. ¿Crees que en un futuro seremos distintos?

—No parece que la naturaleza vaya a cambiarnos, si es a eso a lo que te refieres —Jean había meditado unos instantes antes de dar su respuesta—. Nuestra especie ha aprendido a perpetuarse con independencia del medio ambiente y posibles mutaciones genéticas serán irrelevantes. Tengo la impresión de que los humanos hemos terminado ya nuestra evolución...; salvo que se produzca un cataclismo.

Ambos permanecieron en silencio, las manos entrelazadas mientras contemplaban el inmenso verdor que se abría ante ellos.

—Sólo el ser humano tiene la llave de sí mismo...; creo —la voz de Jean sonó suave mientras sus ojos se posaban con cariño en los de la joven.

—¿A qué te refieres?

—A la genética, a la investigación genética, Nicole. Si se lo propone, el hombre será capaz de crear a un hombre nuevo. Y pienso que en un futuro así será.

—Pues no parece que los que nos dirigen estén muy por la labor. Mira la que se arma cada vez que a alguien se le ocurre sacar el tema.

—También las investigaciones médicas estuvieron perseguidas durante siglos. Entonces fueron argumentos religiosos; ahora son consideraciones éticas... En el fondo es lo mismo. Todo se reduce a que el ser humano se concede demasiada importancia. Decías que somos egoístas, Nicole. También nos faltan enormes dosis de humildad.

—Bien, de acuerdo. Y según tú, eso no va a cambiar. De modo que no veo la solución.

—*Touché* —Jean rió—. Pero confío en que al final la ciencia se imponga; después de todo, su capacidad intelectiva se me antoja superior. Imagino que surgirá algún gobierno que ampare investigaciones genética serias y a partir de ahí todo será posible.

—Tendrá que ser rentable. Ya no existen los grandes mecenas.

—¿Rentable? ¡Pero si es la piedra filosofal! Dile al ser humano que no va a tener muchas de las enfermedades que ahora padece, que va a ser más fuerte, más inteligente y que va a vivir muchos más años. Darán lo que sea a cambio de conseguirlo.

—Una bonita utopía. Si ahora empezáramos a vivir, digamos, el doble, nuestro sistema social y nuestra civilización se vendrían abajo.

—Así es —el arquitecto se encogió de hombros—. De modo que habrá que ir poco a poco. Nosotros no lo veremos.

—Pues es una pena. Pero en ese futuro que tú planteas no habremos cambiado: más altos, más guapos, más fuertes..., pero igual de malos.

—No, no. También hay genes que regulan nuestros instintos: la codicia, el egoísmo, la agresividad. Todo es cuestión de darles un toque y que resulten dominantes para las siguientes generaciones.

—No sé. Me parece todo un poco de ciencia ficción.

Jean la miró con fingida seriedad y luego rompió a reír.

—Te diré una cosa, Nicole: a mí también.

23

CIUDAD MAYA DE CARACOL, AÑO 628 DE NUESTRA ERA

Murciélago Blanco veía acercarse a la comitiva que se dirigía hacia la vereda que, partiendo de Caracol y rumbo al Este, se internaba en la selva. Se trataba de una salida de la ciudad poco frecuentada, pues por ella no se alcanzaba ciudad alguna y sólo daba acceso a las plantaciones de maíz que se extendían en esa dirección.

Pero aquel día el lugar era importante, pues sobre el pedestal situado en la encrucijada iba a reposar la representación de Itzamna, el dios creador. La estatua daría la bienvenida al nuevo año y recordaría a todos, por su posición orientada hacia el sol naciente, que aquél iba a ser un año *lamat*.

Los ciudadanos de Caracol habían acudido en número muy elevado, pues aunque la ceremonia sería breve, cualquier motivo era bienvenido para dejar atrás el letargo que habían impuesto los cinco días del *wayeb*. Una parte de los presentes había ocupado lugares estratégicos alrededor del pedestal que, ligeramente elevado, aguardaba a la figura que había de reposar sobre él, mientras que el resto había preferido acompañar a la comitiva que había partido a media mañana desde la plaza de la gran pirámide.

Murciélago Blanco aguardaba, acompañado por el Hombre de la Vara Alta y rodeado por los principales sacerdotes que cuidaban del culto a los diversos dioses, a que la procesión llegara hasta ellos. Desde hacía un rato había sido audible la música de flautas y timbales, pero en ese momento ya podían distinguirse con claridad los detalles del colorido desfile.

Abría la marcha la guardia personal del rey K'an, impresionantes los soldados en sus atavíos militares, aunque armados para la ocasión con lanzas rematadas en un penacho de plumas en lugar de estarlo con la mortífera punta de pedernal o de obsidiana.

Iban seguidos por un nutrido grupo de músicos afanados en lograr que el volumen de su música se impusiera sobre la algarabía producida por quienes acompañaban a la procesión. La melodía era chillona y repetitiva, acompañada machaconamente por los redobles de tambor. Detrás, a hombros de seis porteadores, aparecían las angarillas sobre las que descansaba la estatua de Itzamna. El dios creador venía representado por una cabeza monstruosa de ojos saltones que surgía del cuerpo de una iguana. La piedra que había servido para tallarla conservaba su color original, aunque la base sobre la que reposaba la figura había sido pintada de rojo, el color del nuevo año, y sobre ella había sido esculpido varias veces el símbolo *lamat*: un glifo que contenía un rombo y cuatro puntos: uno frente a cada uno de sus lados. Los días *lamat* estaban asociados a las estrellas;

eran días dominados por el poder de los dioses del cielo y favorables, por tanto, para los hombres.

Rodeando a la estatua, y también por detrás de ella, un grupo de danzantes hacía sus cabriolas en honor del dios creador. Llevaban las cabezas cubiertas por máscaras que representaban a diversos animales y sus cuerpos iban vestidos de acuerdo con aquel al que representaban. El conjunto ofrecía un bello colorido, pues varios de los danzantes iban ataviados emulando a distintas aves tropicales.

Y detrás, imponente también en su atavío, el rey K'an II cerraba la marcha escoltado por otro grupo de sus guardias personales. Llevaba un manto corto elaborado exclusivamente con verdes plumas de quetzal y sobre la cabeza lucía el tocado tricorne del dios Hu'unal engalanado para la ocasión sólo con plumas negras.

Murciélago Blanco se adelantó unos pasos hacia los que se aproximaban mientras que el Hombre de la Vara Alta indicaba a guardias y músicos el lugar en el que debían situarse. El *halach winik* se detuvo frente a las angarillas que portaban a Itzamna y que se habían situado junto a la plataforma de piedra y aguardó a que el rey se aproximara. Los danzantes continuaban mientras tanto con sus frenéticas cabriolas, cerrando el círculo que envolvía a la estatua del dios creador.

A una señal del Hombre de la Vara Alta la música cesó y los bailarines también pararon. Si en movimiento podían parecer estrambóticos, quietos tenían algo amenazante, como si realmente se hubieran convertido en los animales que representaban y de pronto se encontraran al acecho.

Los ciudadanos de Caracol que habían acompañado a la procesión intentaban conseguir un hueco desde el que poder seguir la ceremonia que iba a comenzar a continuación y por ello no todos pudieron ser testigos directos de los hechos que se sucedieron en cuestión de segundos. Pero el resto de los presentes sí pudo, y su corazón quedó sobrecogido.

Uno de los danzantes, que se hallaba próximo al rey, se abalanzó de pronto sobre él. Su disfraz trataba de imitar al tucán y un pico anaranjado surgía de la cubierta cabeza. Los colores que lo adornaban pasaban del negro en la parte del cuello al azul intenso en el centro del cuerpo, y las ropas acolchadas que lo envolvían lo hacían aparecer gordo y torpe.

Su ataque, empero, fue de una increíble celeridad. En un instante se hallaba junto a K'an II mientras su mano esgrimía un negro puñal de obsidiana que había extraído de entre sus ropas. Murciélago Blanco, que se hallaba junto al monarca, apenas pudo levantar una mano en señal de aviso, pero no fue suficiente. El agresor había sujetado al rey por el cuello mientras que el arma se hundía con brutal fuerza en el pecho de su presa, a la altura del corazón. K'an II apenas pudo tender sus manos al frente, como buscando un apoyo que ya nunca iba a encontrar. Unos instantes después se desplomaba en el suelo, totalmente desmadejado.

El primero en reaccionar fue Ulil, el jefe militar de Caracol y comandante de la guardia personal de su rey. Era un campeón de la Orden del Chacal y quienes conocían su fuerza decían que tenía la de dos hombres juntos. Se hallaba, como siempre, próximo al monarca y pudo sujetar sin aparente esfuerzo al agresor, quitarle la daga asesina y tumbarlo en el suelo boca abajo. El pico de tucán quedó de lado, una incongruencia más dentro de todo aquel despropósito. Ulil plantó su rodilla sobre la espalda del caído mientras la espada corta que había desenvainado se apoyaba con firmeza en su cuello. Un rápido giro de muñeca hizo que el hombre tendido se estremeciera. Luego un espeso charco de sangre comenzó a formarse sobre el suelo.

El ataque había tenido lugar hacía apenas unos instantes, pero ahora todos los presentes parecieran haberse quedado mudos. Tan sólo cuando el agresor se había arrojado sobre su víctima se oyeron algunos gritos de alerta, aunque después el silencio se tornó absoluto, como si el tiempo de pronto se hubiera detenido.

Murciélago Blanco se arrodilló junto al rey tendido. El cuerpo del chamán parecía encorvado y envejecido, aunque su voz sonó firme cuando levantó la cabeza.

—El rey ha muerto.

Sólo un mudo silencio fue su respuesta. Entonces el gran sacerdote del culto a Tlaloc dio unos pasos al frente, separándose del resto de los que, como él, dedicaban su vida al servicio de los dioses.

—Nunca sucede nada que los dioses no quieran y menos cuando se trata de poner fin a la vida de alguien que, como nuestro rey, ha sido ungido por ellos —su voz era profunda y ni aun los más alejados pudieron dejar de oírla—. Pero K'an II se había apartado de la senda que nuestros dioses marcan y los había ofendido. En especial al poderoso Tlaloc, negándole lo que era suyo y que continuamente demandaba. No hay duda de que el Gran Poderoso ha abominado de este rey y ha dictado su paso al Mundo de los Muertos, exigiendo que sea otro quien ciña la corona del dios Hu'unal —su brazo extendido señaló hacia el tocado tricorne que se había desprendido de la cabeza del hombre caído y que yacía inmóvil sobre el suelo—. Y ese otro tiene que ser alguien dispuesto a no apartar su empeño del servicio de los que rigen nuestras vidas. Tlaloc ha hablado y su voz tiene que ser escuchada. ¡Oigámosle! Debemos aceptar con humildad cuanto suceda durante los próximos días porque serán los dioses quienes decidan por nosotros.

Se escucharon algunos murmullos entre la muchedumbre, aunque nadie se atrevió a replicar al sacerdote. Una voz gritó «¡Sí!, Tlaloc ha hablado; ¡oigámosle!», y algunas más la corearon.

Entonces Murciélago Blanco se levantó. Hasta entonces había permanecido postrado junto al cuerpo inerte sin apenas moverse, como si con la muerte del rey se hubiera ido también una parte de su persona.

Su alta figura se irguió en toda su esplendor. Iba vestido con una larga túnica de color blanco que marcaba un agudo contraste con las negras vestiduras del sacerdote del dios de la lluvia. También su estatura resultaba impresionante frente al pequeño cuerpo de su oponente. Dio un paso hacia él y lo señaló con su brazo derecho extendido.

—Has hablado en defensa de tu dios, sacerdote, y lo has hecho de forma arrogante —el hombre de negro abrió la boca dispuesto a responder, pero el *halach winik* lo impidió con un gesto de su mano—. Y has asumido una grave responsabilidad, pues te has permitido juzgar cuáles han sido las intenciones y los deseos de Tlaloc —de nuevo un rápido ademán impidió que el hombrecillo hablara.

—No se puede invocar a los dioses y pretender que sus designios sean expresados únicamente por boca de uno de ellos —su voz iba adquiriendo mayor intensidad a medida que hablaba—. Sacerdote: ya que tú te has permitido hablar en nombre de Tlaloc, yo voy a preguntar al resto de los dioses —el silencio que rodeaba a Murciélago Blanco era denso e incluso el hombre de negro se había quedado inmóvil—. Y ninguno mejor para hablar en nombre de todos ellos que el gran dios creador, el que emanó de sí mismo y jamás morirá: ¡Itzamna!

El chamán había pronunciado el nombre como quien lanza un conjuro, con voz potente y separando nítidamente las sílabas. Abrió los brazos y dirigió su mirada hacia el cielo azul que se extendía por encima de los árboles.

—¡Itzamna! —repitió el chamán—, te pedimos una prueba. Acabamos de oír que era deseo de los dioses que nuestro rey muriera. Haznos saber si es así o bien dinos que la persona que ha hablado lo ha hecho con la voz de la mentira.

La voz de Murciélago Blanco había sido tonante, su mirada fija en el cielo. Una calma expectante siguió a sus palabras, aunque nada sucedió. El sacerdote de Tlaloc, que durante la intervención del *halach winik* había permanecido rígido, comenzó a relajarse, mientras una media sonrisa empezaba a aparecer en sus labios.

—¡Itzamna, háblanos! —repitió el hombre de blanco.

Y entonces un murmullo de incredulidad comenzó a extenderse entre los que se hallaban más próximos a la escena. Incluso se escuchó un grito histérico surgir de la garganta de una de las mujeres que formaban parte de la comitiva.

El cuerpo del rey K'an II había comenzado a moverse.

Fue primero su cabeza, que se elevó para observar a quienes le rodeaban, y luego siguieron los brazos, buscando apoyo en el terreno para poder ayudar al cuerpo a levantarse. Los movimientos, desmadejados al principio, fueron cobrando consistencia, y finalmente el rey se levantó del suelo, irguiendo su colosal figura.

Una gran mancha de sangre teñía a la altura del pecho la túnica amarilla que vestía y el rey la miró durante unos momentos con curiosidad. Luego se agachó para recoger del suelo la corona de plumas negras y la ciñó de nuevo sobre la cabeza con movimientos pausados. El silencio era absoluto.

K'an II fijó entonces sus ojos en Murciélago Blanco para posarlos a continuación sobre Ulil, su jefe militar. Por último su mirada buscó al sumo sacerdote del dios Tlaloc, que permanecía inmóvil y con una expresión de estupor fija en su rostro. La expresión del rey era de total frialdad.

K'an II tomó la espada con la que Ulil había degollado al agresor y que el comandante de la guardia aún conservaba en su mano. Era una espada corta, menos pesada que las utilizadas para la batalla, pero magníficamente trabajada y contorneada por un afilado borde de obsidiana. El rey la tomó por la empuñadura y pareció sopesarla durante unos momentos. Luego todo se desarrolló en cuestión de segundos.

El monarca se situó en dos pasos junto al sacerdote vestido de negro y, trazando un amplio arco con la mano, lanzó la espada contra su cuello. El hombre no se había movido, sabedor quizá de lo que le esperaba, pero consciente de su impotencia para evitarlo.

El golpe fue terrible, y su impacto, perfectamente audible para todos los presentes, aunque el sacerdote consiguió mantener el equilibrio. Luego, mientras la sangre salía a borbotones de su cuello abierto, el hombre cayó al suelo, donde quedó encogido en una postura extraña, rodeado por su túnica mugrienta, como si alguien la hubiera tirado al suelo sin prestarle ninguna atención.

K'an II lo miró impasible durante unos instantes y luego paseó su mirada por el resto de los sacerdotes, que se hallaban a escasos pasos de él. Todos, sin excepción, mantenían la cabeza y la mirada bajas.

Después el rey dirigió una leve sonrisa a Murciélago Blanco, devolvió la espada a Ulil y dejó oír su voz tranquila y profunda.

—Llevaos a quienes han intentado usurpar la voluntad de los dioses —dijo señalando hacia los dos cuerpos tendidos. Luego dibujó un círculo con su brazo, dirigido a todos los que allí se encontraban, y concluyó, como si lo sucedido no hubiera sido más que un episodio sin importancia—: Que la ceremonia continúe.

Murciélago Blanco observaba sentado en un banco de piedra cómo Balam terminaba de despojarse de su aparatoso disfraz de tucán. La vejiga que había contenido el líquido del color de la sangre había impregnado también su cuello y parte de la cara, dándole un tenebroso aspecto de animal herido. En el recinto, que era el depósito de armas de los guardias de palacio, se encontraban también su comandante Ulil y Garza Azul, que en ese momento ofrecía a Balam un lienzo mojado en agua.

—Anda, lávate. Tienes un aspecto espantoso —le dijo sonriente.

El joven la miró con suspicacia, aunque le devolvió el gesto.

—Pero, tú, Garza Azul... ¿Estabas enterada?

—Siguió tu «cadáver» hasta aquí y, como no la dejaban entrar, esperó mi llegada —la voz pausada de Murciélago Blanco tenía un ligero deje irónico—. «Quiero ver a Balam», me dijo, «y comprobar que se encuentra bien». Por lo que se ve, hijo mío, no cuidaste demasiado tu disfraz.

—Pero... —el joven no pudo continuar porque la muchacha posó un dedo sobre sus labios.

—Fuiste un tucán estupendo, pero cuando caíste al suelo y la sangre corrió desde tu cuello, supe sin duda alguna que eras tú. Pero también tuve la certeza de que no te había pasado nada. Aunque quise comprobarlo... —la joven se sonrojó ligeramente mientras pronunciaba las últimas palabras.

—Gracias, Garza Azul —Balam tomó su mano y la besó en la mejilla—; me habría gustado tenerte a mi lado en aquellos momentos, quitándome la sangre como ahora. No sabes lo incómodo que estaba, tendido en el suelo, sin poder moverme y empapado en este líquido viscoso. Además no podía ver nada de lo que estaba pasando. Sólo escuchaba las voces.

—Todo sucedió según lo habíamos planeado —dijo Murciélago Blanco—. Hasta yo mismo creí por un momento que nuestro rey regresaba desde el mundo de los muertos. Y ese infame sacerdote murió convencido de que era abatido por la furia divina. Nuestros ciudadanos veneran ahora a K'an II como si él mismo fuera un dios y darían la vida por él. Sí, todo ha salido bien, Balam, pero lamento profundamente tener que haber llegado hasta aquí.

—Y... ¿el otro cuerpo? ¿Es...? —el joven señaló hacia el fondo de la estancia, donde a pesar de la semipenumbra podían verse dos formas humanas tendidas sobre unas largas mesas. Una de ellas era la del sacerdote de Tlaloc, todavía envuelto en su larga túnica negra.

—Sí, hijo mío. Será quien, para todo el mundo, se encontraba dentro del disfraz de tucán. Él era el elegido para asesinar a nuestro rey. Un pobre hombre de limitada inteligencia del que nunca llegaremos a saber qué le habían prometido —el chamán movió la cabeza con pesar—. Habría muerto de cualquier modo, aun cuando sus planes hubieran tenido éxito. Era un testigo que no podían permitirse.

—¿Fue sencillo localizarlo?

—Sí —Ulil tomó la palabra—. De la lista de los danzantes seleccionamos a los que nos parecieron sospechosos y mis hombres de confianza los vigilaron desde el amanecer. Un somero registro bastó para descubrir la daga que ese hombre llevaba consigo. Luego le quitamos el disfraz, te lo dimos a ti y nos ocupamos de él —Garza Azul se estremeció al ver cómo Ulil acariciaba la empuñadura de la espada que llevaba al costado.

—¿Y qué habría sucedido si la conspiración hubiera tenido éxito? —preguntó la joven—. ¿Quién habría sustituido a mi tío en el trono?

—Sólo podemos imaginarlo, Garza Azul. Por las palabras que pronunció ese hombre —el chamán hizo un gesto hacia la mesa en la que yacía el cadáver del seguidor de Tlaloc—, parece que pretendían que fueran los propios sacerdotes los que se hicieran con el poder mientras se elegía un nuevo rey. Y todo parece indicar que ese rey nos llegaría desde Naranjo.

—¿Luz Negra?

—Quizá. Pero no lo creo. Seguramente una persona de más edad. O puede que alguien de nuestra propia ciudad, incluso del entorno del rey. Alguien dispuesto a plegarse a las órdenes de Naranjo o, lo que es lo mismo, de Tikal. Piensa que Luz Negra lleva el suficiente tiempo con nosotros como para conocer a todos los que integran la corte de tu tío, sus ambiciones y su manera de pensar.

—Entonces crees que Luz Negra está involucrado —el ceño de Garza Azul se frunció.

—Con certeza no lo sé, como tampoco lo sabe tu tío el rey. Sí es cierto que lo tenemos vigilado y que tendremos que oír sus explicaciones —Murciélago Blanco fijó su mirada en Balam—. Como también tendremos que escuchar a Nikte'.

—Pero ella no... De ninguna manera podría... —Balam parecía perplejo, con el húmedo lienzo que le había dado Garza Azul aún entre las manos.

—Ahora mismo no podemos descartar nada. Ha habido una conjura para asesinar a nuestro rey y debemos llegar hasta el final.

Dos golpes de llamada sonaron en la puerta y Ulil se acercó a abrirla. Un guerrero ataviado con el penacho de la guardia real entró en el recinto y murmuró unas palabras al oído de su jefe. Éste asintió y luego lo despidió. Cuando se volvió hacia los demás su rostro había perdido parte de la imperturbabilidad que lo caracterizaba.

—Luz Negra ha huido de la ciudad. Ha tenido que contar con ayuda del exterior porque los guardias que lo vigilaban han aparecido muertos y está claro que han intervenido varias personas —su mirada pasó del *halach winik* a Balam—. Y tampoco está la princesa Nikte'.

24

EN EL CAMINO ENTRE NARANJO Y CARACOL, AÑO 2001

—La conclusión empieza a parecer evidente —Julio Rivera iba en el asiento delantero del todoterreno que los conducía en busca de la que había sido la ciudad maya de Caracol. Nicole y Jean iban detrás, apretados junto a unos bártulos a los que hubo que hacer sitio ante la falta del vehículo desaparecido. Aunque intentaron hablar de otros temas, la conversación volvía una y otra vez a la desaparición de Guy Lalande y de Jorge, el conductor guatemalteco.

—Jorge trabajaba para ellos, me da igual que su jefe se llame Florencio Sánchez o de otra manera —continuó el mexicano—. La radio abandonada en el claro demuestra que debió de utilizarla durante la noche para ponerse en contacto con los suyos y fijar la hora exacta del encuentro. Luego debió de despertar a Guy y lo atrajo con cualquier pretexto hasta el claro. Podíamos haber sido cualquiera de nosotros, pero él dormía apartado y la elección resulta obvia. Allí lo esperaban sus compinches y entre todos se hicieron con él. Jorge no tuvo más que dejar la nota en la hamaca y largarse.

—¿Y la sangre? Lo lógico hubiera sido ponerlo fuera de combate con un golpe en la cabeza —Nicole no parecía muy convencida—. Además la sangre implica algún tipo de lucha y Guy habría tenido tiempo de gritar. Sin duda lo habríamos oído.

—Puede haber muchas explicaciones para eso, querida Nicole. Como que Guy volviera en sí una vez amordazado y tratara de resistirse.

—Eso es cierto —ahora fue Jean quien habló—, pero a mí hay otra cosa que no deja de parecerme extraña, y es la inutilidad del secuestro.

Julio Rivera se dio la vuelta en su asiento para mirar al arquitecto con expresión interrogativa.

—Si pensamos que ellos iban siguiendo cada uno de nuestros pasos a través de Jorge y que finalmente se nos han adelantado descifrando la inscripción de la escalinata, lo único que tenían que hacer era llegar a Caracol lo antes posible y hacerse con la máscara. Hemos calculado que nos pueden llevar un día de ventaja, ¿no? Y parece un periodo de tiempo suficiente.

Julio Rivera compuso una expresión perpleja mientras que Nicole se sonreía y afirmaba con la cabeza.

—Pues... eso es cierto, mi joven amigo. Habrá entonces que concluir que los raptores necesitaban a Guy. Quizá sepan menos de lo que pensamos y quieran que nuestro buen francés les eche una mano.

—Es una posibilidad —Nicole asintió—. Y además de ser lógica tiene algo muy positivo —guardó unos momentos de silencio divertida ante la expectación que había creado—: Y es que Guy en estos momentos tiene que seguir vivo. Pero me parece que estamos tejiendo un cesto con muy pocos mimbres. Anda, Julio, cuéntanos algo más sobre Caracol y su gran pirámide.

—Pues como casi todo en el mundo maya, su descubrimiento, o al menos el interés arqueológico, es muy reciente. Creo que fue en 1937 cuando un maderero, un tal Mai, dio con Caracol y habló de la ciudad a Alexander Anderson, el arqueólogo que sería el primero en cartografiar las ruinas. Anderson las visitó, aunque no sería hasta 1950 cuando dirigió la primera expedición seria. ¡Tendríais que ver las fotos que se tomaron entonces! Tal era el deterioro que apenas se puede adivinar que bajo los escombros y la maleza existían construcciones de piedra.

—Imagino que la gran pirámide sí sería visible —terció Jean.

—Evidentemente. Tiene cuarenta y tres metros de altura; como un edificio de doce pisos. Pero nada tiene que ver el estado en que la encontraron con lo que vosotros vais a ver ahora. Su nombre, Caana, significa «palacio del cielo». Fue una obra arquitectónica increíble. Y más teniendo en cuenta que fue erigida en plena selva. Caracol pertenece a Belice, mientras que las otras grandes ciudades son guatemaltecas o mexicanas, y fue su Gobierno el que promovió a partir de los ochenta un proyecto arqueológico de larga duración para rescatarla de la selva.

—¿Participasteis vosotros?

—No, no. Fue la Universidad de Florida. Y a pesar de mi escasa simpatía hacia los gringos, debo reconocer que hicieron bien su trabajo. Lo han concluido hace poco, aunque sin duda seguiremos realizando descubrimientos.

—¿Era una ciudad grande?

—Muy grande, y sobre todo muy extensa. Se calcula que en el periodo de su máximo esplendor, a mediados del siglo séptimo, pudo pasar de los ciento treinta mil habitantes. ¡El doble de lo que ahora tiene Ciudad de Belice!

Nicole no pudo reprimir una exclamación de asombro.

—Sí, sí —Julio Rivera sonrió—. Eran auténticas ciudades Estado, y cada vez resulta más claro que llegaron a tener una organización económica, política y social muy depurada.

—Por lo que me habéis contado, andaban siempre a tortas; quiero decir guerreando unas contra otras.

La sonrisa del mexicano se amplió ante el comentario de Jean.

—Cierto. Cada una trataba de imponer su supremacía, aunque durante el periodo clásico tardío fueron Tikal y Calakmul las dos grandes potencias. El resultado era una intrincada red de alianzas con las demás ciudades que tanto la una como la otra se esforzaban en hacer inclinar a su favor. Aunque las guerras no eran como las imaginamos ahora. La mayor parte de la población se dedicaba a la agricultura y no estaba preparada para afanes bélicos. Tampoco la selva y las vías de comunicación permitían el movimiento de grandes ejércitos. Los datos que tenemos sobre batallas y prisioneros demuestran que solían conformarse con victorias simbólicas. Por cierto, la ciudad de la que venimos y la ciudad a la que nos dirigimos, Naranjo y Caracol, mantuvieron una histórica rivalidad. Tikal y Calakmul luchaban denodadamente por tenerlas a su favor; era como una inacabable partida de ajedrez.

—¿Y qué les ofrecían a cambio?

—A las ciudades nada; a lo más que aspiraban era a salir indemnes de la refriega. En ocasiones el sistema utilizado era el regicidio: se mandaba a un rey a reunirse con sus antepasados y se imponía a otro dispuesto a pagar por el favor.

—Vaya —Nicole alzó las cejas—; era un cargo peligroso.

—Ostentar el poder siempre lo ha sido. Pero tampoco resultaba ser un sistema infalible. El recién nombrado podía dar de pronto media vuelta y aliarse con el enemigo de quien lo había encumbrado.

—Más o menos como ahora.

—Sí. Fue aleccionador lo ocurrido entre nuestras dos ciudades, Naranjo y Caracol. A mediados del siglo sexto Calakmul consigue entronizar en Naranjo a Aj Wosal, cambiando la fidelidad de la ciudad, a lo que Tikal respondió aliándose con el nuevo rey de Caracol, Yajaw Te K'inich. Pero las dos coaliciones resultaron efímeras: Yajaw Te K'inich rompió pronto con Tikal y acabó afirmando sus lazos con Calakmul al casarse con una princesa de esa ciudad.

—Un acuerdo que suele resultar duradero —Jean sonrió—. Mientras no haya divorcio…

—La joven princesa resultó ser luego una gran reina —prosiguió el mexicano—. Se llamaba Ojos de Jade y fue siempre muy querida por su pueblo.

—¿Y Naranjo?

—Regicidio. Aj Wosal fue asesinado y sustituido por Gran Escorpión a principios del siglo séptimo, con lo cual las cosas volvieron a su lugar de origen: Caracol con Calakmul y Naranjo con Tikal. Y nuestras dos ciudades siguieron a tortas, como dice Jean. En el año 628 se registra un duro enfrentamiento entre ambas.

—¿Quién ganó?

—Pues...

—Perdonad —interrumpió Jean señalando hacia el frente—, ¿aquello puede ser la gran pirámide?

El vehículo acababa de alcanzar una zona elevada en el camino y al fondo, sobresaliendo entre los árboles, una mole de piedra apuntaba hacia el cielo.

Julio Rivera giró en su asiento y miró hacia allí. Una sonrisa emocionada inundó a su rostro.

—Sí. Es el palacio del cielo. Es Caana.

25

CIUDAD MAYA DE CARACOL, AÑO 628 DE NUESTRA ERA

Al principio habían viajado juntos, pero luego el jaguar y el murciélago tomaron cada cual su camino: uno siguiendo la vereda que partía de la ciudad hacia el norte y el otro sobrevolando las copas de los árboles, aunque el destino que ambos perseguían era el mismo: Naranjo.

Habían bastado pocos minutos desde que Ulil anunciara la desaparición de Nikte' y de Luz Negra para que Murciélago Blanco y Balam abandonaran Caracol convertidos en los poderosos animales que la bebida de los dioses les permitía habitar.

Fue suficiente un gesto del chamán para que su discípulo lo siguiera presuroso fuera del depósito de armas. Ambos llevaban la preocupación pintada en el rostro, pero el del joven reflejaba además un profundo dolor.

—Tú seguirás el rastro de Luz Negra y de la princesa —le había dicho el *halach winik* ya en su casa mientras mezclaba los ingredientes de la pócima—; yo tengo que intentar poner a salvo al hijo del rey.

Balam había asentido mientras apartaba por unos momentos el recuerdo de Nikte' de su pensamiento. Imaginó al hijo del rey K'an en Naranjo, desconociendo lo que había sucedido y ajeno a lo que estaba por venir. Una vez rotas las hostilidades con la ciudad vecina, el joven príncipe se convertiría en un valioso rehén para el enemigo y su vida correría un peligro cierto. No sería la primera vez en que una cabeza de sangre azul pagara por las desavenencias surgidas entre quienes regían las ciudades mayas.

Balam recordaba bien al príncipe Tzub, aunque pensó que ahora estaría cambiado. Hacía cuatro años que había marchado hacia Naranjo, teniendo entonces catorce, dos menos que él. Era un joven apuesto, alto como su padre y con una fácil sonrisa. El día en que partió, la sonrisa seguía en su rostro, aunque a Balam se le antojó entonces con un deje de amargura.

—No te extrañe si me ves salir volando con este lienzo en el pico —continuó Murciélago Blanco mientras hacía un gesto hacia un trozo de tela blanca que había colocado sobre la mesa—. Existe una señal convenida para que el príncipe Tzub abandone inmediatamente Naranjo y se dirija a un lugar que tenemos acordado. Ulil ya ha dado orden para que un grupo de nuestros guerreros parta hacia allí para recogerlo. Pero yo tengo que llegar antes que Luz Negra y los que viajan con él..., y Tzub tiene que ver la señal a tiempo —terminó en voz más baja.

Unos minutos después la selva absorbía a dos animales que habrían causado el estupor de cualquier espectador ocasional: un inmenso jaguar y un gran murciélago de un asombroso color blanco que llevaba una tela doblada sujeta con el pico. Pero la casa del chamán daba en su parte trasera a una densa floresta y nadie los vio partir. En la habitación que los animales acababan de abandonar, dos cuerpos humanos, ahora inmóviles, aguardaban el regreso de los espíritus que los habitaban y que habían partido.

Balam viajaba con todos sus sentidos alerta, maravillándose una vez más de la variedad de sensaciones que podía percibir a través del cuerpo del jaguar. Había tomado la senda que partía hacia el norte rumbo a Naranjo y la recorría a toda la velocidad que su tremenda potencia le permitía. Era consciente de que en cualquier recodo del camino podía toparse con algún ser humano, pero confiaba en que sus sentidos lo alertarían con tiempo suficiente. También sabía que, en cualquier caso, no sería él el más sorprendido.

Llegar a Naranjo desde Caracol llevaba dos días de intensa marcha, aunque el jaguar podía hacerlo con facilidad en unas cuantas horas. Balam confiaba en dar alcance al grupo que perseguía antes de que la luz cayera y sus integrantes se detuvieran para pasar la noche.

Al principio no había podido separar el rastro que buscaba de los infinitos olores que impregnaban la senda, pero al cabo de unos kilómetros un aroma muy especial para él comenzó a hacerse patente. Era el de los perfumes que utilizaba Nikte' y su corazón dio un vuelco. Iba unido al de otros seres humanos, un olor acre de sudores, distintivo de los machos de la especie.

Al cabo de un rato el rastro se hizo más fuerte y Balam comprendió que su objetivo se hallaba ya cerca. Decidió entonces optar por la prudencia, aunque su deseo le pedía lo contrario, y abandonó la senda.

Poco después pudo ver a un guerrero que viajaba solo, procurando cobijarse a las sombras de los árboles, y comprendió que lo habían dejado en la retaguardia del grupo para avisar de la llegada de posibles perseguidores. Siguió adelante, ligeramente apartado del camino para evitar que el sonido de su avance lo delatara y confiando una vez más en la extraordinaria percepción de su olfato.

Pronto dio alcance al grueso de la expedición y, desistiendo del impulso que lo llevaba a contemplar cuanto antes a Nikte', siguió adelante hasta encontrar un árbol frondoso a la orilla de la vereda que le permitiera observar sin ser visto.

Su instinto le dijo que faltaba poco para la anochecida y que por tanto el grupo pronto haría un alto, aunque también supuso que los huidos aprovecharían la luz hasta el último momento, tratando de mantener la distancia sobre sus posibles perseguidores.

Al cabo de poco tiempo los vio: eran al menos doce los guerreros que aparecieron marchando a paso rápido. Al frente, un campeón de la Orden del Águila, con su vistoso penacho multicolor, los comandaba. La princesa Nikte' viajaba en el centro, sentada en unas improvisadas angarillas hechas con dos palos y un recio trozo de lienzo. Detrás, instalada en unas parihuelas similares, la sirvienta favorita de la joven. Se llamaba Gacela Gris y llevaba con ella desde que llegaron juntas de Tikal. Cuatro guerreros servían de porteadores para cada una de las mujeres. Junto a Nikte' caminaba Luz Negra, pero ninguno parecía reparar en la presencia del otro. El príncipe de Naranjo lucía su habitual expresión fría, aunque Balam hubiera podido jurar que su ceño se hallaba aún más fruncido que de costumbre.

La princesa mantenía la vista fija en el camino, mientras que con ambos brazos se sujetaba al palanquín. Cuando el jaguar concentró su atención en ella, tratando de adivinar cuáles eran sus pensamientos, la mirada de la muchacha se desvió hacia el árbol que lo cobijaba, de modo que durante unos segundos los ojos de ambos parecieron encontrarse. Balam comprendió que aquello no era posible, pero bastó para que todo él se sintiera lleno de ternura.

Y de gozo, pues cualquier duda que pudiera haber tenido desapareció por completo. El joven maya tuvo la certidumbre de que la princesa no viajaba rumbo a Naranjo por su gusto. Los dos guerreros que marchaban junto a las parihuelas en actitud vigilante, la evidencia de la frialdad entre ella y Luz Negra y el gesto adusto de Nikte' eran para él pruebas suficientes.

Pero sobre todo lo eran sus ojos. Balam conocía perfectamente su brillo y la alegría que desprendían cuando se fijaban en los suyos o en cualquier cosa que le resultara grata. Bastaba mirarlos para sentirse contagiado del júbilo que el simple hecho de estar viva producía en ella.

Y los ojos que ahora veía estaban tristes, apagados, y tan sólo reflejaban una profunda incomprensión. Balam sintió un nudo en el pecho ante la imposibilidad de poder transmitir a su amada que él estaba allí y que lucharía hasta más allá de sus fuerzas para que volvieran a estar juntos. Y que de ninguna manera fracasaría.

A punto estuvo de saltar desde la rama en que se hallaba para luchar por ella allí mismo, pero fue más un deseo irreflexivo que una actitud consciente. Sus músculos en tensión se relajaron y esperó a que la comitiva se perdiera de vista antes de bajar del árbol.

El viaje de vuelta lo hizo de noche, sin que nadie se atreviera a importunar al rey de la selva, mientras imaginaba mil maneras de liberar a su amada. Pero antes tendría que escuchar el consejo de Murciélago Blanco y conocer los planes del rey K'an.

Cuando llegó a la dormida ciudad de Caracol y se introdujo por la misma ventana que horas antes había abandonado, comprendió que el chamán aún no había regresado. Las dos figuras humanas seguían allí, sentadas e inmóviles, como estatuas de asombrosa perfección.

Balam experimentó una vez más la turbadora sensación que le producía abandonar el cuerpo del gran jaguar y regresar a aquel que le pertenecía. Era como caer a un profundo abismo de negrura insondable para remontar de pronto hacia la luz. Cuando abrió los ojos volvió a preguntarse por el destino del animal: ya no había ni rastro de él.

Abandonó la casa por la misma ventana por la que había entrado, decidido a esperar la llegada de su maestro. La luna aparecía casi llena en un cielo cuajado de estrellas, el aire estaba en calma y la temperatura era como una suave caricia, lo que hizo que Balam añorase a Nikte' con todos sus sentidos.

Tan sólo dos noches antes habían tenido a la oscuridad como cómplice de su amor juvenil y apasionado: Balam casi podía sentir la presencia de la princesa de nuevo junto a él.

El sonido de un aleteo lo sacó de su ensoñación. Un murciélago de gran tamaño y de un asombroso color plateado que lo hacía visible a la luz de la luna surgió de entre los árboles y voló hacia la ventana abierta. Cuando Balam llegó a ella, vio al chamán levantándose del lugar donde había permanecido; pero del murciélago ya no había señales: parecía haberse desvanecido en la cálida noche.

Murciélago Blanco interrogó con la mirada a Balam y escuchó el relato del joven maya, asintiendo de vez en cuando, como si lo que oía ya le fuera conocido o al menos lo esperara. Luego el *halach winik* habló, con su voz profunda, para relatar su propio viaje.

—Llegué a Naranjo al atardecer y pude ver al príncipe Tzub. Claro está que él no me vio a mí —se encogió de hombros—, pero puedo asegurar que se fijó en la tela blanca. Estaba paseando con otros jóvenes y muchachas de su edad. Había algunos guardianes próximos a ellos, pero todo en la ciudad estaba tranquilo. No creo que tenga ningún problema en desaparecer sin llamar la atención. Y que lo haga antes de que las noticias lleguen. Estoy convencido de que el grupo que tú has seguido ha mandado un mensajero veloz por delante que debería llegar mañana antes de que el sol esté en lo más alto.

—¿Y Nikte'?

—Ella no corre peligro. Se la han llevado pensando que nosotros podríamos utilizarla como rehén y condicionar una posible intervención de Tikal. Volverás a verla, hijo mío. Pero ahora debes irte a dormir. Mañana será un día duro. Y no será el último.

—¿La guerra?

—Es inevitable. La intervención de Naranjo ha quedado plenamente demostrada y el rey no puede pasarla por alto. Y debemos organizar el ataque mientras la ventaja esté de nuestra parte. Ellos desconocen lo que nosotros sabemos y no pueden sospechar hasta qué punto estamos informados. Piensa que lo han dispuesto de modo que sean los sacerdotes de Tlaloc los aparentes responsables y que creen que han muerto las dos personas que podrían involucrarles. Desde luego, no esperan que nos quedemos quietos, pero confían en que todo pueda quedar reducido a una protesta diplomática.

—Pero la huida de Luz Negra los señala;... y el rapto de Nikte'.

—Sí, pero podrán dar cien explicaciones. Sabes bien que la palabra puede resultar mentirosa, y convincente. Aducirán que era preciso apartar a la princesa de la situación inestable que se había creado en la ciudad y que los guardias que la vigilaban se negaron a dejarla partir. O cualquier cosa que se les ocurra. Todo depende del interés que tenga la otra parte en aceptar lo que se sabe que es un embuste. Pero ahora duerme, Balam. Quédate aquí, en mi casa. Mañana te despertaré temprano porque tenemos que hablar —Murciélago Blanco rodeó a su pupilo con el brazo en un gesto de cariño—. El rumbo que tomen los acontecimientos en los próximos días va a depender mucho de ti y de mí.

26

ANTIGUA CIUDAD MAYA DE CARACOL, AÑO 2001

Desde el momento en el que el vehículo que ocupaban hizo su entrada en Caracol, Nicole se sintió presa de una indefinible sensación que ni entonces ni más adelante le sería posible explicar. Pero aquella emoción resultaba real, intensa y tocaba cada uno de sus sentidos. Como más tarde confesaría a Jean, si le hubieran exigido definirla, habría dicho que de pronto había entrado en contacto con algo casi tangible, que la envolvía y que era a la vez espiritual y físico. Pero sobre todo de una extraordinaria fuerza y de un poder que resultaba inalcanzable para la mente humana. Y también sintió una impresión de *déjà vu* al pasear su vista por las ruinas de la metrópoli que se extendía ante ella. Julio, Augusto y también Guy le habían hablado de Caracol y de su gran pirámide, pero ahora fue capaz de sentir la ciudad como algo vivo, pudo imaginar sus edificios erguidos, orgullosos, y llegó a escuchar el latido de vida que provenía de sus miles de habitantes.

Jean notó su sobresalto y la interrogó con la mirada. Nicole negó con un breve gesto, pero se aferró a su brazo y apoyó la mejilla sobre su hombro.

La explanada en la que se detuvieron estaba limpia y libre de todo rastro de maleza. Todo el conjunto ofrecía el aspecto de estar cuidadosamente atendido por las personas que se ocupaban de ello. La gran pirámide, el palacio del cielo, se alzaba a escasa distancia y, al contemplarla, a la arqueóloga no le cupo duda de que habían llegado a su destino.

Su mirada se cruzó con la de Augusto Fabricio, que se apoyaba en la portezuela del vehículo del que acababa de descender. Los pequeños ojos del guatemalteco aparecían encendidos con una extraña luz y algo le dijo a Nicole que él también se había visto embargado por aquella imprecisa sensación. El hombre pareció comprender los pensamientos de la joven y le dirigió una sonrisa, aunque en seguida su mirada se desvió hacia Caana. La pirámide, inmensa y gris, parecía tener vida propia.

Nicole había visto fotografías de Caracol y de su pirámide, la mayoría tomadas por los arqueólogos durante el proceso de limpieza y restauración, y hubo de reconocer que la labor había sido ingente y los resultados, magníficos. De un lugar invadido por la selva y en el que Caana más parecía una inmensa montaña de tierra que una construcción realizada por el hombre, al visitante se le ofrecía ahora una planicie bien cuidada, tapizada de verde hierba, y en la que los diferentes edificios lucían espléndidos. Pero la joven ya sólo tenía ojos para la pirámide, cuya cima parecía llamarla de una forma que le resultaba casi audible.

Vio que Augusto Fabricio y Julio Rivera hablaban animadamente con un hombre que se había acercado a ellos y al que parecían conocer. Jean se hallaba junto a ella contemplando asombrado el magnífico edificio.

Los dos arqueólogos se despidieron del hombre con un apretón de manos y se dirigieron presurosos hacia la pareja. En el rostro de ambos se veía un gesto de sorpresa.

—Ha estado aquí —comenzó Julio Rivera excitado—. Guy estuvo ayer aquí, a media mañana.

—Pero lo más extraordinario es que apareció sin compañía —continuó Augusto Fabricio—. Hernández, el encargado del complejo, nos lo acaba de contar. Claro que no sabe si había alguien esperándole porque se presentó en su oficina, pero sí sabe que ascendió solo a lo alto de la pirámide.

—¿Pero estaba herido? —interrumpió Jean.

—Hernández nos ha mirado extrañado cuando se lo hemos preguntado. Su respuesta ha sido que lo ha encontrado como siempre. Si acaso algo excitado. Se conocen desde hace tiempo.

—¿Y qué hizo allí arriba?

—No lo sabe. Le pidió a Hernández que colocara un cartel para impedir que los visitantes llegaran hasta la cima porque tenía que hacer unas comprobaciones arqueológicas, según le dijo.

—Sí —Julio retomó la palabra—. Y el hombre está molesto porque Guy ni siquiera pasó a despedirse. A media tarde el propio Hernández subió a Caana y vio que no había nadie. Retiró el cartel.

—Aunque ahora ha vuelto a por él —Fabricio se permitió una sonrisa—. Le hemos dicho que esta vez somos nosotros los que queremos echar un vistazo a la cima. Debe de pensar que nos hemos vuelto todos locos.

—Pero no ha hecho preguntas —recalcó Julio—. Es un magnífico profesional.

—¿Y nadie lo vio irse? ¿Llegó en el todoterreno?

—Hernández no sabe más. Tampoco hemos querido preguntar demasiado porque se supone que somos nosotros los que tenemos que conocer el paradero de Guy y no él.

—¿Entonces...?

—Nos ha pedido veinte minutos para colocar el cartel y desalojar a las personas que pueda haber arriba. Mientras tanto podemos tomar algo. Tienen una cafetería muy agradable.

Nicole asintió con desgana. Lo que ella hubiera deseado era llegar cuanto antes a lo alto del palacio del cielo. Fabricio pareció comprenderlo, pues le dirigió un cariñoso guiño mientras se encogía de hombros.

El grupo se hallaba ya a punto de coronar la cima. Lo componían Nicole, Jean, los dos arqueólogos americanos y Pierre, que con su pesada cámara a cuestas había resoplado ya varias veces. La pirámide tenía un primer rellano, situado aproximadamente en su mitad, y que había servido para que todos se tomaran un respiro. Cuando Nicole miró hacia abajo, sintió una intensa sensación de vértigo y se asombró de lo empinada que era la escalinata. Se aferró con fuerza a Jean mientras pensaba en lo complicado que le iba a resultar el descenso.

En el momento de llegar arriba prefirió no repetir la experiencia y pasó a concentrarse en lo que sus ojos veían. La explanada que remataba Caana era amplia y presentaba construcciones hacia tres puntos cardinales, exceptuando el sur, que era por donde ellos habían llegado. Nicole volvió a sentir una intensa sensación de encontrarse ante algo que ya conocía, sobre todo al contemplar la parte central, la que se erigía en el lado norte. Era mayor que las otras dos y de su centro partía una escalinata de piedra cuyo único fin parecía el de acercar aún más el cielo. A ambos lados había unas pequeñas cámaras que todavía conservaban su techo y que presentaban entradas que se abrían al frente. La arqueóloga ya sabía que Julio y Augusto habían estado de acuerdo en que los relieves de Naranjo apuntaban a la de la derecha, pero ahora ella también habría podido confirmarlo: la oscuridad que se abría tras la estrecha puerta parecía atraerla con una fuerza poderosa.

Conocía que bajo el suelo de la que se encontraba a la izquierda se había hallado un hueco que parecía haber sido un recinto funerario, pero también le habían informado de que la parte de la derecha estaba intacta.

«Algo habrá», se dijo de nuevo la joven. «No hemos llegado hasta aquí para nada».

Pierre había puesto en marcha la cámara y, aunque aún era de día, había encendido el poderoso foco que llevaba unido, por lo que la pequeña habitación quedó completamente iluminada cuando entraron en ella. Nicole se llevó una pequeña decepción cuando la contempló. Lo único reseñable era un gastado relieve en la pared situada al fondo.

Primero no lo reconoció, pero luego su corazón se aceleró y no necesitó de la explicación de Julio Rivera para saber qué representaba. Aunque con ligeras diferencias, lo había visto ya en los dibujos del oratorio el día en el que comenzó aquella aventura.

—Es el glifo de Hun Cimil —dijo el mexicano con voz emocionada—. Los dioses han ido apareciendo por turno en cada uno de los lugares. Éste es el tercero..., y el último.

Aunque, una vez pasado el momento de emoción, Nicole miró a Jean mientras se encogía de hombros. Un suelo de grandes losas rectangulares y unas sólidas paredes era todo lo que se ofrecía a sus miradas curiosas.

Pero aparte de eso, nada.

27

ENTRE LAS CIUDADES MAYAS DE CARACOL Y NARANJO, AÑO 628 DE NUESTRA ERA

El avance se producía a toda la velocidad que los entrenados cuerpos de los guerreros podían resistir. La prudencia habría aconsejado una marcha más lenta, con observadores avanzados y escalonados que pudieran avisar sobre posibles emboscadas, pero, como el rey había recalcado antes de la partida, el factor sorpresa resultaba la mejor arma de que disponían. El ejército de Naranjo seguramente no era más numeroso ni estaba mejor preparado, pero sí estaba mejor armado, porque la obsidiana venía de Teotihuacán. Los toltecas comerciaban con todos los reinos mayas, pero a la postre eran aliados de Tikal y, por ende, de la ciudad enemiga.

Además, Caracol contaba con otra ventaja, pero su secreto sólo tres personas lo conocían: el propio K'an II, que había sido informado por Murciélago Blanco, éste y Balam. Ni siquiera Ulil, el jefe militar, debía saber quién iba a ser la extraordinaria avanzadilla con la que sus tropas podrían contar en la marcha sobre Naranjo: esa mañana, con el sol aún tendido sobre el horizonte, y tras mantener una rápida conferencia con el monarca y con su discípulo, el *halach winik* había vuelto a habitar el cuerpo del gran murciélago y había elevado el vuelo por encima del verde mar de la selva.

Ulil había recibido sus instrucciones de un rey con semblante serio:

—Tuyo será el mando y tú tomarás las decisiones, pero en ocasiones será Balam quien te señale el rumbo que debes seguir con tus guerreros. No lo discutas y sigue sus indicaciones como si la orden saliera de mi boca. Él sabrá cosas que tú desconoces —Ulil se había limitado a inclinar la cabeza ante K'an II sin que su rostro expresara el menor signo de sorpresa.

Ahora el campeón de la Orden del Chacal marchaba al frente de sus guerreros, sin que su mayor edad se notara en lo más mínimo. El rápido paso que mantenían parecía incluso resultarle vigorizante y su rostro expresaba una fría determinación.

Junto a él marchaba Balam, atento a una posible aparición de Murciélago Blanco, aunque aún era pronto, y tras ellos venían los guerreros de Caracol en apretada formación, cada uno cargando armas y pertrechos. Ulil sabía que la campaña tenía que ser rápida y había procurado aligerar al máximo el peso que sus hombres debían soportar: menguadas provisiones, un escudo y las armas que cada uno supiera manejar. Había lanceros, arqueros, boleadores y maceros, aunque todos ellos portaban una espada corta, apta para la lucha cuerpo a cuerpo. Cada sección tenía su jefe directo, campeones todos ellos de una orden guerrera, los cuales a su vez contaban con un cabecilla por cada veinte hombres.

En total eran unos seiscientos los que avanzaban entre la arboleda, pero la estrechez de la senda hacía que la columna se extendiera a lo largo de una considerable distancia. A su paso los moradores de la selva callaban, asombrados ante un espectáculo que no acertaban a comprender.

La acampada nocturna se produjo antes de que la oscuridad se adueñara de todo. Ulil estaba satisfecho con la distancia recorrida y prefirió dar un largo descanso a sus tropas. Él sabía bien que el día que amanecería en unas horas iba a ser crucial y quería obtener lo mejor de cada uno de sus hombres.

Ya de noche, cuando sólo algún rayo de luna conseguía romper la impenetrable negrura, Murciélago Blanco visitó a Balam. El gran animal se posó sobre una rama próxima al lugar en el que se encontraba el joven maya y emitió un apagado silbido para llamar su atención. Cuando comprendió que Balam lo había visto, alzó de nuevo el vuelo y se internó en la espesura. Su discípulo se levantó y siguió el camino tomado por el murciélago, y pronto volvió a encontrarlo en un pequeño claro, alejado de miradas curiosas.

El código que habían pactado esa misma mañana permitió a Balam saber que, de momento, el camino estaba despejado y que aún no había guerreros de Naranjo saliendo a su encuentro. Era lo que suponían, pero también estaban convencidos de que al día siguiente esos movimientos sí se producirían. Luz Negra habría alertado a su padre, el rey Gran Escorpión y, aunque para ellos la reacción de Caracol era aún impredecible, la situación de las tropas de Naranjo sería de máxima alerta.

Murciélago Blanco acompañó a Balam de regreso al improvisado campamento. Discretamente se instaló en lo alto de un árbol y también él se dispuso a dormir, aunque al día siguiente, antes incluso de que el sol apareciera de nuevo, el extraño animal de color claro viajaría de nuevo por los cielos ahora teñidos de negro.

Las tropas de Caracol llevaban ya algo más de tres horas marchando cuando el gran murciélago atravesó el camino emitiendo un audible pitido. Lo hizo por delante de la cabeza de la expedición, de manera que Balam no pudiera dejar de verlo. El joven maya pidió a Ulil que ordenara un alto y se dirigió hacia el recodo de la senda por el que el animal había desaparecido. No pudo dejar de admirar la ciega obediencia del jefe militar hacia su rey. Ulil no había hecho pregunta alguna al detener sus tropas y, si la presencia del murciélago blanco lo había sorprendido, no había dado la menor muestra de ello.

El animal esperaba a Balam en un lugar visible y no se demoró en explicarle lo que había visto. Lo hizo usando las señales acordadas, con movimientos de sus alas y utilizando el pico para dibujar sobre el suelo. Balam repetía en alta voz lo que iba entendiendo y el murciélago asentía. Cuando finalmente el joven esbozó el plan a seguir, Murciélago Blanco inclinó de nuevo la cabeza en gesto afirmativo. En los extraños ojos que lo miraban, Balam creyó advertir una profunda expresión de cariño.

El plan de ataque que habían acordado antes de su partida era simple: una vez que el *halach winik* hubiera localizado a los observadores y a las tropas enemigas, una pequeña fracción de los guerreros de Caracol debía dirigirse a su encuentro, dejándose ver y simulando estar formada por un mayor número de guerreros que los que en realidad la componían. Mientras tanto, el grueso de las fuerzas, dando un rodeo y siguiendo el camino que Murciélago Blanco les marcaría, llegaría a Naranjo desde el nordeste intentando no ser localizado. Las tropas señuelo tenían la orden de no entrar en combate, dando la impresión de huir pero cuidando de alejar al enemigo de su ciudad.

Ulil escuchó con atención las indicaciones que Balam le daba e impartió unas rápidas órdenes a sus cuatro lugartenientes. Poco tiempo después unos setenta hombres seguían su camino por la senda que llevaba a Naranjo, mientras que el resto, tras verlos alejarse, la abandonaba por su margen derecho.

Lo que aquellos guerreros nunca sabrían era que su guía era un murciélago de gran tamaño y de un indescriptible color blanquecino.

Por dos veces el grueso de las tropas comandadas por Ulil hubo de detenerse mientras Balam aguardaba las indicaciones de Murciélago Blanco, pero el avance proseguía inexorable su camino hacia Naranjo sin que nadie saliera a su encuentro. Ningún observador pudo dar la alarma porque el animal volador consiguió mantener a los guerreros alejados de ellos.

La proximidad de la ciudad se puso de manifiesto al dar paulatinamente la densa floresta paso a zonas desbrozadas y dedicadas al cultivo. Algunas estaban abandonadas porque el terreno se había agotado, pero en otras pudieron ver como los hombres y mujeres que se ocupaban de ellas se escondían ante su llegada o simplemente se quedaban quietos contemplando su marcha, con la resignación de quien sabe que poco puede hacer por variar su destino.

Balam sólo había visitado una vez Naranjo, cuando tres años atrás formó parte de una expedición comercial. Viajó en compañía de Garza Azul y Chalmek, porque Murciélago Blanco decidió que era conveniente que sus discípulos conocieran otros lugares. De aquella ocasión guardaba un recuerdo no demasiado claro, aunque ahora agradeció que la imagen de la urbe que ya aparecía ante sus ojos no le resultara del todo extraña.

Las tropas de Caracol avanzaron a la carrera, camino de la gran Acrópolis Central donde se hallaba la residencia de la familia real. La consigna era clara: una vez tomado el palacio y sus dependencias, la ciudad de Naranjo sería suya.

Unos instantes antes Ulil había dado un último descanso a sus hombres y se había reunido durante unos momentos con sus lugartenientes. Con una rama esbozó sobre la tierra la misión de cada uno. Ellos sí debían conocer bien la urbe, pues ninguno hizo pregunta alguna, limitándose a asentir con la cabeza. Ahora sus guerreros marchaban formando una pinza que debía cerrarse sobre el objetivo. Un tercio de las tropas se mantenía en retaguardia, aunque sin perder el contacto, dispuesto a acudir allí donde hiciera falta.

La primera señal de resistencia se produjo cuando, en el ala que comandaba Ulil y en la que marchaba Balam, se dejó oír el inconfundible silbido de las flechas surcando el aire. Los escudos se alzaron mientras los cuerpos se encogían, aunque no todos tenían claro de dónde provenía el ataque. Se escuchó el sonido de las astas de madera cayendo sobre ellos, un repiqueteo agudo y prolongado, en ocasiones seguido de un grito de dolor.

Balam pudo ver cómo Ulil, imperturbable, señalaba el lugar del que provenía la agresión, un edificio elevado que sería probablemente cuartel de tropas, y daba una serie de órdenes con su voz de trueno.

Un grupo de arqueros tomó posiciones para hacer frente al ataque, mientras que los demás, ante los gestos de Ulil y de sus jefes más próximos, continuaban su camino hacia el objetivo.

La decisión se reveló acertada, pues si lo que pretendía el enemigo era dar tiempo a que las tropas que habían de defender la Acrópolis se organizaran, no lo consiguió. En cualquier caso, el resultado estaba decantado desde que Ulil y los suyos penetraron en la ciudad: el grueso de las fuerzas de Gran Escorpión se hallaba en la selva persiguiendo fantasmas y los que se habían quedado poca oposición podían ofrecer, aunque supuestamente debían formar parte en su mayoría de la guardia real, elegidos entre los más preparados.

La pinza se cerró sobre la Acrópolis y la resistencia fue sólo testimonial. Cuando los sitiados vieron que, ante las órdenes de Ulil, el grupo que se había mantenido en retaguardia comenzaba a aparecer por las calles que desembocaban en la gran plaza y la inmensa superioridad de los atacantes se hizo evidente, su comandante ordenó el cese de las hostilidades anunciando a voz en grito su rendición.

Ulil también detuvo el ataque y, dando prueba de su inmenso valor, se hizo visible avanzando a cuerpo descubierto hacia las posiciones enemigas. Un profundo silencio se hizo en ambos bandos ante el espectáculo que ofrecía el comandante militar, solo en tierra de nadie, ataviado con los atributos de campeón de la Orden del Chacal, e irradiando un tremendo poderío.

Pocos momentos después una figura se destacó en lo alto de la gran escalinata. Era también de elevada estatura y de fuerte complexión. Su vistoso penacho y los colores que lucía lo identificaban como campeón de la Orden del Jaguar. En la mano derecha llevaba una espada desenvainada cuyo borde estaba profusamente incrustado de obsidiana.

Ulil aguardó sin moverse, con los brazos cruzados, hasta que su oponente llegó hasta él. El absoluto silencio permitió que todos escucharan las palabras del guerrero de Naranjo.

—Has vencido y lo has hecho con honor. Hemos coincidido antes en alguna ocasión, Ulil, no tan triste para mí como ésta. Toma mi espada y dispón de mi vida, pues así lo determinan los dioses —y asiendo el arma por el filo, la tendió hacia el guerrero de Caracol.

Ulil la tomó en sus manos y la estudió durante unos momentos. Luego sus ojos buscaron los del hombre que se hallaba frente a él. Los rostros de los dos colosos parecían tallados en piedra.

—Sí, Coz,* nos hemos conocido y nos hemos respetado. Incluso hemos competido en ocasiones floridas.[40] Nada es más doloroso para un guerrero que aceptar la derrota, pero tú lo has hecho con sabiduría, atendiendo antes al bien de tus hombres que a tu propio orgullo. La resistencia sólo habría dejado tras de sí un reguero de muertos —un asomo de sonrisa bailó por los labios de Ulil, que con una ligera inclinación de cabeza devolvió la espada al guerrero de Naranjo—. Créeme, Coz, eres más valioso aquí, mientras los dioses te concedan vida, que en el reino de los muertos —y dando un paso al frente tendió el brazo hacia el del otro hombre, que lo tomó con el suyo, en el gesto que correspondía al saludo militar.

Balam no podría luego explicar si los primeros vítores de júbilo partieron del campo enemigo o del propio. O si lo hicieron de su propio corazón. Pero unos instantes después la Acrópolis y la amplia plaza que la rodeaba eran un clamor en saludo a aquellos dos hombres y al final de una contienda que había dejado un número mucho más elevado de vencedores que de vencidos.

Balam observaba el atardecer desde una de las terrazas de la Acrópolis, sumido en una profunda meditación y con su alma teñida por la misma melancolía que irradiaba el rojo sol que ya apenas asomaba tras el mar de árboles.

---

* Halcón en lengua maya.

Nikte' no estaba en la ciudad. Como tampoco se había hallado rastro del rey Gran Escorpión, de Luz Negra o de ninguno de los miembros varones de la familia real. Las mujeres sí habían permanecido en sus aposentos, como también los altos dignatarios de la corte fueron hallados en distintas dependencias del palacio.

Coz les había comunicado, con un leve deje de desprecio en su voz, que el soberano y un reducido número de acompañantes habían partido apenas unas horas antes de producirse el ataque de las fuerzas de Caracol, acompañados por una escolta de guerreros de la guardia real.

—No es la primera vez que Gran Escorpión intuye lo que va a pasar —les dijo Coz—. Pareciera que tiene informantes entre los dioses..., o en el inframundo. A mí no me dio explicaciones, pero luego he sabido que le dijo al Hombre de la Vara Alta que se trataba de un viaje que tenía planeado hacía tiempo. Lo dejó al mando de la ciudad, con la orden de hacer frente a vuestros guerreros, si aparecíais, pero sin explicar qué motivos podíais tener para atacarnos. A nadie comunicó su destino. Y creedme que es todo cuanto sé —luego se volvió hacia Balam para responder a su pregunta—: sí, la mujer a la que te refieres partió con ellos.

El Hombre de la Vara Alta tampoco pudo añadir más. Era una persona ya mayor, que en esos momentos parecía más temerosa por su suerte que preocupada por mantener intacta su dignidad. Pero nadie dudaba sobre el posible destino de los huidos: la ciudad de Tikal.

—Realmente el rey no tiene otro lugar al que dirigirse —constató Ulil—. Sin duda mensajeros veloces habrán partido ya para localizarlo e informar de que Naranjo está en nuestro poder. Intentará involucrar a Tikal y lograr que el ejército de Calavera de Animal le devuelva su ciudad.

—¿Lo logrará?

—Quién sabe... Nuestras noticias son que Calavera de Animal está mayor y enfermo, lo que no lleva a pensar que se embarque en una expedición guerrera. Pero puede ordenarla. Aunque creo que Calakmul lo disuadirá. Ya me he ocupado de que las noticias de nuestra victoria lleguen hasta su rey.

Balam asintió. Murciélago Blanco ya le había dicho, poco antes de habitar el cuerpo del animal y volar rumbo a Naranjo, que el día anterior habían partido mensajeros rumbo a la ciudad de Calakmul para informar de los acontecimientos que se avecinaban. El propio K'an II les había dado el mensaje que debían transmitir. La ciudad aliada se hallaba lejos, pero los mensajeros eran corredores entrenados y en extremo veloces. Las relaciones entre Tikal y Calakmul llevaban décadas siendo agrias, pero las dos grandes potencias siempre se miraban con respeto, y no parecía fácil que ninguna rompiera las hostilidades por un asunto que no le afectara de manera directa.

—Y además yo sé que tú no lo permitirías, amor mío —murmuró Balam para sí mismo mientras el sol terminaba de fundirse con el horizonte. La imagen de Nikte' se le había hecho presente de forma dolorosa mientras contemplaba el atardecer, y no había hecho sino acrecentar su sensación de soledad.

Deseó tener junto a él a Garza Azul..., y a Chalmek..., y escuchar como sus amigos le daban ánimos mientras trataban de convencerlo de que todo se arreglaría. Se sonrió al recordar la profecía de la muchacha, en la que veía los destinos de Balam y Nikte' íntimamente unidos e imploró a los dioses porque fuera cierta y no tardara en realizarse.

Y echó de menos a su maestro. Él habría sabido aconsejarle y darle la seguridad en sí mismo que en ese momento necesitaba. Intentó evocar a Murciélago Blanco y pudo imaginarlo ya de regreso en Caracol, recuperada su forma humana, informando a su rey y preparándose para un merecido descanso, pues nadie como él había trabajado tan intensamente desde aquel día, primero del nuevo año y que ahora empezaba ya a parecer lejano, en el que los acontecimientos se dispararon.

Unas horas antes Balam había sido testigo del regreso de las fuerzas de Naranjo que habían salido temprano de sus cuarteles en busca de un enemigo que nunca encontraron. Eran numerosas y el joven no pudo dejar de preguntarse por el resultado que habría deparado un enfrentamiento directo.

Desfilaron por la ciudad silenciosas y con las armas inclinadas en señal de sumisión, pero marchando en apretada formación para demostrar que su orgullo permanecía intacto.

Las gentes de Naranjo, que habían desaparecido cuando Ulil y sus hombres penetraron en la ciudad, comenzaron poco a poco a hacerse visibles, y al atardecer era ya una multitud la que se congregaba en los alrededores de la Acrópolis ansiosa de recibir noticias.

Ahora, ya en la oscuridad, Balam descendió de su atalaya y se dirigió hacia el lugar en el que había de pasar la noche. Quería acostarse temprano y aprovechar al máximo las horas de sueño, pues a la mañana siguiente partiría con el primer sol. La decisión estaba tomada y se la había comunicado a Ulil por respeto, pero nadie podría hacer que se volviera atrás.

El destino de Balam era Tikal, simplemente porque allí se encontraba Nikte'.

28

PIRÁMIDE DE CAANA, ANTIGUA CIUDAD MAYA DE CARACOL, AÑO 2001

El silencio en la pequeña habitación era absoluto. Tan sólo la cámara de Pierre emitía un suave murmullo que cesó cuando el francés finalmente la detuvo y apagó el foco. Cada uno de los presentes miraba a su alrededor en busca de una respuesta que las desnudas paredes no parecían dispuestas a darles. Augusto Fabricio se había situado frente al glifo que representaba al dios maya del inframundo y palpaba con los dedos su contorno, aunque pronto se volvió, encogiéndose de hombros.

—Acordaos de los números —la voz de Jean pareció fuera de lugar en aquel silencio casi místico—. Pensabais que en ellos estaba la solución.

—Nueve-once; diez-catorce; y luego tres-once; tres-catorce —Nicole los enumeró como una letanía—. He pensado mucho en ellos y lo único que encuentro es que el once y el catorce se repiten en las segundas parejas. Aunque imagino que todos lo habréis notado.

—¿Harán referencia a los escalones de la pirámide? —Pierre intervenía pocas veces, pero ahora lo hizo con voz firme. Quizá el recuerdo de la penosa ascensión había dejado los interminables peldaños grabados en su mente.

—No se me ocurre ninguna relación —Fabricio pasó un pañuelo por su frente—. Es cierto que son noventa y nueve, si no recuerdo mal, y que nueve veces once, los dos primeros números, da esa cifra, pero no parece que eso nos lleve a nada.

—Además los dibujos de la escalinata de Naranjo apuntaban a la cámara en la que nos encontramos y no hacia los escalones de la pirámide —señaló Julio Rivera.

—Pero puede haber una correlación —terció Nicole—. Puede que ese número, noventa y nueve, no sea una casualidad.

De nuevo el silencio llenó el recinto. El sol se hallaba en lo alto y eran pocos los rayos que penetraban por la puerta, aunque la luminosidad del día permitía discernir sin problema todos los detalles de la pequeña cámara. Nicole se obligó a repasarlos una vez más: un techo estucado, tres paredes, una de ellas con un glifo en su centro, una entrada que daba a la explanada situada en lo alto de la pirámide y un suelo de baldosas. Y todo ello en el precario estado de mil años de abandono.

Su mirada recorrió el suelo, recordando que en la habitación contigua había aparecido una pequeña cámara bajo la superficie, y sus ojos estudiaron las losas rectangulares cuyas junturas apenas resultaban ya visibles. ¿Tendrían que excavar en ellas? Claro que para ello harían falta permisos y esgrimir unos motivos que resultaran convincentes. Y tiempo, mucho tiempo.

De repente sus latidos se aceleraron y se obligó a sí misma a revisar lo que sólo su subconsciente había advertido. Y el resultado fue el mismo: eran once las baldosas que iban desde la entrada hasta el fondo del pequeño recinto.

Nerviosa, se obligó a contar las que iban en sentido longitudinal, desde la pared de la izquierda hasta la de la derecha, y lo hizo pisando sobre ellas, de una en una, pues los cuerpos de sus compañeros le interrumpían la visión.

Al llegar al final respiró hondo. ¡Eran catorce!

—¡Forman un rectángulo de once por catorce! —notó que su voz sonaba más aguda de lo habitual—. ¡Las baldosas! —aclaró al advertir la mirada de incomprensión de los cuatro hombres.

De pronto todos los ojos se hallaron fijos en el suelo, y el arqueólogo guatemalteco dio un paso atrás, como temiendo pisarlo.

—¡Un sistema de coordenadas! —dijo Jean, también excitado—. Nueve-once, diez-catorce, podrían señalar una baldosa determinada. Y tres-once, tres-catorce, otra. Aunque... no sé —vaciló—; quizá sea una conclusión precipitada.

—Pero puede ser, puede ser —Augusto Fabricio le dirigió una sonrisa—. Al menos tenemos algo; y algo que tiene sentido.

—¿Por dónde empezaríamos a contar? —preguntó Nicole—. Los mayas escriben como nosotros, ¿no? De izquierda a derecha. Eso para las catorce baldosas, pero ¿y las once? ¿Empezamos desde la puerta o desde la pared del fondo?

—Desde la puerta, sin duda —Julio Rivera buscó la aprobación en su compañero de Guatemala—. Al numerar, los mayas comienzan en el nivel inferior y van subiendo.

—Entonces ésta sería la baldosa uno, uno —dijo Nicole mientras se situaba en el rincón inferior izquierdo de la cámara—. ¡Adelante!

Poco tiempo después la inicial euforia había dado paso a rostros apesadumbrados. Nada en las dos baldosas las diferenciaba del resto. Y el resultado tampoco variaba si se tomaban las otras tres esquinas como punto de partida. No había modo visible de levantar las losas ni presentaban muesca alguna en la que poder introducir una palanca.

—Diría que las junturas están más limpias —opinó Julio Rivera refiriéndose a las dos primeras elegidas; y aunque parecía que pudiera ser así, al final ya no sabían distinguir si ello era cierto o sólo fruto de sus deseos.

Nicole salió de la pequeña estancia y fue a sentarse en la escalinata que había entre las dos puertas. Jean la había seguido y se instaló a su lado. La vista hacia el sur era espléndida, con la exuberante fronda sirviendo de marco a las ruinas de Caracol que se extendían a sus pies.

La joven dejó que sus ojos recorrieran el magnífico espectáculo, aunque el ceño fruncido indicaba que su mente se hallaba en otro lugar.

—¿Sabes, Jean, cuando una idea, o un recuerdo, o tan sólo una palabra están a punto de aflorar y no terminan de hacerlo? Pues yo tengo ahora esa misma sensación; noto que hay algo que se me escapa —Nicole hizo un gesto abarcando el aire con sus manos—. Pero está ahí y espero que acabe saliendo.

—Claro que sí. Hasta ahora siempre lo ha hecho —su prometido la tomó cariñosamente por la cintura—. Ya estamos aquí y no parece que los dibujos de la escalinata de Naranjo pudieran señalar hacia ningún otro sitio.

—Las inscripciones... Quizá, Jean, nos dimos por satisfechos demasiado pronto. Acababa de pasar lo de Guy y estábamos nerviosos. Además teníamos prisa —su mirada se perdió en la lejanía—. ¿Las recuerdas?... el dibujo señalando el pequeño edificio de dos puertas..., la figura postrada ante la situada a la derecha..., las cuatro parejas de números... Luego venían otros grabados que llenaban todo el escalón, pero Augusto y Julio dijeron que hacían referencia a temas concretos, a la conmemoración de una victoria guerrera, o algo así. Pero el último dibujo, el que venía detrás de las combinaciones de números, ¿lo recuerdas?

Jean se encogió de hombros mientras hacía un esfuerzo por rememorarlo.

—Vagamente. Eran unas figuras, ¿no?

—Sí. Dos figuras de pie. Las recuerdo bien. Mirando hacia delante, hacia nosotros.

—Puede ser, pero eso no nos dice nada. ¿O sí? —el tono de voz del hombre cambió al ver el brillo que había aparecido en los ojos de su prometida.

—Jean, estaban en distinto plano. No me había dado cuenta. Una más adelantada que la otra. ¡Y el suelo que pisaban no era liso! ¡Era como un enrejado!

—Un enrejado... ¿De baldosas? ¿Estás insinuando...?

—Pues sí, algo insinúo, aunque quizá lo que estoy pensando sea una tontería —miró a su novio mientras se levantaba—. Pero hay que comprobar que sólo es eso: una inmensa tontería.

Nicole contempló a los cuatro hombres que habían subido con ella hasta lo alto de la pirámide, pareciendo sopesarlos. Por último sus ojos se detuvieron en el guatemalteco, que en ese momento estaba saliendo de la pequeña estancia.

—Augusto, hazme un favor. Sitúate de pie en la primera de las dos baldosas, la que hemos llamado tres-tres. Ya sabes. Los demás —se volvió hacia ellos— permaneced fuera y no os riáis cuando no pase nada. Y a ti, Pierre, no se te ocurra hacer cine.

El hombre de la televisión francesa sonrió, aunque Nicole pudo ver con el rabillo del ojo, mientras penetraba en la habitación, cómo se echaba la cámara al hombro.

El pequeño arqueólogo se habían colocado sobre la losa, y esperaba con los brazos cruzados por delante y una mirada divertida en sus redondos ojos.

Nicole fue a situarse sobre la otra baldosa, la nueve-diez, y se dio la vuelta. Vio que, efectivamente, Pierre estaba filmando, y que Jean y Julio miraban expectantes hacia ellos.

Al principio no sucedió nada, pero de pronto un sordo rumor comenzó a hacerse audible. Nicole lo sintió nacer debajo de ella, como si proviniera del interior de la pirámide.

Y súbitamente el suelo se hundió bajo sus pies. Lo hizo de manera lenta, y la arqueóloga estuvo a punto de saltar a terreno firme, pues era sólo su loseta la que se estaba hundiendo. Bueno, la suya y la de Augusto Fabricio, como pudo comprobar al volver la cabeza hacia el guatemalteco. Éste mantenía aún los brazos cruzados, pero sus ojos miraban hacia abajo, con una clara expresión de estupor.

—¡Quietos! —Nicole acompañó la voz con un gesto cuando vio que Jean y Julio iniciaban un movimiento hacia ellos mientras Pierre seguía filmando. Estaba convencida de que la entrada de los que se hallaban fuera interrumpiría lo que quiera que estaba sucediendo y no quería que fuera así.

Las dos baldosas seguían descendiendo y pronto Nicole tuvo el nivel del suelo casi a la altura de su cabeza. El resto de su cuerpo se perdía en la penumbra, pero la luminosidad era suficiente como para vislumbrar que estaban penetrando en una cavidad excavada en la pirámide.

—Gracias por aguantar, Augusto —fue todo lo que se le ocurrió susurrar mientras sus cuerpos desaparecían de manera definitiva de la vista de los que se habían quedado fuera.

El descenso duró unos segundos más, hasta que las baldosas se detuvieron con un sonoro crujido. Momentos después les llegó la voz de Jean, y Nicole pudo ver su cabeza asomando por uno de los huecos que habían quedado en lo alto.

—¡Nicole! ¡Augusto! ¿Estáis bien?

—Sí, sí —se obligó a decir la joven, aunque su voz surgió entrecortada—. En seguida os diremos lo que vemos.

—Espero que sean cosas maravillosas —murmuró en voz baja su compañero, lo que hizo que ella sonriera.

Nicole echó mano a su linterna, aunque la primera en encenderse fue la del arqueólogo guatemalteco.

Las dos losetas descansaban, ligeramente elevadas, sobre un suelo irregular, y las luces iluminaron después unas paredes que encerraban una estancia en apariencia más amplia que la que acababan de abandonar.

Los dos bajaron casi a la vez al suelo, mientras sus linternas seguían recorriendo afanosas la oscuridad que los envolvía.

Y, al sentirse libres del peso, los dos improvisados ascensores iniciaron su regreso hacia la superficie.

La primera reacción de Nicole fue la de impedir la subida, pero al posar su mano sobre la piedra en movimiento comprendió que era un esfuerzo inútil. Poco después los rectángulos de luz que se abrían en el techo quedaron de nuevo herméticamente cerrados.

—¿Seguís bien? ¿Me oís? —la voz de Jean se percibía ahora muy lejana, a pesar de que era evidente que estaba gritando.

—Sí, sí —Nicole también se forzó a elevar el tono de su voz—. Todo va bien.

Las dos linternas enfocaban ahora los cilindros de piedra que, partiendo desde el suelo, servían de apoyo a las baldosas que reposaban de nuevo en su lugar.

—Es extraordinario —murmuró Fabricio mientras pasaba la mano por la pulida superficie de uno de ellos—. Son como émbolos que suben y bajan movidos por la presión.

—Un perfecto sistema de contrapesos, diría yo —la voz que había hablado sonó a espaldas de Nicole y la arqueóloga a punto estuvo de dar un grito. Si no lo hizo fue porque aquel peculiar acento le resultaba conocido.

—¿Guy? —preguntó volviéndose mientras su linterna apuntaba hacia el lugar de origen de la voz.

Una figura se hizo visible surgiendo desde detrás de una columna. También encendió una linterna y la enfocó sobre su propio rostro. El juego de luces y sombras le confería una apariencia diabólica, pero ni Augusto Fabricio ni Nicole tuvieron duda alguna sobre su identidad.

El hombre por cuya vida llegaron incluso a temer se hallaba ahora allí con ellos. Y en apariencia sin menoscabo alguno de su integridad física. Guy Lalande se permitió incluso una torcida sonrisa.

—Os habéis hecho esperar, aunque sabía que acabaríais llegando. Tres grandes cerebros sin duda podrían adivinar lo que a mí no me costó demasiado descubrir. Por cierto —acalló con un gesto a Augusto Fabricio—, decid a los de arriba que el sistema tarda más de treinta minutos en volver a su posición original y que hasta entonces es inútil intentar que las baldosas bajen de nuevo.

—Pero, Guy —terció Nicole—, ¿estás bien? ¿Y tus raptores? ¿Cómo has llegado hasta aquí?

—Sí, supongo que os debo una explicación —el francés apagó la linterna—. Tomad asiento, por favor —hizo un gesto hacia unas piedras que descansaban próximas a una de las columnas que servían para sustentar las losas—; no parece que tengamos nada mejor que hacer.

—Pero... ¿y la máscara?

—En esta habitación no había nada, Augusto, si es a lo que te refieres. Podéis comprobarlo por vosotros mismos —el francés sacó una mochila de detrás de la columna y extrajo de ella una lámpara de gas, de las que la expedición utilizaba por las noches—. Podéis apagar vuestras linternas —añadió mientras la encendía.

La luz blanquecina no era fuerte, pero permitió a Nicole hacerse una idea más clara del lugar en el que se encontraban. Algo mayor que la situada encima, la cámara era rectangular. Lo único visible en ella eran los dos cilindros de piedra que servían de apoyo a las losas. Próximas a los muros había otras columnas que quizá formaran parte del sistema mecánico, y en el centro de la pared que daba al sur y adosado a ella, una especie de altar o repisa sobre el que se veían unos grabados esculpidos en la piedra.

Guy Lalande encendió de nuevo la linterna y la enfocó hacia la pared situada a su izquierda.

—Por esa acanaladura —explicó— se puede observar parte del sistema que mueve las baldosas. Ahora veríais unas esferas de piedra volviendo poco a poco a su lugar. Hasta que no se detengan, las losas no volverán a bajar. Decid a los de arriba que, entre tanto, se tomen un café —añadió en tono irónico—; pero de momento será mejor que no les habléis de mí.

Nicole y Augusto intercambiaron una mirada. La joven se encogió de hombros y el arqueólogo se limitó a asentir. Fue él quien, gritando, consiguió hacerse entender por los que se habían quedado en la habitación superior.

—Pero… Guy —Nicole cayó de pronto en la cuenta—. ¿Cómo has bajado? Hacen falta dos personas, ¿no?

—Sí. Y de similar peso —sus ojos parecieron sonreír al fijarse en el pequeño guatemalteco. Hizo un gesto con la barbilla—. Estáis sentados encima de mis compañeras de viaje. Doy gracias a que había piedras grandes sueltas en lo alto de la pirámide y no tuve que bajar a por ellas.

Nicole no pudo dejar de fijarse en el continuo tono irónico de su compatriota. Sabía que era una persona engreída y difícil, pero intuyó que ahora quería aparentar una seguridad que estaba lejos de sentir.

—Y… ¿tus raptores?

—Así que visteis la nota. Me dijeron que la habían dejado. Ellos me han acompañado hasta Caracol y vigilan la pirámide día y noche. Han dicho que me buscarán y me matarán si intento llevarme la máscara. O si simplemente intento escapar.

—Entonces sabrán que hemos llegado —Nicole y Augusto se miraron—. No parece que la noticia vaya a alegrarlos. ¿Quiénes son?

—No lo sé con seguridad. Imagino que trabajan para Florencio Sánchez.

—Pero llevas un día entero aquí dentro, ¿no, *mon ami*? —preguntó el guatemalteco—. Pensarán que te has muerto o que te has escapado.

Lalande se removió incómodo.

—No sé. Es difícil conocer lo que esa gente puede pensar. Se me ocurrió que quitando las malditas piedras podría hacer que las losas subieran. Pero lo hicieron sin mí.

—Hay algo que no entiendo —Nicole procuró que su voz no resultara acusadora—. El secuestro fue en plena noche, ¿no? Y todavía no habíamos visitado la escalinata con las inscripciones. Pero tú sí lo habías hecho, ¿verdad?

Y algo más: ¿cómo sabían ellos que tú las habías descifrado?

Guy permaneció unos instantes en silencio, como sopesando su respuesta, y por último habló con voz fría.

—Sí. Fui hasta la escalinata mientras todos dormíais y comprendí hacia dónde señalaban los grabados. Cuando regresaba al campamento me pareció oír la voz de alguien a un lado del camino, ya dentro de la selva, y me pudo la curiosidad. Allí, en un claro, estaba Jorge hablando por radio. No sé mucho español, pero comprendí que se refería a la máscara, y lo hacía en voz baja, para no llamar la atención. Y en ese momento me sujetaron por detrás. Eran dos personas. Me inmovilizaron y me llevaron hasta él. Jorge me tradujo sus palabras: habían observado mi presencia junto a la escalinata y me habían seguido. Cuando vieron que estaba espiando a su jefe, me detuvieron.

—¿Y...? —Nicole no pareció darse por satisfecha al ver que su compatriota callaba.

—Jorge comprendió que lo había descubierto y que no podía dejarme ir. También intuyó que yo ya sabía cuál era el siguiente paso que habíamos de dar. Simplemente me obligaron a ir con ellos.

El arqueólogo francés hizo un gesto con la mano como dando por terminada la conversación al tiempo que abarcaba el espacio que los rodeaba.

—Imagino que querréis ver todo esto por vosotros mismos. También incluyo en el inventario mi mochila por si pensáis que he podido encontrar y ocultar la máscara.

«Otra vez a la defensiva —pensó Nicole—. No ha hecho la más mínima referencia a la sangre en el claro. Me jugaría algo a que hay mucho más de lo que él nos cuenta, pero ya lo averiguaremos. Ahora lo importante es la máscara y en eso sí le creo: no está aquí.»

Encendió la linterna y se dirigió hacia el pequeño altar que sobresalía de la pared. Algo la atraía hacia allí, aunque al razonarlo comprendió que en ello no había nada raro: era lo único, junto con las columnas, que rompía la monotonía de la oscura estancia en la que estaban encerrados.

29

CIUDAD MAYA DE TIKAL, AÑO 628 DE NUESTRA ERA

Balam entró en Tikal cuando ya el sol se aproximaba al ocaso. Quizá porque la ciudad le era conocida o acaso debido a que su espíritu se hallaba inmerso en profundas cavilaciones, no le resultó tan impresionante como en aquel viaje en que fue a acompañar al hijo de K'an II y en el que tuvo la ocasión de conocer a Nikte'. Aun así la visión de la gran plaza volvió a sobrecogerle y sintió una lacerante emoción al contemplar la puerta del palacio por la que entonces viera surgir a la bella princesa.

Dos guerreros lo habían acompañado por orden de Ulil, a pesar de que el joven maya insistió en viajar solo. Los tres habían cambiado sus atavíos de guerra por trajes de campesinos, aunque habían escondido afiladas dagas entre sus ropas. Durante la larga jornada Balam había tenido tiempo de reflexionar y había acabado por confesarse a sí mismo que aquel viaje tenía mucho de locura. Era evidente que Nikte' no iba a correr peligro alguno, princesa en su propia ciudad, y que era él quien estaba poniendo en riesgo su propia vida y la de sus acompañantes.

Por unos instantes abominó de su sangre demasiado ardiente y lamentó que Murciélago Blanco no se hubiera encontrado en Naranjo el día anterior. El *halach winik* rara vez imponía su criterio y, por el contrario, alentaba a que cada cual tomara sus propias decisiones. Pero siempre estaba presto para dar su consejo cuando se le pedía y, sobre todo, una mirada o un simple comentario podían ser suficientes para inclinar la balanza de quien albergara una duda. Y con certeza su maestro le habría quitado de la cabeza aquella loca aventura.

Pero ahora Balam se encontraba ya en la ciudad, en territorio que podía ser hostil, y tenía que encontrar la manera de poder llegar hasta su amada. En sus ensoñaciones se había visto a sí mismo abrazando a la princesa, los dos solos, mientras sus labios la besaban y susurraban a su oído palabras de amor.

Pero en ese momento, situado frente a las numerosas construcciones que configuraban el recinto del palacio, se conformaba con poder verla y con poder hacerle llegar el mensaje de que se encontraba bien. Nikte' comprendería que había ido hasta allí por ella... y que la amaba.

Decidió pasear próximo a las edificaciones para tratar de hallar la forma de entrar, y pidió a sus dos compañeros que se separaran para no llamar la atención. En último caso se acercaría a los guardias que custodiaban las distintas entradas y les diría que tenía un mensaje para la princesa.

Pero al poco rato Balam pensó que los dioses habían escuchado aquel día sus plegarias. Al doblar una esquina casi se dio de bruces con Gacela Gris, la doncella de Nikte' que era casi como una prolongación de su ama. La sirvienta apenas pudo reprimir un grito de asombro, pero el joven le puso un dedo en los labios mientras le dedicaba una sonrisa.

—Sí, Gacela Gris, soy yo y necesito tu ayuda.

Ya en anteriores ocasiones la muchacha había servido de puente entre los dos enamorados o, simplemente, había permanecido alerta para que nadie perturbara sus encuentros. Balam la apreciaba y confiaba en ella.

La doncella no manifestó extrañeza ante la petición del joven maya y, si su indumentaria le había causado asombro, no lo demostró.

—Esperadme aquí cuando el sol ya no alumbre —le dijo—. Os llevaré hasta mi ama. Nadie os hará preguntas si venís conmigo.

Balam sintió deseos de abrazarla pero se conformó con dedicarle una amplia sonrisa y felicitarse por su buena suerte. ¡Iba a estar a solas con Nikte' y finalmente toda aquella locura habría valido la pena!

Fue en busca de sus compañeros de viaje para comunicarles que había encontrado la manera de introducirse en el palacio.

—No os preocupéis si tardo —les dijo—. Dormid en el claro que hemos visto en las afueras para que pueda localizaros si fuera preciso, y si no mañana nos encontraremos aquí mismo al amanecer. Tomad, guardad mi daga.

Y con todos sus sentidos anticipando el encuentro con la princesa se dirigió al lugar de su cita con Gacela Gris.

La doncella caminaba unos pasos por delante de Balam. Habían entrado en el recinto palaciego sin que los guardias hicieran pregunta alguna. Gacela Gris le había entregado una cesta grande cubierta con un paño que Balam llevaba como si fuera un sirviente encargado de su transporte. El joven procuraba mantener la cabeza baja y aparentar indiferencia, aunque su corazón latía apresurado.

Salieron a un patio interior que cruzaron para entrar por otro arco que daba paso a un nuevo corredor. Apenas habían visto a nadie, aunque tras algunas de las cortinas que cubrían las puertas que iban dejando a su espalda se habían podido escuchar rumores de voces. Balam pensó que se encontraban todavía en la zona administrativa del palacio.

Al doblar un recodo vio que Gacela Gris había acelerado el paso y que ya se encontraba separada unos metros de él. Pero nada pudo hacer por alcanzarla. De una de las habitaciones laterales habían surgido dos guerreros que le cerraron el paso. Las espadas desenvainadas apuntaban hacia su pecho. Volvió la cabeza buscando una escapatoria, pero lo único que encontró fue a otra pareja que se había situado detrás de él. Por un momento pensó en llamar la atención de la muchacha, que ya desaparecía por el fondo del corredor, pero no tardó en comprender la inutilidad de su propósito: ella lo había conducido hasta allí y lo había puesto en manos de quienes ahora amenazaban su vida.

Su boca se abrió para hilvanar cualquier excusa que justificara su presencia allí, pero en seguida calló. De la misma puerta por la que habían surgido los dos guerreros salió ahora una persona a la que conocía muy bien.

Luz Negra lo miró de hito en hito. Balam recordaba bien la frialdad de aquellos ojos que nunca parecían sonreír, pero lo que descubrió ahora heló su corazón. La mirada del hijo de Gran Escorpión traslucía tal cantidad de odio que el joven maya pudo llegar a sentirlo de manera física sobre sí.

—Vaya —la voz de Luz Negra era tan carente de calor como su expresión—, no te contentas con formar parte de la traición que tu rey K'an ha urdido contra mi padre, sino que además te conviertes en espía en un reino que es nuestro aliado. Guerreros, prendedle.

Balam a punto estuvo de abalanzarse sobre él. Luz Negra se hallaba en apariencia desarmado y apenas la distancia de un brazo separaba a ambos, pero en el último momento comprendió que ello era lo que su oponente pretendía. Su muerte bajo las cuatro espadas que lo rodeaban habría estado aparentemente justificada.

Balam dejó que dos de los guerreros lo tomaran por los brazos mientras un tercero se hacía cargo de la cesta. Notó como la punta de una espada le oprimía la espalda. Mientras se dejaba llevar pensó que Nikte' se hallaba sin duda muy cerca de él en aquellos momentos, en cualquiera de aquellas innumerables habitaciones, pero comprendió que la princesa era totalmente ignorante de su presencia allí.

Y sintió un profundo dolor.

La celda en la que lo habían dejado era pequeña y todo el mobiliario se reducía a un camastro adosado a una de las paredes. La puerta era sólida y la habían atrancado por fuera. En la pared opuesta, un agujero cuadrado excavado en la pared permitía que Balam tuviera una limitada visión del cielo estrellado. A través de él un pequeño rectángulo de luz lunar se dibujaba sobre el suelo. El ventanuco estaba alto, por encima del nivel de su cabeza, y su reducido tamaño en modo alguno permitía pensar en una posible vía de escape.

Se sentó en la cama, profundamente abatido, sabedor de que su aventura lo había llevado a una situación desesperada. No se hacía ilusiones sobre que alguien, aparte de Luz Negra y sus secuaces, supiera que se encontraba allí, y se maldecía por no haber pactado con sus dos acompañantes algún tipo de mensaje por el que haberles comunicado que se encontraba bien.

Fuera el silencio era absoluto. Llevaba ya unas horas en la celda y al principio había podido oír rumores, aunque lejanos, de actividad humana. Ahora hacía ya tiempo que la ciudad dormía.

No le habían llevado nada para comer y ni siquiera le habían dejado una vasija con agua. En un momento se había acercado a la puerta, y la había golpeado, tratando de llamar la atención de quienquiera que se encontrara al otro lado, pero nadie había respondido.

De pronto, a pesar de que llevaba un rato con los ojos cerrados tratando de aislarse de cuanto le rodeaba, notó que el interior de la celda se había oscurecido, como si una poderosa nube se hubiera interpuesto en el camino de la luna.

Abrió los ojos y miró hacia la pequeña ventana. Al principio no fue capaz de discernir qué era lo que se había situado sobre el alféizar interrumpiendo en gran parte el paso de la luz. Sólo cuando se obligó a estudiar su contorno comprendió lo que estaba viendo.

Un murciélago de considerable tamaño había venido, silencioso, a posarse en el estrecho ventanuco.

Balam tenía ahora en sus manos la pequeña bolsa que el animal de la noche había llevado en su pico. Estaba hecha con tripa de venado y su boca sellada con cera. Era evidente que en su interior había un líquido, y el joven supo muy bien, aun antes de abrirlo, de qué se trataba.

Lo que de momento no llegaba a comprender era cómo Murciélago Blanco había podido llegar a saber de su apurada situación y, lo que resultaba aún más extraño, del lugar en el que lo habían encerrado.

El murciélago ya había partido, tan silencioso como había llegado, pero, en los breves momentos en los que permanecieron juntos, Balam había podido adivinar en aquellos ojos negros el gran cariño que su maestro le profesaba. El joven había hablado, sabedor de que el animal le entendía, aunque se había limitado a darle las gracias de corazón y a prometerle que muy pronto se hallarían de nuevo juntos. No trató de explicar su comportamiento, pues sabía que su maestro nunca se lo habría pedido. Luego ambos se contemplaron en silencio y, finalmente, el murciélago volvió al aire de la noche.

El joven maya pensaba ahora en lo que haría tras haberse bebido la pócima y dudando, incluso, si aquélla era la mejor de las opciones. Una vez que su espíritu habitara el cuerpo del gran jaguar, no tendría problema, probablemente, en huir, pero su cuerpo humano quedaría detrás, inerte en aquella celda, a merced de sus captores.

Por fin decidió que no podía adelantar acontecimientos y que bebería el líquido. Si su padre adoptivo había llegado hasta allí para llevarle la bebida de los dioses, era sin duda porque consideraba que era lo mejor para él. Y el *halach winik* raras veces se equivocaba.

Retiró con cuidado el cierre de cera de la pequeña bolsa y el conocido aroma a plantas impregnó su olfato. Dudó todavía unos momentos mientras contemplaba una vez más la pequeña celda y la puerta cerrada. Finalmente llevó el orificio a sus labios y, sin apresurarse, bebió el líquido de sabor amargo mientras se concentraba en evocar la imagen del dios jaguar.

Pronto la conocida sensación le invadió. Su mente parecía escapar del cuerpo para caer en un profundo abismo del que no se alcanzaba a ver el fin. Cuando la pérdida de conciencia se hacía más y más fuerte, resurgía de pronto la luz, aunque a partir de ese momento ya no serían sus ojos humanos los que podrían contemplar de nuevo aquello que los rodeaba.

Pero Balam sufrió de nuevo un sobresalto, fruto esta vez de la incomprensión. La aguda mirada del jaguar no estaba observando los muros de piedra, la cerrada puerta y el estrecho ventanuco de la pequeña celda, sino un espacio nebuloso del que no se veían los límites y en el que el joven tenía la sensación de estar flotando, pues no notaba que sus patas se apoyaran en suelo alguno.

Aun así podía moverse sin apenas esfuerzo en la dirección que deseara y, al mirar hacia su derecha, vio a lo lejos algo que refulgía con una luz verdosa. Sintiéndose fuertemente atraído, se encaminó hacia aquello, y pronto comprobó que se trataba de una máscara con la forma de un rostro humano fabricada en jade y que parecía mantenerse ingrávida en aquel entorno vacío. Tuvo la imperiosa necesidad de dirigirse hacia ella y tomarla para sí. Nada en el mundo le parecía más importante en esos momentos.

Pero entonces comprobó que no se hallaba solo. Otras dos figuras se habían hecho presentes y el jaguar comprendió, sin el menor asomo de duda, que ellas también pretendían hacerse con la máscara.

30

PIRÁMIDE DE CAANA, ANTIGUA CIUDAD MAYA DE CARACOL, AÑO 2001

Nicole contempló los grabados que bordeaban lo que parecía ser un pequeño altar adosado a la pared y por unos momentos llegó a olvidar el lugar donde se encontraba y lo precario de su situación. A pesar de la tenue luz que surgía de la lámpara de gas, quedó sobrecogida ante la fuerza y la belleza de los colores que impregnaban los muros. Aquellas tallas habían mantenido durante siglos la frescura del primer día, sumidas desde su creación en una eterna oscuridad.

Tendió por un momento la mano con el íntimo deseo de acariciarlas, pero su formación de arqueóloga pudo más y la retiró con pesar.

Se diferenciaban claramente en tres grupos: uno a cada lado del altar y el tercero en el centro, sobre la mesa de piedra y situado a mayor altura. Aunque en cada conjunto se mezclaban diversos colores, resultaba evidente el predominio del verde en el de la izquierda, del amarillo en el central y del rojo en el situado a la derecha. Cada uno estaba formado por siete glifos, en una fila de cuatro superpuesta a otra de tres.

Nicole los estudió con atención, aunque era incapaz de desentrañar su significado, pero sí pudo distinguir lo que representaba el primero de cada grupo, pues eran ya varias las veces en que los había visto. Chan K'uh, Kab K'uh y Hun Cimil parecían darle la bienvenida desde sus grotescas cabezas talladas de perfil. Los tres dioses aparecían ahora de nuevo reunidos, lo que no habían hecho desde el oratorio perdido en la selva.

Augusto Fabricio se había situado junto a ella, aunque fue a Guy Lalande a quien la joven dirigió su pregunta.

—¿Qué dicen los glifos? ¿Pueden darnos alguna pista?

El francés se encogió de hombros.

—Yo no he encontrado ninguna. Pregúntale a Augusto. Son similares a los que pueden hallarse en muchos otros lugares. Se limitan a alabar a cada uno de los dioses y a pedir su benevolencia.

Fabricio asintió despacio, aunque siguió estudiando los dibujos grabados en la piedra, sin duda atraído también por su gran belleza.

Nicole contempló el glifo que representaba a Chan K'uh, el dios del Cielo, mientras recordaba con una media sonrisa el sueño en el que se le apareció para hablarle desde el cuerpo de un jaguar. Era el primero de los siete glifos que componían el grupo central, el que se hallaba situado sobre el altar. El rostro del dios resaltaba sobre el fondo de color amarillo vivo, que era el dominante en aquel conjunto de grabados.

Y mientras evocaba la imagen de Chan K'uh en su sueño, tuvo de pronto una clara visión del amplio collar que llevaba el dios jaguar en aquella ocasión. Era de colores, formando una banda ancha que rodeaba el cuello del animal, y los tonos que lo componían eran precisamente los mismos que ahora estaba contemplando en la pared: verde en la parte izquierda, amarillo en el centro y rojo en la derecha.

Sintió esa emoción que ya no le era extraña y que presagiaba un nuevo descubrimiento. De ninguna manera podía ser casualidad que los colores fueran los mismos y su posición relativa idéntica. Recordaba bien el collar de Chan K'uh (sorprendentemente bien, se dijo) y pudo evocarlo unido al rostro serio del animal de la selva. El ancho del collar iba creciendo para acomodarse al cuello, alcanzando su mayor tamaño en la parte central amarilla, la que descansaba sobre el pecho, y estrechándose hacia los lados. Y de cada una de las tres franjas pendían unos colgantes en forma de huso, todos ellos de color negro. Nicole se asombró de nuevo de la nitidez de su recuerdo, pues pudo evocar con precisión el número de aquella especie de flecos: tres en la parte verde, cinco en la amarilla y tan sólo dos en la roja.

—Creo..., creo que sé cómo seguir adelante —su voz fue poco más que un susurro.

—¿Qué has descubierto? —Augusto Fabricio se hallaba en ese momento a su lado.

—Si funciona os lo explicaré, lo prometo —la joven aún recordaba la cara de Jean cuando le contó que había soñado con un jaguar que hablaba y que además decía ser un dios, y no se sentía muy dispuesta a repetir la experiencia.

—Necesito vuestra ayuda —intentó que su voz sonara más firme—. Acércate, por favor, Guy, y sitúate frente a los glifos de la derecha. Tú, Augusto, ponte al otro lado, donde los verdes.

Ella permaneció donde estaba, ante el pequeño altar, y les pidió con fervor a los tres dioses que aquello resultara.

El francés se aproximó con sorprendente rapidez, como si de pronto hubiera desaparecido su indolencia anterior y miró a la mujer con el entrecejo fruncido.

—¿Qué nos deparas esta vez?

La luz de la lámpara de gas los iluminaba desde atrás y Nicole se sintió sobrecogida al ver las tres sombras, grandes y altas, dibujadas sobre la pared y pareciendo observarlos. La de Guy Lalande cubría ahora en su totalidad los glifos que encabezaba Hun Cimil, el dios del inframundo.

—No lo sé, Guy —procuró que su voz sonara desapasionada—. Quizá nada, pero tenemos que probarlo.

Nicole tendió de nuevo la mano y esta vez sí la apoyó sobre los glifos, concretamente sobre el que hacía el número cinco de los situados sobre el altar. Lo notó muy frío al tacto, aunque comprendió que no podía esperar otra cosa.

—Augusto, por favor, pon una mano sobre el tercer glifo de tu zona. Y tú, Guy, hazlo sobre el segundo de los tuyos.

La arqueóloga ni siquiera se había fijado en el dibujo que ahora casi tapaba con su mano, y de pronto pensó que debía haberlo hecho. Pero fue sólo durante un instante, porque en seguida comprendió que no habría sabido interpretarlo. Inspiró hondo mientras confiaba en que no fuera necesario.

—Ahora, cuando cuente tres, presionad el grabado. Creo que puede ser importante que lo hagamos a la vez.

Aunque lo estaba esperando, cuando dijo «tres» y apretó

con fuerza, se sorprendió al notar cómo su mano se hundía en la pared. No necesitó mirar a sus compañeros para comprender que sus glifos también habían cedido a la presión, porque un sonido sordo los envolvió. Fue similar al que se había producido en la estancia superior cuando las losetas comenzaron a moverse, aunque esta vez lo sintieron más próximo.

Y el altar en el que Nicole se hallaba casi apoyada comenzó a moverse. Lo hizo hacia la derecha, hacia el lugar en el que se encontraba Guy Lalande, aunque con tal lentitud que permitió al francés quedarse mirando su avance durante unos instantes antes de retirarse.

Y un hueco, del que de momento sólo surgía oscuridad, se hizo visible en el trozo de pared que la mesa de piedra había ocupado.

Cuando el movimiento por fin cesó, los tres se quedaron mirando aquella salida, que era baja y estrecha, pero que les abría el paso a un mundo de nuevas posibilidades.

Luego las miradas de los dos hombres se volvieron hacia la mujer, asombradas y sin comprender, pero transmitiéndole también un mudo mensaje de admiración.

A pesar de su estado de euforia, Nicole no pudo dejar de advertirlo, y una sonrisa bailó en sus labios.

—No he tenido ningún mérito, os lo aseguro. En seguida os lo explicaré, pero ahora, Guy, trae la lámpara, por favor, y veamos lo que hay al otro lado.

De momento la explicación hubo de esperar porque ahora los tres contemplaban la nueva cámara en la que se encontraban. Era más pequeña que la que habían abandonado y lo único digno de mención era una losa cuadrada de metro y medio de lado que descansaba en su centro. La estructura de piedra parecía simplemente apoyada sobre el suelo y dos acanaladuras partían de ella hacia el muro de la derecha.

—Esa pared da al Sur, ¿verdad? —preguntó Nicole señalando la que se encontraba enfrente del pequeño hueco por el que habían entrado.

Augusto Fabricio asintió.

—Detrás de ella debe de estar próximo el tramo final de escaleras que suben a la pirámide. Lo que resulta extraordinario es que el aire no esté viciado, ¿no os parece?

—Tiene que haber algún conducto de ventilación que no podemos ver —convino el arqueólogo francés—. O quizá sea cosa de los dioses...

La última frase la pronunció en tono festivo, pero ninguno de sus dos compañeros se permitió una sonrisa. Nicole tentada estuvo de decir «no lo dudes», pero prefirió señalar la baldosa.

—¿No os parece que está pidiendo que la empujemos? Da la impresión de que podría resbalar a lo largo de esos dos canales.

El guatemalteco se arrodilló y empujó con ambas manos. La losa se desplazó unos milímetros, pero resultó evidente que era necesario un mayor esfuerzo. Lalande se situó junto a él y le hizo un guiño.

—Vamos, Augusto, como antes, a la de tres.

Y una vez más el ya familiar sonido de piedra contra piedra pareció inundar la pequeña estancia. Por un lado, el producido por aquella especie de lápida deslizándose sobre el suelo y, por otro, uno más profundo que parecía provenir de la pared que daba a la habitación contigua.

Cuando la losa se detuvo dejando al descubierto un agujero redondo, los tres comprobaron con aprensión que el altar de la otra cámara había vuelto a su posición original obstruyendo el hueco por el que habían entrado.

—Cada vez un poco más encerrados —gruñó Lalande—. Os juro que empiezo a estar harto de no ver más que muros de piedra a mi alrededor.

—Apuesto a que la entrada vuelve a abrirse —Augusto Fabricio señaló hacia la losa que acababan de empujar—. Bastará con devolverla a su lugar. Y si no podrán abrirnos desde fuera.

—Propongo que lo comprobemos más tarde —Nicole se asomó al agujero que acababan de abrir y lo iluminó con la linterna—. Parece que hay que seguir bajando.

Los dos hombres se situaron junto a ella y miraron hacia abajo. Aquella especie de pozo tendría un metro escaso de diámetro y se sumía en las profundidades de la pirámide. La luz de la linterna llegaba a iluminar su fondo, que, aunque no resultaba fácil calcularlo, se hallaría a unos seis metros del lugar en el que ellos se encontraban. Uno de los lados del hueco circular presentaba rebajes que podrían utilizarse perfectamente como escalones y, sobre éstos, una cuerda, gruesa y de aspecto sólido, se deslizaba hacia abajo, anclada con firmeza a la pared. En la superficie, una zona de la que surgía una especie de agarradero permitía introducirse en el pozo para luego poder sujetar la cuerda con comodidad.

—Bajar parece fácil —murmuró el guatemalteco—. Pero… ¿y subir?

—Tendremos que verlo —Nicole se volvió hacia su compatriota y su pregunta resultó casi una afirmación—. ¿Te ofreces voluntario, Guy?

El francés rebuscó en su mochila y sacó una cuerda enrollada, que era fina y parecía resistente.

—Ilumíname con la linterna mientras bajo. Luego con esta cuerda me mandáis la lámpara de gas y la mochila —finalmente, con ese deje de superioridad que Nicole ya conocía bien, concluyó—: Os espero abajo.

El descenso resultó cómodo para los tres y lo que vieron al llegar les devolvió algo de optimismo: por la parte en la que estaban tallados los escalones el pozo llegaba casi hasta el suelo, al igual que la cuerda a la que asirse, con lo que la subida no parecía ofrecer excesivas dificultades.

—Vaya, parece que los dioses sí han pensado que tenemos que volver —en la voz de Guy Lalande se percibía el alivio—. De verdad que empezaba a dudarlo.

El lugar en el que se hallaban no tenía nada que resultara resaltable. Era una estancia redonda, con un techo bajo de cuyo centro surgía la estructura inferior del pozo y con tan sólo una aparente salida: un arco abierto en la pared que daba al norte. Cuando se acercaron vieron que de él surgía un corredor, en marcado descenso, que se adentraba en las profundidades de la pirámide.

—¿Cuánto gas le queda a tu lámpara? —preguntó Augusto Fabricio mientras escudriñaba aquella oscuridad cuyo final no se podía adivinar.

—Para un par de horas por lo menos;... creo. La mantuve apagada casi todo el rato mientras os esperaba. Pero nos quedan las linternas, ¿no?

El guatemalteco se encogió de hombros mientras dirigía una mirada a Nicole. Estaba claro que la idea de quedarse sin luz en las entrañas de aquella pirámide milenaria no le resultaba agradable.

—Pensé que no era más que un sueño —explicaba Nicole mientras caminaban por aquel pasadizo que parecía no tener fin—. Entonces no le di importancia, aunque fue asombrosamente real. Incluso pasados varios días podía rememorar los detalles con toda claridad. Y uno de esos detalles fue el collar de Chan K'uh, como os he contado, con sus tres colores y sus extraños colgantes. De verdad que no sé qué pensar.

—¿Y qué te dijo? —Augusto parecía de verdad interesado.

—Que la máscara de jade estaba de nuevo al alcance de los hombres... —prefirió omitir otros detalles del sueño, como el de que sólo serían tres los que tendrían acceso a ella—; pero recuerdo bien que se puso serio al añadir que el tiempo de la máscara no éramos nosotros, los humanos, los que lo marcábamos... La verdad es que no sé a qué se refería.

La posible respuesta de sus dos compañeros quedó en el aire porque se hizo de pronto evidente que el corredor tocaba a su fin. La luz de la lámpara que Guy Lalande llevaba en la mano dejaba ya ver que las paredes acababan en un nuevo arco que daba paso a un lugar más abierto. Aún no podían discernir qué era lo que les esperaba, pero, de manera inconsciente, los tres aceleraron el paso.

La nueva sala en la que desembocaron era mayor que las que hasta ahora habían visitado. Era más larga que ancha y en ella el suelo volvía a ser horizontal tras la acusada pendiente del largo corredor que acababa de terminar.

—Debemos de estar cerca de la base de la pirámide —dijo Fabricio mientras enfocaba hacia el techo con su linterna. Éste era abovedado y en la parte central tendría al menos cuatro metros de altura, con lo cual la sensación de amplitud era mucho mayor.

Frente a ellos, próximas al arco por el que habían aparecido, se erguían tres columnas de piedra que se ensanchaban en la parte superior. Separadas un par de pasos entre sí, tendrían algo más de metro y medio de altura y el remate era un grabado esculpido en la piedra. Otra vez los tres dioses parecían saludarlos, pero, a diferencia de la primera cámara, era ahora Kab K'uh, el dios de la Tierra, el que ocupaba el lugar central, flanqueado por Chan K'uh y Hun Cimil.

—Vaya, no quieren que nos olvidemos de ellos —murmuró con tono desabrido Guy Lalande mientras observaba los glifos a la luz de la lámpara. Luego comenzó a caminar en dirección al otro extremo de la sala, donde parecía adivinarse una salida dibujándose entre las sombras. El suelo, pocos metros detrás de las columnas talladas, se hacía más rugoso, dando la impresión de estar formado por fragmentos independientes, como si fueran baldosas de formas y tamaños irregulares.

—¡Quieto, Guy! —la voz de Augusto Fabricio resonó en la gruta, magnificada al rebotar contra las paredes.

El francés se detuvo en seco al tiempo que se giraba hacia su compañero.

—¿Qué pasa, Augusto? Me has dado un susto.

—Espera, espera, no sigas adelante. Tengo algo que deciros.

Guy Lalande volvió sobre sus pasos; él y Nicole aguardaron a que el pequeño arqueólogo hablara.

—¿Sabéis? Yo también soñé con uno de los dioses —lo dijo en voz baja, como disculpándose—. Fue Kab K'uh quien vino a visitarme. Y lo que entonces me dijo puede tener que ver con este lugar en el que ahora nos encontramos.

31

CIUDAD MAYA DE TIKAL, AÑO 628 DE NUESTRA ERA

Balam pronto dejó de plantearse lo extraño de su situación. Hasta la celda en la que tendría que hallarse en ese momento se borró de su mente. Y también olvidó a Nikte'...; y a Murciélago Blanco... Sólo aquella máscara verde tenía importancia, aunque los intentos por acercarse a ella parecían vanos. El jaguar podía desplazarse a su antojo por aquel mundo sin límites, como si la suave bruma que lo envolvía permitiera un seguro apoyo para sus patas, pero el objeto que ansiaba tan pronto estaba cerca como se alejaba, pareciendo que estuviera midiendo las fuerzas de los que pugnaban por alcanzarla.

Porque otros dos animales competían con él por hacerla suya: un murciélago de color claro y un enorme escorpión iban y venían en pos de la máscara, que parecía tan esquiva para ellos como lo era para Balam.

El joven maya no tuvo duda de que el animal volador era el mismo que poco antes había acudido al alféizar del ventanuco de la celda para llevarle la bebida de los dioses, y sabía también que aquel cuerpo estaba ocupado por su padre adoptivo Murciélago Blanco. Pero ello era algo que en ese momento no le importaba. Como tampoco le importaba la identidad que pudiera esconder el escorpión de amenazadora cola. En aquel vacío que carecía de fronteras sólo había una prioridad: la obtención de la máscara.

Hubo un instante en el que la tuvo muy cerca, y pensó que podía hacerse con ella. Estaba forjada por múltiples fragmentos de jade que refulgían con luz propia; los ojos y la boca eran agujeros de profunda negrura. Su proximidad hizo que sintiera la magnitud del poder que desprendía y comprendió que quien lograra conquistarla sería mucho más que un rey entre reyes. La máscara también pareció observarlo a él desde sus cuencas vacías, y luego se alejó sin que Balam pudiera adivinar cuál era la fuerza misteriosa que le permitía moverse.

En otro momento tuvo cerca al escorpión y se asombró de su inmenso tamaño. Unos ojos fríos se cruzaron con los suyos y la cola del animal se distendió, presta a atacar, pero ante la falta de reacción del jaguar prosiguió su camino en pos de la máscara verde.

Aquella especie de danza extraña se prolongó durante un periodo de tiempo que después Balam no habría sabido cuantificar, simplemente porque el tiempo era algo que en la dimensión en la que se hallaban no resultaba relevante.

La máscara parecía jugar con ellos, ora acercándose a uno, ora poniéndose fuera del alcance de los tres, para luego permanecer quieta como si por fin hubiera accedido a ser conquistada.

Y como podría suceder con una mujer esquiva, Balam sentía cada vez con mayor fuerza la necesidad de poseerla.

Hubo un momento en el que sintió que lograría hacerla suya. La tenía próxima, pero la máscara parecía no prestarle atención, pues estaba encarada hacia la dirección en la que el murciélago se aproximaba a ella con su pesado aleteo.

Balam se encogió, dispuesto a saltar, pero en ese momento algo le golpeó por detrás. Fue un empellón duro, que lo cogió por sorpresa, y que le produjo un agudo dolor en los cuartos traseros. Mientras caía sobre el lomo, desequilibrado, pudo ver que había sido el escorpión el responsable del ataque. Sin duda había comprendido que el jaguar estaba a punto de lograr su objetivo y decidió evitarlo a toda costa.

La máscara se había percatado de lo sucedido y se había alejado, pero lo peor era que el escorpión se disponía a atacar a Balam, que en ese momento se hallaba indefenso. La cola del animal se había desenroscado y el malévolo aguijón apuntaba hacia el cuerpo del jaguar. Éste se aprestó a defenderse, aunque sabía que sus posibilidades eran casi nulas.

Y en ese momento alguien más se hizo presente en el extraño universo que habitaban. Surgió de improviso, justo en el breve espacio que mediaba entre ambos animales, interponiéndose entre ellos. El escorpión se detuvo, sorprendido, lo que aprovechó la aparecida para empujarlo con todas sus fuerzas, apartándolo de Balam.

Porque era una mujer y, a pesar de dar la espalda al jaguar, éste no tuvo duda alguna sobre su identidad: Garza Azul, la pequeña sobrina del rey K'an, se estaba enfrentando al temible escorpión para darle a él una oportunidad de sobrevivir.

Balam se afianzó de nuevo sobre sus cuatro patas, pero tuvo que asistir, impotente, a la inmisericorde reacción del animal. Su cola, con una velocidad que la hacía imparable, buscó el cuerpo de la muchacha y el aguijón penetró profundamente en su carne. La boca de Garza Azul se abrió, en un mudo grito de dolor, y en ese momento Balam comprendió que en aquel mundo extraño no existían los sonidos.

Ahora sí, el jaguar saltó sobre el escorpión lanzando una de sus garras con toda la fuerza de que era capaz. El zarpazo lanzó al animal varios metros hacia atrás y Balam tuvo un momento para volverse hacia su salvadora. Garza Azul intentó que una sonrisa suavizara su expresión de dolor mientras una de sus manos oprimía la herida que tenía en el costado.

Balam sintió una rabia infinita y se volvió hacia el escorpión dispuesto a acabar con él, pero en ese momento una luz intensa hizo que todos se detuvieran.

La luminosidad no tenía un origen concreto, pero se centraba en la figura del murciélago, no muy lejos de donde ellos se encontraban. El animal resplandecía con una aureola de un color azulado que no sólo lo envolvía a él, sino también a la máscara de jade que tenía sujeta entre sus patas. El murciélago y su presa estaban vueltos hacia ellos y las negras cuencas de la máscara le parecieron al joven unos ojos que los miraban en un silencioso gesto de reproche.

Y no hubo tiempo para más. Como si fuera un telón que se cierra al acabar una representación, la oscuridad se adueñó de improviso de todo mientras Balam sentía de nuevo la ya conocida sensación de caída en un pozo sin fin.

De nuevo eran las paredes de la celda lo que sus ojos contemplaban bajo el amortiguado resplandor de la luna. Balam se preguntó si todo lo sucedido no habría sido más que un sueño, pues fuera continuaba la noche y el recuadro de luz que se dibujaba sobre el suelo seguía más o menos donde él lo recordaba, como si el tiempo no hubiera pasado.

Pero entonces sintió muy vivo el dolor en la parte trasera de su lomo, en el lugar en el que el traicionero escorpión lo había golpeado, y también pudo evocar con absoluta nitidez al murciélago haciéndose con la máscara de jade. Y la expresión de sorpresa y dolor en el rostro de Garza Azul...

Se dijo que tenía que salir cuanto antes de allí para enterarse de lo que le había sucedido a la joven. Y también precisaba hablar con Murciélago Blanco. Y necesitaba encontrar a Nikte' para decirle que se encontraba bien. Y que la amaba...

Se revolvió furioso por la celda, sabedor de que su tremenda fuerza no sería suficiente para abatir la puerta que lo mantenía encerrado. Su cuerpo humano seguía sentado en el borde de la cama, dando ligeramente la espalda a la entrada de la pequeña habitación. Balam lo observó y se repitió que aquél no era el menor de sus problemas, pues aun en el caso de que el jaguar consiguiera huir, habría de regresar pronto para dar de nuevo vida a aquella figura que ahora permanecía inmóvil.

Y sintió una profunda impotencia.

Pero entonces un ruido hizo que el animal pusiera de nuevo todos sus sentidos en alerta. Eran pasos, de más de una persona, y se aproximaban a la celda. El jaguar miró a su alrededor y finalmente se agazapó, silencioso, junto a la puerta, de manera que ésta, al abrirse, le permitiera ocultar su presencia.

32

CIUDAD MAYA DE TIKAL, AÑO 628 DE NUESTRA ERA

Los pasos se detuvieron ante la celda y el jaguar supo que correspondían a dos personas que se acercaban. A través de la puerta cerrada pudo distinguir el olor amargo que caracterizaba a los seres humanos.

Oyó como la tranca era retirada y después la puerta se abrió, poco a poco, y sólo lo suficiente para permitir que los que llegaban pudieran atisbar en el interior de la celda. Luego, siempre despacio, la recia hoja de madera continuó su camino hasta dejar franca la entrada.

Dos hombres se hicieron visibles para el jaguar, aunque dándole la espalda, pero no tuvo ningún problema en reconocer a uno de ellos: la figura de Luz Negra resultaba inconfundible. Quien le acompañaba podría ser uno de los guerreros que habían colaborado en su detención. Ambos llevaban en la mano una espada corta con filo de obsidiana y la mantenían firme hacia el frente, en posición de ataque.

Durante un momento parecieron indecisos, sin duda extrañados ante la falta de reacción del ocupante de la celda, pero luego Luz Negra hizo un gesto con la cabeza señalando hacia el camastro.

Y Balam comprendió que tenía que actuar de inmediato, pues estaba en juego su propia vida, aunque la figura inanimada no pudiera ser consciente de ello.

En un instante evaluó la situación y decidió atacar primero al guerrero que acompañaba al hijo de Gran Escorpión. Era alto y fuerte y, una vez sobre aviso, podía volverse un enemigo de consideración. El animal sintió en su boca el regusto que anunciaba la entrada en combate y, con una facilidad que a él mismo le asombró, saltó sobre su presa.

En pocos segundos todo había terminado y los dos atacantes yacían muertos en el suelo de la celda con las gargantas abiertas y los cuellos partidos. Luz Negra se había enfrentado a su muerte con una expresión mezcla de incomprensión y de temor; su última mirada había sido para el inmóvil cuerpo de Balam. Sólo cuando ya era tarde pareció acordarse de la espada que llevaba en la mano, aunque de poco le habría valido ante la furia desatada del animal de la selva.

El jaguar contempló los cuerpos mientras paseaba en círculos por la celda, intentando apaciguar su instinto y tratando de olvidar el sabor de la sangre que aún sentía en la garganta.

Miró la puerta abierta y se asomó a ella, atento por si venía alguien más. Pero sólo el largo pasillo por el que le habían llevado era visible y no se oían ruidos que hablaran de presencia humana.

Si había de escapar, tendría que hacerlo en ese momento, y mentalmente agradeció a los dioses la oportunidad que le estaban ofreciendo.

Se acercó a su propio cuerpo y serenó su espíritu preparándolo para volver a él. Procuró no mirarlo, pues la sensación de contemplarse a sí mismo le seguía causando una profunda incomodidad.

Unos instantes después los ojos de Balam volvían a observar el ya conocido entorno de la celda mientras sus miembros recuperaban la movilidad. Del cuerpo del jaguar, como siempre sucedía, no quedaba el menor rastro, aunque ello era algo que el joven maya ya aceptaba como natural.

Contempló una vez más los cuerpos sin vida y no sintió piedad por Luz Negra. No hizo falta que se recordara a sí mismo que unos minutos antes había entrado en la celda dispuesto a asesinarlo, pues nunca el hijo del rey de Naranjo se había hecho acreedor de su cariño o su respeto.

Comprobó que en la bolsa que le había llevado el murciélago quedaba aún líquido y la cerró de nuevo con el tapón de cera. Luego la guardó entre sus ropas pensando que quizá pudiera serle necesaria.

Tomó del suelo la espada que había pertenecido al guerrero que había acompañado a Luz Negra y consideró durante unos momentos la posibilidad de ceñirse el plumero que llevaba y que lo identificaba como miembro de la Orden del Águila de Naranjo, pero consideró que su mejor posibilidad consistía en huir sin ser visto y que de noche nadie se fijaría en los colores de unas plumas que lo único que podrían hacer sería llamar la atención.

Respiró hondo dos veces, oprimió con fuerza el mango de la espada, y se dirigió a la puerta. Una vez en el pasillo, hizo un esfuerzo por replantearse el camino que le había llevado hasta allí y recordó que tenía que atravesar un patio antes de acercarse a la entrada del palacio. Y allí sin duda habría un centinela. Y si alguien intentaba detenerlo, correría tanto como pudiera, confiando en que la espesura cercana le sirviera de amparo.

De momento no oía el menor ruido, lo que le confirmaba que la zona elegida por Luz Negra estaba apartada y durante la noche permanecía deshabitada.

Se hallaba próximo ya al lugar en el que el corredor se abría al patio, que aparecía iluminado por la luz de la luna, cuando vio que unas personas estaban cruzándolo en la dirección por la que él venía. Le parecieron al menos tres y pronto pudo escuchar sus voces, aunque resultaba evidente que procuraban hablar en voz baja. Caminaban deprisa y pronto llegarían a donde él se encontraba.

Miró hacia atrás, pensando en esconderse en alguna de las habitaciones que daban al pasillo, cuando se detuvo de golpe, pensando que sus oídos estaban jugándole una mala pasada: una de las voces, y la habría reconocido entre miles, era la de Nikte'. La princesa se esforzaba en hablar en susurros, pero su voz sonaba alterada, y llegó a Balam con claridad. Entonces la vio, iluminada por la luna en el centro del patio, y ya no pensó en esconderse más, aunque contuvo su primer impulso de correr hacia ella. La acompañaban un hombre y una mujer, y en la segunda pudo descubrir con disgusto a la joven que lo había traicionado. La doncella de

Nikte' caminaba apresurada detrás de ella, con la cabeza baja y una mano sujetando su amplia falda. El hombre llevaba el atuendo de los guerreros, y el tamaño de su penacho lo identificaba como uno de sus jefes.

Balam dio un paso al frente, pues sabía que de la princesa nada había de temer, y pronunció su nombre con contenida emoción.

—¡Nikte'!

La joven se llevó la mano a la garganta, mientras sofocaba un grito, y el guerrero tomó con presteza la espada. Balam comprendió que él también estaba armado y dejó caer la suya mientras tendía los brazos hacia la princesa.

Nikte' tranquilizó con un gesto al hombre que la acompañaba y se apresuró al encuentro de Balam, cogiéndole las manos entre las suyas.

—¡Entonces era verdad! Y gracias a los dioses estás vivo —hizo un gesto hacia la muchacha, que seguía con la vista fija en el suelo—. Gacela Gris acaba de confesármelo todo, pero pensé que ya era tarde. ¡Oh, Balam!, habría sido terrible que te pasara algo.

Él sintió deseos de abrazarla y de besarla, y de decirle que si se alegraba de seguir vivo era sobre todo por ella, pero comprendió que ese momento tendría que esperar. Aunque los ojos de la muchacha, fijos en los suyos, le decían que no hacía falta que expresara con palabras algo que ella tan bien conocía.

—¿Y Luz Negra? ¿Quién te ha liberado?

—Nikte', si estoy vivo es porque han muerto los que esta noche han pretendido asesinarme...; y uno de ellos era

Luz Negra. Encontraréis sus cuerpos en la celda en la que me encerraron, al final del pasillo —Balam hizo una pausa mientras miraba al guerrero, que había permanecido respetuosamente apartado—. Luz Negra era huésped de este palacio y su padre, Gran Escorpión, se halla ahora en vuestra ciudad. Mi presencia aquí no resultará fácil de explicar y supondrá un problema para tu padre... y para ti. Sería conveniente que yo desapareciera cuanto antes.

La princesa pareció sopesar la situación y por fin asintió.

—Tienes razón, Balam. Son tiempos difíciles y nada transcurre como nos gustaría. Gacela Gris irá contigo hasta que te halles fuera del palacio. Nadie hará preguntas si vas en su compañía. Y no te preocupes —se adelantó a los reparos del joven—. Está de verdad arrepentida. Luz Negra la utilizaba para que me espiara y la tenía aterrorizada.

—Y nosotros —ahora se dirigió al guerrero— vamos a ir juntos hasta la celda que está al final del pasillo. Me temo que la noche va a ser larga —su mirada buscó de nuevo la del joven; sus manos seguían unidas—. Balam, querido, pronto volveremos a vernos. No sabes cuánto lo deseo.

Unos minutos más tarde el joven maya se perdía en la espesura. Al menos había tenido la precaución de fijar un lugar en el que encontrarse con los dos guerreros que lo habían acompañado en aquella loca aventura.

33

PIRÁMIDE DE CAANA, ANTIGUA CIUDAD MAYA DE CARACOL, AÑO 2001

—*El río que conduce a la máscara no será visible sin la intervención de los dioses y sólo siguiendo su cauce podréis acercaros a ella.* Es extraño que me acuerde con tanta exactitud de las palabras. Los sueños suelen olvidarse...

—Yo también recuerdo con precisión el mío, Augusto, y te diré que tengo mis dudas acerca de que fuera sólo un sueño. ¿Cómo era Kab K'uh?

—Un murciélago. Un murciélago grande y de color claro. Lo único que se me ocurrió pensar al día siguiente fue lo tontos que podían llegar a ser los sueños. Ah, Nicole, y también me dijo algo parecido a lo que tú escuchaste de Chan K'uh: que el tiempo de la máscara estaba marcado y no podía ser alterado. De verdad que no sé qué pensar. Estoy muy confundido...

—Pues aquí no hay más dioses que los que aparecen tallados en las tres columnas —Guy Lalande habló con acritud—, y no se me ocurre cómo van a poder ayudarnos.

—Veamos si podemos mover o empujar las columnas —sugirió Nicole.

—¿Otro numerito de rocas moviéndose?

—Guy —a Nicole le costó esconder en su voz que estaba un poco harta—, hasta ahora esos numeritos, como tú los llamas, nos han permitido llegar aquí. Y te diré que los encuentro no sólo ingeniosos, sino sorprendentemente avanzados para la época en la que se supone que fueron diseñados. Yo que tú, los trataría con más respeto.

—Está bien, está bien —el francés alzó las manos en señal de rendición. Con una de ellas sujetaba la lámpara y la luz iluminó de lleno sus ojos. Nicole tuvo la sensación de estar viendo los de un loco—. Dinos entonces qué hacer, tú, que eres la experta.

—Intentemos ver si se mueven. Yo me quedaré con ésta, la de Chan K'uh, que parece que ya nos conocemos. Poneos, por favor, cada uno delante de una de las otras.

—Augusto, te cedo a Kab K'uh —dijo Guy Lalande señalando la situada en el centro—. Parece claro que el dios te eligió a ti. A mí me queda Hun Cimil, el señor de la muerte. Confío en que en este momento no desee la mía.

—Justo debajo del glifo mi columna tiene unos rebajes que permiten afianzar las manos. ¿Las vuestras también? —preguntó Nicole.

Los dos hombres asintieron.

—No creo que haya que empujarlas —opinó Fabricio—. Parecen resistentes. Más bien hacer presión hacia abajo. Aunque no sé...

—Intentémoslo. Estamos en terreno de tu dios, Augusto, de modo que tú diriges —la arqueóloga le envió una sonrisa.

—De acuerdo. Cuando cuente tres.

Y de nuevo un mecanismo de cientos de años de antigüedad se puso en marcha al empezar a hundirse las tres columnas en el suelo. Sonido de piedras deslizándose y engranajes que movían otros engranajes. Y por un orificio que había en la pared próxima a la columna que tenía el glifo de Hun Cimil comenzó a salir agua. Primero lentamente, para en seguida convertirse en un chorro continuo, como el que podría surgir de un grifo de boca ancha.

Ninguno de los tres se movió mientras contemplaban cómo el agua se abría camino por la rugosa superficie. Quedó patente que el suelo, que les había parecido horizontal tras la acusada bajada del pasillo, mantenía aún una ligera inclinación, pues el agua avanzaba en dirección a la pared opuesta, en la que les había parecido vislumbrar una salida. Pero lo hacía siguiendo un tortuoso camino, pues la tierra, a partir de la zona en la que se encontraban las columnas, no estaba apisonada, y era más un conglomerado de bloques independientes e irregulares que una extensión uniforme.

—¡El río! —exclamó el guatemalteco con voz excitada, pues el agua iba dibujando en su avance un cauce único, serpenteante en su camino hacia la salida del fondo. A veces parecía remansarse, para luego adquirir mayor velocidad cuando atravesaba lugares más estrechos.

Por fin el aporte de líquido cesó, y aquel río perfectamente dibujado se fue quedando seco, aunque la humedad permitía discernir sin ninguna duda cuál había sido su cauce.

—Es... extraordinario —consiguió articular Nicole, que seguía con las manos puestas en los rebajes de la columna—. ¿De dónde ha venido el agua?

—Sin duda de un depósito que se ha mantenido lleno con agua de lluvia —respondió Guy Lalande—. Debemos darnos prisa antes de que se seque.

—Tenemos que seguir el río —Augusto Fabricio no podía disimular su excitación—. Es lo que dijo Kab K'uh: *sólo siguiendo su cauce podréis acercaros a la máscara.*

—¿Y qué pasaría si no lo hiciéramos? —el francés mantenía la lámpara en alto, como pretendiendo iluminar mejor el camino que habían de seguir.

—Yo prefiero no saberlo, ¿y tú? —Nicole encendió la linterna e hizo que su luz recorriera el cauce que momentos antes había seguido el agua—. ¿Augusto?

—Adelante, adelante —el hombre seguía contemplando absorto la senda que ahora aparecía marcada sobre el suelo—. Caminemos en fila y que nadie se salga, por favor.

Él mismo se puso al frente y avanzó despacio, pareciendo al principio que tanteaba cada paso que debía dar. Luego, ya más seguro, su marcha se avivó, y pronto alcanzaron el lado opuesto de la amplia cámara. El suspiro de alivio de Nicole fue audible.

La linterna del arqueólogo iluminó el interior del arco que se abría ante ellos: de nuevo un pasillo inclinado era el camino a seguir.

Pero ya ninguno de los tres dudaba de que cada vez se encontraban más próximos a la máscara de jade.

34

CIUDAD MAYA DE CARACOL, AÑO 628 DE NUESTRA ERA

Balam había marchado hacia Caracol todo lo deprisa que había podido y con un solo pensamiento en su cabeza: Garza Azul. Aún no sabía si el episodio con la máscara de jade había sido real o únicamente producto de la poción que había tomado. Pero le constaba que todo lo relacionado con la bebida de los dioses se había confirmado hasta ese momento como cierto.

Murciélago Blanco sin duda le sacaría de dudas, y también ansiaba verlo. El murciélago lo había esperado en la entrada de la selva, y había viajado con Balam y los dos guerreros un buen trecho, vigilando el camino, pero cuando se hallaron a una prudencial distancia de Tikal los abandonó para proseguir en solitario su vuelo hacia Caracol.

Fueron tres días de marcha, durmiendo lo imprescindible y comiendo mientras caminaban. Por fin, desde un altozano, pudieron ver la gran pirámide de Caana trepando hacia el cielo.

Balam no perdió un segundo en acudir al encuentro de su amiga, pero cuando preguntó por ella, al entrar en el palacio, sus temores comenzaron a confirmarse.

—Está en su habitación —le dijo el ama que se había ocupado de ella desde que era pequeña—. En cama, muy enferma. Sólo repite que quiere verte.

Cuando entró en el aposento, el nudo terminó de cerrarse en su garganta. Garza Azul parecía aún más pequeña de lo que era, pues había perdido gran parte de los pocos kilos que pesaba. Vestía de blanco, como cuando se enfrentó al escorpión, y el rostro parecía traslúcido. Sus ojos brillaron cuando vio a Balam y las manos se tendieron hacia él, aunque fue evidente que tan simple movimiento había requerido un considerable esfuerzo.

El joven se arrodilló junto a ella y tomó sus manos mientras le daba un beso en la frente. Notó que Garza Azul estaba muy fría.

—Balam —su voz fue un susurro y el joven tuvo que hacer esfuerzos para entenderla—, sabía que estabas bien, pero tenía que comprobarlo. ¡Tienes aún tantas cosas por hacer...! Tranquilízate —añadió al ver la mirada del hombre—, Murciélago Blanco se ha ocupado de que no sienta dolor y ahora estoy a gusto. Pero me cansa hablar —añadió al cabo de unos momentos de silencio— y lo que quiero es escucharte. Cuéntame cosas, por favor. De ti, de lo que has hecho desde que te fuiste, de Nikte'...

Balam se sentó en un pequeño taburete que había junto al lecho y, sin soltar las manos de la joven, que apretaban las suyas, comenzó a hablar. Garza Azul cerró los ojos mientras en sus labios asomaba una sonrisa. Le contó cómo habían conquistado la ciudad de Naranjo, la huida de Gran

Escorpión y sus hijos, su alocada marcha hacia Tikal buscando a Nikte'...

Una mano se apoyó en su hombro y Balam se volvió para encontrarse con la mirada profunda de Murciélago Blanco. No lo había oído entrar.

—Ella ya no te escucha, hijo mío. Ha partido hacia el lugar al que pertenece.

Balam miró a la muchacha. Su expresión no había cambiado, pero su inmovilidad resultaba absoluta. Aunque las manos seguían apretando las del hombre, éste pudo liberarlas sin encontrar resistencia. El rostro de Garza Azul, en su profunda palidez, parecía el de una diosa tallada en piedra, y una suave luz lo envolvía.

Balam se quedó mirándola, mientras las lágrimas se agolpaban en sus ojos. Luego se cubrió la cara con ambas manos y prorrumpió en profundos sollozos.

—Mi pena también es profunda —el *halach winik* presionó con cariño sus hombros— porque el corazón nunca se acostumbra a tener que dejar de ver a las personas que ama. Pero piensa que Garza Azul no pertenecía del todo a nuestro mundo, como tampoco lo hizo su abuela Ojos de Jade. Por eso las dos nos han dejado mientras eran jóvenes, seguramente porque en el universo de los dioses estaban ansiosos de su presencia.

Balam permitió que su padre adoptivo le ayudara a levantarse para luego llevarlo con suavidad fuera de la estancia. El joven prefirió no mirar atrás, para que aquella imagen luminosa de Garza Azul fuera la que por siempre perdurara en su memoria.

—Ella dio su vida por mí —Balam había por fin encontrado un momento, al final de la tarde, para poder estar a solas con Murciélago Blanco y se sentía abatido— y valía mucho más que yo. Las personas como ella deberían vivir siempre, para que los demás pudiéramos imitarlas.

—Garza Azul sigue viva, no lo dudes, aunque en otro nivel de existencia. Y estoy convencido de que seguirá ocupándose de ti —el chamán se permitió una de sus escasas sonrisas.

—Pero ella no tendría que haber estado allí. Me refiero...

—¿A la lucha que mantuvimos por la máscara? Es evidente que los dioses no tenían prevista su presencia, pero si Garza Azul pudo aparecer como lo hizo es porque ellos se lo permitieron. Al menos Chan K'uh y Kab K'uh. Imagino que Hun Cimil lo habría impedido si hubiera estado en su mano, aunque eso ya es pretender saber cómo piensan ellos. Desde que te fuiste a Tikal Garza Azul vivió pendiente de ti. Preguntaba una vez tras otra si sabíamos algo. No me cabe duda de que había tenido uno de sus presentimientos y pensaba que podías estar en peligro. Ella fue la que me avisó hace ahora tres días de que tu vida estaba amenazada. Me describió con exactitud el lugar donde te encontrabas.

—Nunca la había visto tan agitada —prosiguió Murciélago Blanco mientras veía cómo Balam retiraba una lágrima de sus ojos—. Preparé la pócima y partí en tu busca. Menos mal que el cansancio se queda con el murciélago porque bien saben los dioses lo mucho que he volado estos últimos días.

—Maestro… —el joven dudó antes de concluir la pregunta—, ¿y qué pasó con la máscara?

El *halach winik* lo contempló en silencio antes de contestar.

—Tienes derecho a saberlo. La máscara podría haber sido tuya. Imagino que te ocurrió como a mí. Nada había más importante en aquel mundo extraño que poder conseguirla —la mirada del chamán pareció evocar aquel momento—. Era más que el más preciado tesoro o que la mujer más deseable. Te diré que creí morir cuando comprendí que estabas a punto de alcanzarla y que en cambio, unos instantes después, ninguna dicha sería capaz de igualar al momento en el que la hice mía. Al sentirla en las manos pareció transmitirme su inmenso poder y tuve la sensación de ser un dios. Sí, Balam, de ser un dios.

»Te parecerá absurdo —continuó tras una pausa—, pero en esos instantes de euforia lo que vino a mi memoria fue la historia de la máscara, la que yo te relaté y que antes me había sido contada por la reina Ojos de Jade. No tuve duda de que era yo el elegido por Kab K'uh, el dios de la tierra, el que se mantenía reacio a depositar tan inmenso poder en manos de los hombres, y comprendí que su elección había sido acertada. El poder debe ser privativo de los dioses y nosotros debemos limitarnos a ser merecedores de su benevolencia. Vosotros tres habíais desaparecido ya de aquel mundo, o al menos yo no podía veros, y de pronto decidí que no quería la máscara. Y la solté —concluyó abruptamente.

—¿Y no has vuelto a verla?

—No, pero sí a Kab K'uh. Mientras volaba hacia aquí, tras separarme de vosotros, me posé en un árbol, pues necesitaba dormir. Estaba agotado. Y el dios irrumpió en mi sueño. Imagino que aquello fue real, aunque con los dioses nunca se sabe. Suelen aprovechar para hablarte mientras duermes.

—¿Y qué te dijo?

—Que habían decidido esperar de nuevo un tiempo y volver a poner la máscara al alcance de los hombres. No sé, para ellos debe de ser como un juego —Murciélago Blanco se encogió de hombros—. Me dio explicaciones muy precisas de cómo preparar el lugar en el que sería depositada. Y me dijo que ellos nos irían dando instrucciones detalladas a medida que fuéramos avanzando.

Balam miró asombrado a su maestro. Le hablaba de sus conversaciones con los dioses como si aquello fuera algo natural; pero ni por un momento dudó de la seriedad de sus palabras.

—Debo ir ahora a buscar a Chalmek —dijo Balam—. Él ha sufrido más que nadie con la muerte de Garza Azul. Estaba profundamente enamorado de ella.

—Todos lo estábamos, de alguna manera —asintió Murciélago Blanco—. Para ella sólo existían los demás. Yo diría que eso es algo casi imposible de encontrar.

—¿Y sabes, Balam? —cambió de tema al ver que el rostro de su discípulo se entristecía de nuevo—, el escorpión que te atacó a traición tiene un nombre aquí, en nuestro mundo, como lo tenemos tú y yo. Él fue sin duda el elegido de Hun Cimil para conquistar la máscara.

—¿Sabes quién es?

El *halach winik* asintió con la cabeza.

—Cuando abandoné tu celda fui a posarme en un árbol próximo desde el que poder permanecer atento por si era necesaria mi ayuda. Y fue en ese mismo lugar donde reaparecí cuando terminó nuestra aventura con la máscara. Y entonces lo vi. El escorpión se arrastraba al amparo de la oscuridad hacia el palacio. A punto estuve de salir volando para caer sobre él, pero comprendí que no habría sido sino llevar a cabo lo que en él criticaba. Me limité a observar su avance y a aproximarme al lugar por el que se introdujo en el edificio. Desde una ventana alta pude ver cómo el animal se aproximaba a una figura inmóvil, se fundía con ella, y luego desaparecía. Sin duda aquel hombre conocía también el secreto de la bebida de los dioses. Porque era un hombre, y te diré, Balam, que el elegido de Hun Cimil me era bien conocido.

El joven comprendió de pronto que él también sabía a quién se estaba refiriendo su maestro. O al menos creía saberlo...

—¿El rey?

—Sí, Balam —Murciélago Blanco hizo un gesto apreciativo—, un rey que siempre se ha movido a impulso de la traición y la perfidia. Un rey que tiñó sus manos de sangre al hacerse con un trono que no era suyo.

—Gran Escorpión, rey de Naranjo —el joven pronunció el nombre en voz baja—. Y quizá ahora ya sepa que fui yo quien mató a su hijo.

—No es casualidad que cada uno lleváramos el nombre del animal en el que se encarnan los tres dioses, aunque quizá el que te pusieran al nacer fuera distinto —el chamán miró a su discípulo—. El que ahora llevas lo elegí yo el día en el que te encontraron en la selva…

—Es mi nombre puesto que no he conocido otro. Del mismo modo que para mí serás siempre mi padre. Y no hay duda de que tu elección fue acertada.

Murciélago Blanco contempló al joven antes de continuar. En sus ojos se podía ver un profundo afecto.

—Un rey destronado ya no interesa a nadie. Y dudo de que en Tikal le tengan mucho aprecio. El rey K'an está dispuesto a exigir que nos sea entregado. Veremos, Balam, veremos.

35

PIRÁMIDE DE CAANA, ANTIGUA CIUDAD MAYA DE CARACOL, AÑO 2001

Nicole detuvo con el brazo a Guy Lalande cuando éste se disponía a adentrarse en el nuevo túnel que se abría ante ellos.

—Un momento, Guy, Augusto. Detengámonos un momento para recapitular.

El francés pareció dudar y por último se volvió hacia Nicole mientras se encogía de hombros. Sus ojos reflejaban hastío.

—Bien, no creo que unos segundos en tantos siglos puedan resultar importantes. ¿Qué quieres?

—Comprobar que los tres comprendemos lo que está pasando y al menos saber si estamos de acuerdo en cuál debe ser nuestro proceder —su voz sonó fría—. Supongo que os habréis dado cuenta de que eran necesarias tres personas para poder llegar hasta aquí. Los glifos de la primera sala estaban separados entre sí de modo que una sola persona no pudiera oprimir dos a la vez, y lo mismo sucedía con las tres columnas que acabamos de mover.

—Cierto —admitió Lalande—, pero recuerda que cuando descendisteis en las baldosas yo ya estaba abajo. Para ese primer paso me basté yo solo.

—Sí, y si no hubiéramos aparecido, hasta podría haber sido tu tumba —Nicole decidió que estaba ya harta de su compatriota—. Bastaría ese hecho para afirmar mi creencia de que nada de todo esto está sucediendo por casualidad. Resultó que por una serie de circunstancias que nada tienen de normales nos encontramos los tres en el interior de la pirámide mientras la salida se cerraba. Y según tú tardará en volver a abrirse.

Guy Lalande hizo un gesto como diciendo «¿y qué?».

—Sí, Guy —Fabricio apoyó las palabras de la mujer—. Yo también lo he pensado y te juro que me dan escalofríos. Somos tres y los dioses también. El número preciso y sin posibilidad de haber sido más. Y pareciera que además fuéramos los elegidos por cada uno de ellos. Sin el sueño de Nicole aún estaríamos arriba esperando a que se activaran las baldosas para volver a salir.

—Y sin el tuyo, Augusto, no habríamos sabido qué hacer con el río en el caso improbable de que lo hubiéramos activado —sonrió al guatemalteco con afecto—. ¿También tú has soñado con un dios, Guy? ¿Has soñado con... Hun Cimil? —el nombre salió de sus labios casi con temor.

Lalande volvió a encogerse de hombros.

—Todo lo que decís está muy bien y podríamos pasar horas dándole vueltas, pero os sugiero que lo hablemos tranquilamente cuando todo haya terminado. Ahora lo importante es hacernos con la máscara.

—Si es que la encontramos. Pero antes de seguir quiero tener la seguridad de que permaneceremos unidos. Hasta ahora ha sido necesario que trabajemos en equipo y así debemos seguir.

Las miradas de Nicole y de Fabricio convergieron en el arqueólogo francés, que hizo un gesto ambiguo.

—Suena todo un poco melodramático, ¿no te parece, Nicole? Desde que salimos de París lo hemos hecho todo juntos y no veo motivo para que tenga que ser de otra manera —y dando media vuelta se adentró en el túnel mientras extendía el brazo para que la lámpara iluminara su camino.

La mujer y el guatemalteco se miraron mientras ella fruncía el ceño. Tentada estuvo de decirle a su compatriota que desde hacía unos días él no había hecho sino obrar por cuenta propia, pero calló. Luego Fabricio y ella se introdujeron en el túnel antes de que la oscuridad los envolviera.

Allí estaba. Todavía lejana, pero inconfundible. El pasillo había desembocado en una sala similar a la que acababan de atravesar, y en ella, como si fuera la naos de un templo sagrado, se hallaba la máscara. A pesar de estar envuelta en una tenue neblina, su resplandor verde era como un faro que atraía las miradas. Estaba situada encima de una ménsula de piedra que a Nicole le recordó el altar del pequeño oratorio en el que habían comenzado su aventura. Al verla, la mujer sintió que nada había más importante en el mundo que el hecho de hacerla suya, y se dio cuenta, sin necesidad de mirarlos, de que sus dos compañeros tenían el mismo pensamiento. A pesar de la lejanía pudo ver que los ojos y la boca no eran sino oscuros agujeros que le daban un aspecto macabro. Aun así su atractivo resultaba extraordinario y la joven comprendió que necesitaba conquistarla y que no estaba dispuesta a compartirla con nadie.

Guy Lalande fue el primero en correr hacia ella. El único reproche de Nicole fue para sí misma por no haberse adelantado. Ella y Augusto Fabricio partieron en pos del francés, aunque sabían que no podrían alcanzarlo.

Pero el hombre se detuvo de pronto, mirando primero hacia abajo y después hacia los lados, como quien busca frenético una vía de escape.

El motivo se hizo evidente cuando la muchacha llegó a su altura: una profunda sima de paredes lisas cruzaba la estancia de lado a lado haciendo imposible seguir adelante. La máscara estaba más cerca, pero seguía resultando inalcanzable.

Finalmente los ojos del francés se detuvieron en Nicole y ésta vio en él la mirada de un depredador dispuesto a todo. Pero la arqueóloga aún tuvo el asomo de sensatez suficiente como para aceptar que la suya no debía hallarse lejos de reflejar los mismos sentimientos.

—Esto es una locura —la voz de Augusto Fabricio les sonó lejana, como si llegara de otra dimensión, pero logró reducir la tensión—. Imagino que la máscara os atrae del mismo modo que a mí, pero de ninguna manera podemos consentir que nos haga perder la cordura.

Nicole lo miró extrañada: ¿cómo podía aquel hombre hablar de cordura cuando podía ser como un dios? ¿Cuando a escasos metros se hallaba el objeto que le otorgaría un poder con el que hasta entonces nadie había soñado? Porque desde que vislumbró la máscara, al entrar en aquella cueva subterránea, supo que quien la poseyera tendría el mundo en sus manos. No podría explicar el motivo de aquel sentimiento, pero sabía, sin posibilidad de duda, que así habría de ser.

—Os pido que lleguemos hasta ella juntos y que asumamos que su descubrimiento ha sido un logro de todos, de todo el equipo —continuó el arqueólogo—. Que nadie pretenda pensar que la máscara es tan sólo suya, por mucho que nos subyugue...

Guy Lalande dejó escapar una risita despectiva antes de responder.

—De momento no va a ser de nadie a menos que encontremos la manera de llegar hasta ella. ¿Alguna idea?

Nicole comprendió de pronto que aquel hombre pequeño y de inmenso bigote tenía razón y que ella había estado a punto de contagiarse de aquel afán insensato que tanto había criticado en su compañero francés. Le dirigió un gesto cariñoso antes de responder.

—Así habrá de ser, al menos por mi parte, Augusto —y encendió la linterna para mirar a su alrededor.

La caverna era muy similar a la que acababan de atravesar, salvo que ahora no podía existir un río que les marcara el camino a seguir porque sus aguas se habrían precipitado en el abismo que se abría ante ellos. A la luz de la linterna se adivinaba su fondo, pero descender hasta él de nada habría servido porque la pared del lado opuesto era completamente lisa. Tan sólo un puente o un completo equipo de escalador les habría permitido cruzar al otro lado.

—¡Aquí, en el suelo, hay una losa con el glifo de Chan K'uh! —Augusto Fabricio se había separado de ellos mientras estudiaba el suelo con su linterna.

En un instante los dos se hallaron junto a él y pudieron ver como la imagen del dios parecía mirarlos desde el suelo. El glifo era de considerable tamaño y ocupaba el centro de una loseta que se diferenciaba del suelo que la rodeaba.

—Pues si aquí esta Chan K'uh —murmuró Nicole mientras enfocaba el grabado con su linterna—, los otros dos no pueden andar muy lejos...

36

CIUDAD MAYA DE NARANJO, AÑO 628 DE NUESTRA ERA

K'an II lucía espléndido con sus atavíos reales, y su elevada estatura ayudaba a realzar la sensación de poderío que irradiaba. Portaba un manto tejido con plumas de innumerables colores y su cabeza ceñía el atributo de la realeza: la diadema del dios Hu'unal, rematada en tres puntas en forma de flor y que recordaba a todos que él también era partícipe del carácter sobrenatural de los dioses.

El rey se hallaba sentado en un trono, un nivel por encima de todos los demás, en la amplia plataforma que se había erigido en la ciudadela de Naranjo, dando frente a la amplia plaza en la que poco tiempo atrás se había escenificado la rendición de la ciudad a las tropas de Caracol.

La plaza se encontraba abarrotada, como lo estaban las calles que afluían a ella, pues en esa ceremonia pública el monarca iba a dar a conocer sus designios para la ciudad conquistada y se esperaba que fuera revelado el nombre de quien iba a ser el sucesor del depuesto rey Gran Escorpión.

A la mayoría de los ciudadanos ese nombre les iba a resultar indiferente, pues su vida se desarrollaba al margen de las intrigas palaciegas, aunque a la natural curiosidad se unía el deseo de que el nuevo rey fuera la garantía para la paz que todos deseaban.

K'an II era consciente de ello; por ello había decidido escuchar y sopesar opiniones antes de decidir. Las presiones de Tikal y de Calakmul ya se habían hecho sentir por diversos conductos, y el rey sabía que no iba a resultar fácil contentar a las dos grandes potencias. Caracol era aliado de Calakmul, pero Tikal era una ciudad mucho más próxima y experta en hacer sentir su peso. Además se había producido un hecho que el rey no sabía si había de ser valorado positiva o negativamente para los intereses de su ciudad: el anciano rey de Tikal, Calavera de Animal, había muerto, y su hijo mayor, Ciervo Alto, había ocupado el trono. El nuevo monarca era hermano de la princesa Nikte', y a través de Balam el rey sabía que las relaciones entre los dos hermanos eran buenas, pero también tenía consciencia de que las razones de Estado podían ser mucho más poderosas que el cariño fraterno, por muy fuerte que éste fuese.

K'an II ya se había dirigido al pueblo, y su voz potente había llegado a todos. Sus palabras habían transmitido un mensaje de concordia que levantó murmullos de aprobación entre quienes lo escuchaban.

—La ira de Caracol no se levantó contra esta ciudad que hoy me acoge —había dicho—, sino contra Gran Escorpión. El rey traidor intentó una vez más hacerse con lo que no era suyo, sembrando la muerte y la mentira, pero esta vez los dioses no lo permitieron. Y Gran Escorpión habrá de pagar por ello.

Había añadido que el nuevo rey de Naranjo tendría que ser alguien que garantizase la paz que todos deseaban.

—Alguien —había terminado, en un claro mensaje para Tikal y Calakmul— que no deba pleitesía a nadie y que no albergue otro interés que el del bienestar de esta ciudad.

Por debajo del trono, en un nivel inferior, se hallaban todas aquellas personas que tenían alguna relevancia en el gobierno de la metrópoli. Algunas habían sido servidoras fieles de Gran Escorpión, aunque ahora se desvivieran en prometer lo contrario, y otras simplemente eran funcionarios de alto nivel. Sacerdotes de los distintos cultos se mezclaban con ellos, aunque los del dios Tlaloc se habían situado en un segundo plano, deseosos de no llamar la atención.

Quienes sí ocupaban un lugar visible eran los dos jefes militares. Ambos iban ataviados con sus mejores galas de campeones guerreros y su sola presencia servía para imponer respeto. Ulil había permanecido en la ciudad desde el día de su conquista, garante de una paz que no se había visto amenazada, mientras que Coz se había hecho responsable del acatamiento de sus tropas a una rendición honorablemente acordada. Ambos habían estrechado sus lazos de amistad a lo largo de aquellos casi veinte días y los habitantes de Naranjo ya se había acostumbrado a verlos pasear con frecuencia juntos.

Cerca de ellos se hallaban Murciélago Blanco y Balam. El joven procuraba prestar atención a cuanto estaba sucediendo, aunque su mente se hallaba lejos de allí. Nikte' y Garza Azul, por motivos bien distintos, lo habían tenido ensimismado desde el día que regresó a Caracol, hasta el punto de que Murciélago Blanco había insistido en que se uniera a la comitiva que se había desplazado a Naranjo, reacio a permitir que su discípulo se quedara a solas con sus pensamientos.

De Nikte' no había vuelto a saber desde su apresurado encuentro en los pasillos del palacio de Tikal, aunque comprendía que sus deberes como princesa y la muerte de su padre la mantenían anclada en su ciudad. Aun así no podía quitarse de la cabeza la idea de que su separación pudiera convertirse en definitiva.

En cuanto a Garza Azul, Balam pensaba que jamás podría acostumbrarse a no volver a verla, y cada vez que pensaba en ella sentía un profundo dolor, aunque el recuerdo traía también aparejado el agridulce sabor de la nostalgia. Trataba de imaginarla en el reino de los dioses, haciéndolos dichosos con su sonrisa, y quería creer a Murciélago Blanco cuando éste le decía que desde allí ella seguía pendiente de todos ellos.

Su mirada paseó por la abarrotada plaza y no pudo por menos que rememorar el día en el que había participado en su primera acción militar. Cuando trataba de evocar su avance en pos de Ulil, el recuerdo le llegaba como envuelto en algodón y la sensación era de que todo aquello le hubiera resultado de algún modo ajeno. Cuando la corta batalla hubo finalizado, comprendió que el valor no era sino la firme decisión de llevar a cabo lo que uno se había propuesto, pero como si fuera otro quien lo llevara a cabo.

El mayordomo de palacio venía en ese momento hacia ellos, después de haber anunciado que el Hombre de la Vara

Alta iba a dirigirse al pueblo. Era una persona ya mayor, con el pelo completamente cano y que caminaba despacio, pero cuya voz aún mantenía la suficiente fortaleza como para haberse hecho oír por todos los presentes. Su mirada reposó primero en Murciélago Blanco para luego hacerlo en Balam cuando llegó a su altura.

Y entonces el hombre se detuvo en seco mientras el estupor se reflejaba en su rostro.

Balam notó la atención del mayordomo y se sorprendió al ver que su mirada se hallaba fija no en su rostro, sino en la parte alta de sus piernas. Él también miró hacia abajo y se dio cuenta de qué era lo que de forma tan brusca había despertado la curiosidad del hombre mayor.

El joven iba ataviado con un corto faldellín blanco, bordeado en rojo, que dejaba al descubierto la parte alta de las piernas y permitía contemplar el tatuaje que lucía en el muslo.

El sol radiante y la luna en cuarto menguante que formaban el dibujo habían ido creciendo con él, haciéndose menos intensos con el paso de los años, pero resultando plenamente identificables.

—¿Puedo preguntaros, señor —la voz del mayordomo de palacio sonaba ahora mucho más tenue que cuando se dirigió a la multitud, y Balam creyó distinguir en ella un tono de respeto—, en qué momento os fue realizado este tatuaje?

—Podéis preguntarlo, aunque es probable que mi respuesta no os satisfaga. Cuando mi padre me rescató de la selva siendo yo un niño —añadió mientras hacía un gesto hacia Murciélago Blanco—, ya lo llevaba.

—¿Quiere eso decir —inclinó la cabeza con respeto hacia el chamán— que el *halach winik* os adoptó y desconocéis la identidad de quienes fueron vuestros padres naturales?

—Sí, así es —la respuesta de Balam fue seca, pues no alcanzaba a comprender el interés de aquel hombre en su persona. Murciélago Blanco asistía interesado a la conversación.

—Os pido profundas disculpas, señor, pero vuestras respuestas son muy importantes para mí y para la ciudad de Naranjo. Y probablemente para vos... Permitidme preguntaros por vuestra edad.

—Cuando lo hallamos en la selva junto a los cuerpos sin vida de sus padres, no tendría más allá de dos años —Murciélago Blanco dejó oír su voz grave— y desde entonces han pasado otros dieciocho.

Los ojos del hombre regresaron al rostro de Balam llenos de un profundo asombro. Se diría que estaba contemplando a un fantasma. Pero la extrañeza del joven llegó al máximo cuando vio cómo el mayordomo de palacio se arrodillaba ante él mientras le tomaba la mano.

—No eran vuestros padres, señor, sino dos fieles sirvientes del rey Aj Wosal y de su esposa, la reina Flor Roja. Los reyes decidieron sacaros lejos de la ciudad cuando Gran Escorpión estaba a punto de conquistar el palacio al frente de sus guerreros. Yo estaba allí cuando sucedió, y también cuando se os hizo este tatuaje, poco tiempo antes.

El Hombre de la Vara Alta había entre tanto comenzado ya su alocución, pero el discurso se interrumpió por un instante cuando contempló la extraña escena que tenía lugar a escasos metros de él. El mayordomo de palacio se había arrodillado ante un joven y mantenía cogida su mano. El Hombre de la Vara Alta lo recordaba del día en el que las tropas de Caracol habían entrado en Naranjo, cuando preguntó con evidente inquietud por el paradero de la princesa de Tikal. Junto a ellos se hallaba el *halach winik* de Caracol, al que conocía desde tiempo atrás y por el que sentía un profundo respeto.

Entonces vio cómo el mayordomo de palacio le hacía una imperiosa seña pidiéndole que se acercara. También los espectadores situados en los lugares más próximos a la ciudadela se habían percatado de que algo estaba sucediendo y un murmullo comenzó a extenderse por la gran plaza.

El Hombre de la Vara Alta se volvió hacia el rey K'an, inclinó la cabeza en señal de disculpa y se aproximó a quien le había llamado, que ya se había incorporado y que lo tomó del brazo para, en un aparte, susurrarle unas largas palabras al oído.

Balam fue de nuevo escrutado de arriba abajo y el Hombre de la Vara Alta dio un paso hacia él para observar el tatuaje, aunque todo ello lo hizo con muestras de un extremo respeto. También miró al joven como quien contempla a un aparecido y luego inclinó la cabeza antes de regresar a su lugar.

—Pueblo de Naranjo —su voz no era tan potente como la del mayordomo de palacio pero se dejó oír por todos, pues en la plaza se había hecho un absoluto silencio—, los dioses nos muestran sus deseos de infinitas maneras y ahora han hablado en voz muy alta. Hace dieciocho años Gran Escorpión se convirtió en nuestro rey ocupando el lugar de Aj Wosal. Hoy los dioses quieren que sea otra persona quien ciña la diadema de Hu'unal para regir nuestros destinos en su nombre. El rey K'an II, en su gran sabiduría, nos ha dicho que la voluntad de ellos debe ser escuchada y obedecida. Y esa voluntad ha sido expresada de manera tan inequívoca que no ofrece ningún asomo de duda —la pausa hizo más palpable el profundo silencio—. El único hijo varón del rey Aj Wosal y de la reina Flor Roja, desaparecido hace dieciocho años y al que creíamos muerto, reaparece precisamente hoy aquí, al amparo de esos dioses que rigen nuestros destinos. ¡Tenemos nuevo rey! —su voz estaba teñida por la emoción—. ¡La estirpe de Aj Wosal sigue viva! ¡Rindamos homenaje a nuestro rey Balam Kimil! —las últimas palabras del Hombre de la Vara Alta, mientras su brazo derecho señalaba hacia el joven maya, se perdieron ahogadas por los vítores que surgieron de todos los rincones de la gran explanada.

Atardecía sobre los reinos mayas y Balam seguía sumido en un profundo estupor. Tan sólo era consciente de que Murciélago Blanco no se había separado ni por un momento de él y ello era algo que agradecía de corazón a su padre adoptivo. El chamán había comprendido desde el primer momento cuál era su estado de ánimo y se había convertido en un escudo protector que se interpuso entre su pupilo y todos cuantos deseaban tener contacto con él.

No todos los habitantes de la ciudad habían conocido a Aj Wosal, pero sí habían oído hablar de él y de la forma en que había perdido el trono y la vida a manos de Gran Escorpión. La historia de su hijo de dos años de edad que nunca fuera encontrado había ido pasando al olvido, pero ahora había regresado con mayor fuerza que entonces. Nadie dudaba de la intervención divina y el pueblo ya hablaba del que consideraba su nuevo rey como del protegido de los dioses.

Balam había sido conducido a una de las cámaras del palacio y allí había recibido la visita del rey K'an y de los principales dignatarios de Naranjo. Había hablado con todos, aunque sin plena consciencia de lo que hacía.

El Hombre de la Vara Alta y el mayordomo de palacio se habían turnado para relatarle la historia de su huida en brazos de dos de los sirvientes de sus padres. Eran marido y mujer; ella, la doncella de confianza de Flor Roja. Un pasadizo que se negaron a utilizar los reyes para su propia salvación les permitió alcanzar la selva sin ser vistos. Aquél fue el último instante en el que los dos dignatarios habían visto a Balam...; hasta hoy.

El tatuaje había sido idea de su madre y le había sido hecho poco antes de aquella fatídica jornada. Un sol y una luna entrelazados, pues Flor Roja quería ponerlo bajo la protección de los dioses del día y de la noche.

Lo que más asombró al joven fue la extraordinaria coincidencia de que el nombre que le impusieran sus padres fuera el mismo que eligió para él Murciélago Blanco: Balam Kimil, aunque ello no hizo sino reafirmar en los presentes la convicción de que el futuro rey había recibido una especial atención por parte de quienes tenían en sus manos los destinos de los hombres y, de manera muy especial, del dios jaguar.

—No quiero ser rey, padre —le había dicho a Murciélago Blanco cuando al final del día se quedaron solos—. Tú que me conoces debes comprenderlo. Nunca fui educado para ello ni me gusta decidir lo que tienen que hacer otras personas. Ahora sé quiénes fueron mis padres, pero no tengo recuerdo de ellos, y la única ciudad que considero como propia es la de Caracol.

El *halach winik* lo contempló unos momentos en silencio, sopesando las palabras que acababa de escuchar. El remedo de una sonrisa suavizó sus facciones.

—Es cierto que te conozco bien, Balam. Son ya muchos los años en los que hemos convivido día tras día y en los que he visto cómo ibas creciendo. He seguido cada uno de tus pasos con la misma atención que habría puesto en el hijo que nunca tuve. Y te he juzgado con el mismo rigor que habría mostrado con él. Y por ello sé que nunca has vuelto la vista, por exigente que fuera la tarea que se te había encomendado y que jamás has dejado a medias algo que ya hubieras comenzado.

Murciélago Blanco puso las manos sobre los hombros de su pupilo.

—Todo lo sucedido en estos últimos días resulta tan extraordinario —continuó— que nos resultará difícil encontrar una explicación para ello. Sólo los dioses pueden comprenderlo. Y su deseo, si lo piensas con tranquilidad, parece muy claro. Tú debes ser el nuevo rey de Naranjo, querido hijo.

—Y además sé de alguien —ahora el asomo de sonrisa subió hasta los ojos del chamán, que brillaron divertidos— que hará que tu tarea te resulte mucho más sencilla.

37

PIRÁMIDE DE CAANA, ANTIGUA CIUDAD MAYA DE CARACOL, AÑO 2001

Después de que Augusto Fabricio descubriera la imagen de Chan K'uh no les costó mucho localizar los grabados que representaban a cada uno de los tres dioses. Las losetas que contenían los glifos respectivos se hallaban en la franja de terreno próxima a la fosa que partía aquella estancia en dos, y estaban separadas varios metros entre sí. Chan K'uh a la izquierda, Kab K'uh en el centro y Hun Cimil a la derecha. En esta ocasión nadie dudó de que aquellos rectángulos de piedra situados en el suelo estuvieran destinados a activar un nuevo mecanismo que les permitiría cruzar al otro lado.

Nicole se obligó repetidas veces a centrarse en lo que estaba haciendo, pues todos sus sentidos se veían atraídos por aquel objeto de frágil apariencia del que la separaban una veintena de metros. Pensó que el canto de las sirenas no pudo atraer a Ulises con mayor fuerza. Era como un manto que la envolviera y la hiciera suya. Sus oídos vibraban con un grave zumbido, sentía las manos y la cara como si estuvieran encendidas por la fiebre y su respiración se había acelerado. Apenas podía dejar de mirar aquel fulgor verde que parecía observarla desde sus cuencas vacías.

No le cabía duda de que aquel que lograra posar sus manos sobre la máscara obtendría un poder nunca igualado. Sería como un dios, y quizá, como ellos, alcanzaría la inmortalidad...

Guy Lalande parecía también fuera de sí. Sus movimientos semejaban los de un autómata y sus ojos, los de un demente. Su cabeza iba y volvía del suelo que iluminaba la lámpara a la máscara de jade, como impulsada por un resorte. Sólo el arqueólogo guatemalteco parecía conservar un asomo de cordura, aunque tampoco podía dejar de mirar hacia ella cada poco tiempo.

Fue él quien finalmente habló. Su voz sonó trémula, afectada también por aquella hipnosis colectiva.

—Supongo que cada uno de nosotros debe situarse sobre una de las baldosas. No sé cuál será el resultado, pero si con ello logramos alcanzar la máscara debemos recordar que hemos llegado juntos hasta aquí. Su influjo es... demasiado fuerte.

Como contrapunto a sus palabras la máscara de jade pareció emitir una pulsación de verde fulgor que de nuevo atrajo sobre ella la mirada de los tres arqueólogos. Nicole sintió con fuerza renovada que nada tenía ninguna importancia para ella salvo hacer suyo aquel objeto. Augusto y Guy le parecieron de pronto dos desconocidos... o, peor aún, dos enemigos de los que tendría que deshacerse. Los ojos de su compatriota coincidieron durante unos instantes con los suyos y en ellos descubrió un odio frío y despectivo. Pero no le extrañó: su propia mirada no debía traslucir mejores sentimientos.

Augusto Fabricio parecía seguir a lo suyo, estudiando el suelo con fijeza, aunque la joven tuvo la certeza de que también estaba siendo partícipe de la tensión que se respiraba.

—Nicole —dijo el guatemalteco—, sitúate sobre Kab K'uh, ya que lo tienes cerca. Tú, Guy...

—Me haré cargo de Hun Cimil —el francés se aproximó a su compañero, quien se hallaba junto a la loseta que reproducía la figura del dios del mundo subterráneo—. Me parece que congeniamos.

Augusto Fabricio se encogió de hombros y dio un paso atrás, como evitando la proximidad de Guy Lalande:

—Muy bien —asintió—, me quedo entonces con Chan K'uh. Salvo que lo prefieras para ti, Nicole.

La mujer se sorprendió de la sequedad de su propia respuesta.

—Me es igual. Démonos prisa.

Los tres se colocaron ante las grandes losas que contenían las figuras de los dioses. Augusto Fabricio quedó a la izquierda, Nicole en el centro y el francés a la derecha. Algo más de seis metros separaban a cada uno del más próximo.

—Bien, pues no esperemos más —el guatemalteco seguía llevando la voz cantante—. Subamos.

Al principio no sucedió nada, pero muy pronto cada uno notó como la loseta que pisaba comenzaba a hundirse en el suelo. Y el ya habitual sonido de bloques de piedra despertando de su letargo comenzó a llenar la estancia. Nicole miraba frenética de un lado a otro intentando adivinar en qué consistía el mecanismo que les permitiría cruzar al otro lado.

Y entonces lo vio, aunque la oscuridad y los juegos de luces y sombras que creaban las linternas no facilitaran distinguir lo real de lo imaginario.

Justo frente al lugar en el que se encontraba Guy Lalande el suelo de la sima estaba elevándose. La parte que surgía no tendría más de un metro de ancho y estaba formada por fragmentos desiguales de roca, pero se extendía hasta alcanzar el otro lado de la amplia caverna.

Nicole miró delante de ella, esperando ver aparecer un puente similar, pero no lo había. Dirigió su linterna a la zona que se hallaba ante el arqueólogo guatemalteco, pero allí el fondo del foso también permanecía inmóvil.

Y entonces un grito ronco surgió de su garganta al comprender que Guy Lalande contaba con una inmensa ventaja. Pocos metros la separaban de él, pero resultaban suficientes como para que resultara inalcanzable. Y no dudaba de que el francés no se detendría a esperarlos.

Dio un salto fuera de la losa, esperando con ello detener el proceso, pero ya era tarde. La pasarela de piedra había ascendido hasta un metro de la superficie y Guy Lalande saltó sobre ella. Por un momento pareció que no podría conservar el equilibrio y caería al fondo, pero se rehízo mientras apoyaba las manos sobre la roca. Luego, casi corriendo, la atravesó y se izó con agilidad al otro lado.

Nicole dejó caer los brazos a lo largo del cuerpo, comprendiendo que la máscara jamás sería suya. Guy Lalande no miró ni un instante hacia atrás. Había dejado su lámpara en el suelo, antes de descender al puente de piedra, pero el resplandor que desprendía aquella figura de jade bastaba para iluminar su camino. A pocos metros del pedestal que la sostenía detuvo su carrera y avanzó despacio, reverente, como si temiera despertar su rechazo. Nicole vio cómo inclinaba la cabeza mientras tendía los brazos hacia ella…

La máscara pareció mirar a quien pretendía ser su nuevo dueño, pues desde la profundidad de sus cuencas vacías surgió una luz blanquecina que envolvió al arqueólogo francés. Éste se detuvo un momento, sorprendido, con los brazos aún extendidos, pero la vacilación fue sólo momentánea. Unos segundos después cerraba las manos alrededor de ella y la levantaba sin aparente esfuerzo. La máscara era sólo un poco mayor que una cabeza humana, y cuando Guy Lalande le dio la vuelta, observándola, Nicole pudo comprobar que por detrás era hueca.

El hombre la contempló durante unos momentos y luego giró en redondo, mirando de nuevo hacia donde ellos estaban. Dio entonces dos pasos hacia delante y la levantó sobre su cabeza, como quien exhibe un trofeo.

La joven se dio entonces cuenta de que aquel rostro estaba hecho de pequeños trozos de jade tan finamente imbricados que desde lejos daba la impresión de que la superficie era lisa.

—A mí también vino a verme un dios —la voz del francés sonó destemplada, hasta el punto de que no parecía la suya—. Y no se anduvo con tonterías. Su mensaje fue muy sencillo: soy Hun Cimil y el que al final esté conmigo será el dueño de la máscara.

Luego Guy Lalande pareció olvidarse de ellos para volver a concentrarse en el objeto que tenía entre las manos. Lo acercó a su rostro y permaneció unos momentos contemplándolo, con la mirada fija en las negras oquedades que tenía en el lugar que debían haber ocupado los ojos.

—Es... es maravilloso —hablaba ahora en voz más baja, como para sí mismo—. Es el poder absoluto... es como ser un dios. Sí... ser un dios... ser dios... ¡Soy Dios!

Nicole sintió de lleno el amargo sabor de la derrota, con una fuerza que la dejó anonadada. Tuvo el impulso de cruzar la pasarela de piedra y abalanzarse sobre su compatriota para arrebatarle aquel objeto. En ese momento hubiera dado lo que le hubieran pedido a cambio de hacerlo suyo. Pero entonces vio que los bloques de piedra que habían emergido del fondo del foso habían regresado a su lugar. La máscara de jade volvía a ser inaccesible.

Al mirar de nuevo a Guy Lalande le dio la impresión de que el hombre y el objeto que éste mantenía aferrado comenzaban a agitarse al unísono, como poseídos por una fuerza extraña, aunque pronto se dio cuenta de que ella también se estaba moviendo. Se dio cuenta entonces de que era el suelo de aquella gruta el que había comenzado a temblar.

El movimiento se hizo más fuerte y a punto estuvo de perder el equilibrio. Y un rumor, que comenzó sordo, fue creciendo en intensidad hasta llenar todo el espacio, como si llegara de mil puntos a la vez.

Una mano aferró su brazo, tirando de ella. Nicole casi había olvidado que Augusto Fabricio también se hallaba en la caverna, pero ahora lo vio junto a ella, tratando de arrastrarla mientras hablaba casi gritando.

—¡Corre, Nicole! ¡Corre, por Dios! ¡Es un terremoto!

La mujer se mantenía reacia a apartar la mirada de Guy

Lalande y de la máscara, pero un nuevo tirón la obligó a ponerse en marcha. Fragmentos de roca habían comenzado a caer desde el techo.

Llegaron sin problemas hasta la entrada del pasadizo que llevaba a la estancia del río, y entonces Nicole se detuvo un momento para echar la vista atrás.

Un grito agudo escapó de su garganta, mientras tendía las manos hacia un objetivo que no podía alcanzar. Gruesos bloques del techo se habían desprendido en la zona más alejada de la cueva y vio como Guy Lalande era sepultado por ellos. El francés no hizo nada para protegerse. Cuando el techo colapsó sobre él continuaba sujetando la máscara, con la mirada fija en sus ojos vacíos.

Augusto Fabricio también se había detenido con ella, pero ahora la urgió para continuar huyendo. Cuando se hallaban en la mitad del estrecho pasillo oyeron un fuerte estruendo a su espalda mientras el terreno que pisaban temblaba con fuerza: la gruta que había servido de morada a la máscara se había venido definitivamente abajo.

Desembocaron en la caverna donde había surgido el río para guiarlos, pero ya no quedaba rastro de él. Nicole paseó frenética su linterna intentando descubrir en el suelo algún rastro de humedad, pero no supo distinguirlo. El terremoto no cesaba y fragmentos del techo comenzaron a caer a su alrededor.

De nuevo el guatemalteco tomó su mano con fuerza.

—Tenemos que seguir, Nicole. ¡Corre; corre lo más que puedas!

Y ambos emprendieron una loca carrera en pos de la salida que se adivinaba en el otro lado. Al pisar fuera de lo que había sido el cauce húmedo sintieron que el suelo se hundía ligeramente bajo sus pies y, casi de inmediato, oyeron un fuerte estruendo detrás de ellos. Un inmenso bloque de piedra caliza había caído desde el techo tapando por completo el pasaje que llevaba hasta la máscara. Se miraron un instante sin hablarse: eso mismo era lo que habría sucedido si a la ida se hubieran salido del camino marcado.

El temblor comenzaba a decrecer. Lo notaron en el estruendo que los había envuelto, que cedía poco a poco. Pronto percibieron que el suelo dejaba de moverse, aunque la sensación de inestabilidad persistía en ellos, como si su cuerpo se hubiera acostumbrado a ser zarandeado.

Habían llegado ya a la estancia en la que desembocaba el pozo y Nicole sintió un inmenso alivio al ver colgando en su interior el extremo de la cuerda que habían utilizado en el descenso. Las sacudidas habían cesado por completo y en aquel lugar no se veían rastros de que hubieran existido.

Los dos se detuvieron al unísono, exhaustos y con el corazón latiéndoles desacompasado. Por primera vez tuvo Nicole conciencia de que habían estado a punto de morir, y de que Guy Lalande no había tenido la misma suerte que ellos.

Augusto Fabricio se dio cuenta de que se hallaba a punto de desmoronarse y la cogió cariñosamente por la muñeca.

—Un esfuerzo más, Nicole. No pienses ahora en nada.

Le produjo ternura ver a aquel hombre pequeño, de inmenso bigote y expresión afable, mirándola con rostro de preocupación mientras trataba de sonreír para infundirle ánimos.

—Augusto..., Guy...

—Sí, lo sé. Piensa sólo una cosa: cuando el techo se desplomó él creía ser un dios. Y eso es algo que a todos nos gustaría sentir en el momento de morir. Y… una cosa más, Nicole.

—¿Sí?

—Es sólo una intuición, pero creo que de momento no debemos hablar a los demás de que Guy estaba con nosotros. Nadie sabe que él nos aguardaba en el interior de la pirámide. Y pienso que puede ser mejor dejar las cosas así.

—¿Por qué?

—No lo sé. Intuición femenina… —sus ojos chispearon—. En todo caso, siempre habrá tiempo.

La subida, ayudados por la cuerda, fue sencilla utilizando los escalones horadados en la pared. Una vez arriba ambos contemplaron la lápida que habían movido para dejar el pozo al descubierto, pero que también había hecho que se cerrara el hueco por donde habían entrado. Nicole había supuesto entonces que, volviéndola a su sitio, la salida se abriría de nuevo, pero ahora se preguntó qué harían si no resultaba así.

—Ayúdame, Nicole —Augusto Fabricio no parecía albergar dudas y ya se había puesto en cuclillas detrás de la lápida, dispuesto a empujarla.

La losa no ofreció resistencia cuando la llevaron de nuevo a su lugar original, cubriendo la boca del pozo. Unos instantes después vieron cómo el hueco que los separaba de la habitación del altar comenzaba a abrirse. El sonido de la piedra al deslizarse supuso esta vez un profundo alivio para Nicole.

Y a punto estuvo de echarse a llorar cuando vio aparecer por él el rostro de Jean. Su novio se llevó la mano a los ojos porque ambos tenían las linternas enfocadas hacia el vano por el que había aparecido la cara.

—¿Nicole? ¿Sois vosotros? No veo nada…

—¡Sí, Jean! —corrió hacia él y se puso de rodillas para poder abrazarlo a través de la estrecha abertura. Ahora sí, profundos sollozos estremecieron su cuerpo.

—Tranquila, Nicole, tranquila —su novio la oprimió con ternura—. Estáis bien, ¿verdad?

—Sí, sí… Pero ha sido…

—Tremendamente emocionante —la voz de Augusto Fabricio terminó la frase mientras también se agachaba para pasar al otro lado.

—No sabíamos dónde estabais —Jean ayudó a la muchacha a ponerse de pie—. Cuando por fin conseguimos bajar nos encontramos con una estancia vacía… y ni rastro de vosotros.

—Ya os contaremos. Todo ha sido… muy sorprendente —el guatemalteco dirigió una cálida sonrisa al joven arquitecto.

—Veo…, bueno, más bien oigo que estáis bien —la voz de Julio Rivera les llegó desde lo alto, y pudieron vislumbrar su rostro asomado a uno de los rectángulos de luz que habían dejado las losetas al bajar de nuevo—. ¿Noticias de la máscara?

—Puede ser que se encuentre en las entrañas de la pirámide, Julio, pero en todo caso sepultada bajo toneladas de piedra. A partir de un determinado punto el techo ha colapsado. No hay manera de seguir. Una lástima.

—Sí, una lástima… —en la voz del mexicano fue perceptible la desilusión—. Venga, subid y contadnos.

Una escala de cuerda pendía desde uno de los huecos de la estancia superior. Jean la mantuvo tensa mientras Nicole y el arqueólogo ascendían. Por último escaló él con sorprendente agilidad.

Lo primero que hizo la mujer al llegar arriba fue salir a la explanada superior de la gran pirámide y dejar que el aire de la tarde la envolviera. Nunca creyó que la simple presencia de la luz del sol pudiera provocarle tal sensación de bienestar. Se rodeó a sí misma con los brazos y notó que estaba temblando.

—Nosotros también tenemos noticias —Jean la apretó contra su cuerpo mientras la besaba con cariño—. La verdad es que han sucedido muchas cosas en la última hora.

Fabricio y ella se volvieron interesados hacia él. Nicole agradeció que algo le permitiera aparcar de momento todo lo sucedido. Julio Rivera se había unido al grupo y también escuchaba, mientras que Pierre se hallaba un poco apartado, con la cámara apoyada en el suelo. Nicole no podría decir si había filmado su regreso a lo alto de la pirámide, aunque en ese momento no era algo que le preocupara demasiado.

—Ha estado aquí la policía, la policía de Guatemala —Nicole no entendió la precisión hasta que cayó en la cuenta de que Caracol pertenecía a Belice—, e imagino que seguirán por ahí abajo —hizo un gesto señalando hacia la explanada que se extendía a los pies de la gran pirámide—. Han encontrado un cadáver en la jungla próxima a Naranjo, cerca del lugar en el que montamos nuestro campamento. Es el de Jorge, el conductor. Es terrible… El hallazgo echa por tierra nuestra idea de que él fuera el autor del secuestro.

—Los policías no han estado especialmente amables, que digamos —terció Julio Rivera—. No sólo nos relacionan con un asesinato; también lo hacen con un secuestro. Se han enterado por nosotros de la desaparición de Guy y nos acusan de haberla silenciado. Sólo la nota que amenazaba su vida si no salíamos de inmediato de los territorios mayas los ha calmado un poco. Pero no creo que nos dejen irnos así como así.

—Yo hablaré con ellos —dijo Augusto Fabricio—. Conozco a los policías que patrullan por El Petén y soy buen amigo de su comandante. No tienen ninguna acusación que hacernos: desconocíamos que Jorge hubiera muerto y de Guy no sabemos nada, excepto que al parecer anduvo por aquí —su mirada cruzándose con la de Nicole pareció un hecho casual—. Nuestro silencio al respecto no necesita mayor explicación.

—Lo que no puedo entender —Julio Rivera habló casi para sí mismo— es quién raptó a nuestro amigo... Y cómo sabían los secuestradores que él estaba en disposición de traerlos hasta aquí, a Caana...

Tanto Nicole como el arqueólogo guatemalteco se encogieron ostensiblemente de hombros.

38

CIUDAD MAYA DE NARANJO, AÑO 629 DE NUESTRA ERA

Murciélago Blanco veía cómo se acercaba la comitiva por la gran avenida que llevaba a la plaza de Naranjo y sintió una punzada de nostalgia en su corazón.

Se recordó a sí mismo de niño, vestido con alegres colores de fiesta, viendo aproximarse al palanquín en el que viajaba la que iba a ser su reina. Tenía entonces nueve años y la bella muchacha era Ojos de Jade, la princesa de Calakmul que llegaba para desposar a Yajaw Te K'inich.

Ahora la escena se repetía, y otro palanquín, adornado con profusión, portaba a la que pronto, al igual que Ojos de Jade aquel día, iba a convertirse en esposa de un rey.

La belleza de la de hoy en nada desmerecía a la que iluminara a la de antaño, y por ambas sentía Murciélago Blanco un intenso cariño.

Nikte', princesa de Tikal, llegaba a la ciudad de Naranjo para casarse con el joven rey Balam Kimil.

Nunca una ciudad maya se había visto tan engalanada como ese día. Cada uno de sus habitantes había querido colaborar en que su aspecto resultara inigualable y aquel esplendor fuera recordado por siempre. Y es que hacía mucho tiempo que no se sentían tan ilusionados con lo que el futuro les prometía: los dioses les habían devuelto un rey al que creían desaparecido y el joven monarca había dado ya claras muestras de que su principal interés iba a ser el bienestar de su pueblo.

Pero había otro motivo para que se sintieran dichosos y esperanzados. Un largo camino de paz se extendía ante ellos, tras muchos años de guerras, tensiones y luchas por el poder. La unión entre su rey y la princesa de Tikal abría un nuevo panorama que poco tiempo antes habría resultado impensable: Naranjo y Caracol eran ahora ciudades fraternas, y hasta la relación entre Tikal y Calakmul parecía haberse suavizado desde que se anunció el compromiso matrimonial. Realmente parecía que los dioses se hubieran puesto de acuerdo, por una vez, en ser benevolentes con los pueblos mayas.

Ciervo Alto, rey de Tikal desde la reciente muerte de su padre, había acudido a la boda que unía a su hermana con el joven Balam Kimil. Llevaba ya dos días en la ciudad, y los había utilizado para mantener intensos contactos diplomáticos. Ahora, mientras observaba el avance de la comitiva, se hallaba instalado junto a K'an II, rey de Caracol. Ver a los monarcas de ambas ciudades sentados juntos y departiendo de forma amigable era una imagen que pocos habrían imaginado poder llegar a contemplar.

Gran Escorpión, el depuesto rey de Naranjo, había sido entregado a Calakmul para su custodia. Ciervo Alto había adoptado la salomónica decisión a pesar de las fuertes presiones de los emisarios de K'an II en Tikal que pretendían que su destino fuera Caracol, donde sería ejecutado. Calakmul había aceptado retenerlo preso, alejado de la ciudad en la que había reinado y sin posibilidad de recuperar el poder.

La gran plaza y todas las avenidas que llevaban a ella se hallaban abarrotadas, y los guerreros que flanqueaban el camino que había de seguir Nikte' conseguían con dificultad que éste mantuviera la anchura suficiente.

A la numerosa población de Naranjo se había unido una muy nutrida representación de la ciudad de Caracol, para la que se había desbrozado una amplia zona de la selva en la que pudieron acampar. Desde hacía dos días ambas poblaciones habían confraternizado en las celebraciones que la ciudad anfitriona había preparado para festejar el matrimonio de su rey.

El palanquín en el que viajaba Nikte' había llegado ya al pie de la Acrópolis y Balam ayudó a su prometida a descender tomándola de la mano. La futura reina iba vestida por completo de blanco, y Murciélago Blanco recordó que también Ojos de Jade había elegido el mismo color, aunque, a diferencia de la que entonces iba a ser reina, Nikte' había entretejido en su largo cabello infinidad de pequeñas flores de todos los colores. La joven, pensó el chamán, estaba resplandeciente.

La pareja comenzó su ascenso hacia el nivel intermedio de la Acrópolis, donde iba a celebrarse la ceremonia, mientras los vítores arreciaban al hacerse ambos visibles para todos los espectadores.

Murciélago Blanco era quien iba a declararlos marido y mujer siguiendo el ancestral rito de los pueblos mayas. Aunque él era el *halach winik* de una ciudad a la que ya no pertenecía ninguno de los dos, nadie puso en duda que el honor debía ser suyo. Y si alguien lo hizo, no se atrevió a expresarlo.

El chamán vestía una larga túnica de color neutro, en un intento por evitar que su elevada estatura eclipsara a las figuras de los dos contrayentes. Aun así su figura, erguida en la terraza del segundo nivel de la Acrópolis, resultaba impresionante.

Los vítores fueron alcanzando mayor volumen a medida que la pareja iba subiendo la escalinata que los acercaba a Murciélago Blanco. Muchachas vestidas con vistosos colores iban arrojando flores a su paso.

De pronto el *halach winik* tuvo la certeza de que no se hallaba solo en la engalanada plataforma. Miró a derecha e izquierda y no vio a nadie, aunque la sensación fue en aumento.

Y de pronto comprendió, porque pudo oír sus voces, aunque sólo fuera con el pensamiento. Ojos de Jade y Garza Azul habían querido unirse a la ceremonia y estaban allí, con él, presenciando la llegada de Balam y Nikte'.

El hombre también supo entonces que su vida en aquel mundo que conocía se acercaba a su fin, pero no le importó.

El que durante tantos años fuera su hijo adoptivo y la princesa Nikte' se hallaban ya próximos a él, y Murciélago Blanco, con los brazos extendidos, se acercó a recibirlos.

39

AVIÓN EN VUELO ENTRE CIUDAD DE MÉXICO Y PARÍS, AÑO 2001

Nicole miró apesadumbrada la pantalla que indicaba la posición del aparato en el largo trayecto que les aguardaba y le pareció que apenas había variado desde la última vez que la consultó. Nunca había sido capaz de dormir a bordo de un avión y lo más que lograba era sumirse en un duermevela que de manera inevitable le provocaba un incómodo dolor de cabeza. Se encontraba además en un estado anímico que nada tenía que ver con el de unas semanas antes cuando hizo el viaje en sentido contrario.

«Siempre es mejor ir que volver», pensó enfurruñada.

Junto a ella Jean intentaba entretenerse con un libro que había comprado en el aeropuerto. Pierre y Stan, los dos técnicos de la televisión francesa, viajaban unas cuantas filas más atrás, y ambos habían confesado que no tenían el menor problema en dormirse en el lugar que fuera siempre que tuvieran sueño. «Cosas de la profesión», había dicho Pierre encogiéndose de hombros.

El que no viajaba y no lo haría ya jamás era Guy Lalande. La joven sintió un pesado nudo en el estómago al recordar una vez más al arqueólogo y rememorar los acontecimientos que habían llevado a su trágico fin. No resultaba nada fácil saber que el francés había muerto y no poder comentarlo con nadie, debiendo además mostrarse interesada cuando surgía el tema de cuál podría ser su incierto paradero. Sólo Jean, aparte de Augusto Fabricio y ella, estaba al tanto de lo sucedido, aunque Nicole pensaba que quizá el guatemalteco también hubiera sentido la necesidad de compartir su secreto con alguien.

Le contó la verdad a su prometido esa misma noche en Caracol, después de que ella misma y Fabricio hubieran logrado escapar de aquella dantesca situación. No podía dejar de pensar que podría haberle tocado a ella ser la primera en alcanzar la máscara... para un instante después sentir cómo la furia de los dioses se le venía encima. Aunque Nicole estaba convencida de que Guy Lalande ni siquiera se había enterado. La imagen de su compatriota absorto contemplando la máscara, mientras el techo de la caverna caía sobre él, era algo que nunca podría borrar de sus recuerdos.

El resto de aquella tarde en Caracol, tras descender de la pirámide de Caana, se había ido en responder a las preguntas de los policías guatemaltecos, aunque Nicole y Fabricio habían hecho suya la que fue respuesta de los restantes miembros de la expedición: desconocían cuál podía ser el paradero del arqueólogo desaparecido.

La realidad de lo sucedido quedó pronto clara para ellos, aunque nunca podrían compartir su convencimiento con nadie más. La sangre hallada en el claro no era la de Guy, sino la de Jorge (hecho que se confirmó pocos días después), y toda la escenificación del secuestro no habría sido sino una invención de la mente enferma del francés. Cuando éste volvía en plena noche de la escalinata de Naranjo, debió de escuchar a Jorge hablando por radio desde el claro, sin duda comunicando los progresos en la búsqueda de la máscara a quienquiera que fuese la persona para la que trabajaba (si se trataba o no de Florencio Sánchez era algo que ya nunca descubrirían). Lalande siempre llevaba consigo un afilado machete con el que abrirse camino en la selva. Debió de enfrentarse al conductor y lo mató. El resto mostraba hasta dónde podía llegar su locura o bien la tremenda frialdad de su personalidad: urdió la trama del secuestro y a continuación marchó hacia Caracol dispuesto a que la máscara fuera exclusivamente suya.

«Pero los dioses no lo permitieron», pensó Nicole mientras volvía a estudiar la posición del avión en la pantalla. Esa idea era algo que le producía una gran desazón. Su formación científica le impedía creer en intervenciones sobrenaturales y, por tanto, no podía imaginar a tres dioses mayas jugando a esconder una máscara de jade. Aunque para todo lo sucedido no resultaba fácil hallar una explicación racional y eran numerosos los hechos que se oponían a unas conclusiones lógicas. Parecía increíble el magnífico estado de conservación de cada uno de los restos arqueológicos que los habían ido llevando hasta el «palacio del cielo», como también resultaba asombroso el alto grado de sofisticación de los mecanismos que les permitieron ir avanzando por el interior de la pirámide.

Pero sobre todo, no cesaba de repetirse la joven, carecían de explicación los extraordinarios sueños en los que los dioses se habían hecho presentes, cada uno de ellos eligiendo a la persona que había de representarlo. Porque Nicole no tenía duda de que también Guy Lalande había tenido una experiencia similar, como dio a entender poco antes de morir. Hun Cimil, el dios del Inframundo, le habría facilitado incluso la clave para ser el primero en llegar a la máscara.

Porque sin esos sueños nunca habrían podido alcanzar la caverna donde se hallaba aquel objeto.

¿O había sido todo un cúmulo de increíbles casualidades?

El tiempo de la máscara no lo marcáis vosotros, los humanos. La frase de Chan K'uh cuando se apareció en sus sueños no se le había olvidado, y Nicole no cesaba de darle vueltas, buscándole un significado. Augusto Fabricio había confesado que también él había recibido un mensaje similar por parte de Kab K'uh (*el plazo estaba marcado y no podía ser alterado,* había dicho, o algo parecido).

«Como probablemente también le sucediera a Guy con Hun Cimil, aunque no nos lo dijera», pensó.

La única mención a un periodo de tiempo la habían encontrado en las paredes del oratorio, en el inicio de su aventura. Allí figuraba escrito que la máscara permanecería oculta hasta que se cumplieran casi dos millones de días desde el instante en el que, conforme a las creencias mayas, fue creado el mundo que ahora habitábamos.

«El equivalente a 5.114 años y algunos meses», se dijo Nicole recordando la cifra. Y la cuenta había sido sencilla: como la creación de nuestro mundo se situaba, según los mayas, en agosto de 3114 antes de Cristo, el «regalo de los dioses» habría estado de nuevo al alcance de los humanos hacia finales del año 2000.

«Justo a últimos del año pasado —había comentado Julio Rivera entonces—. Coincidiendo de manera increíble con el final de nuestro segundo milenio.»

Y de pronto Nicole dio un respingo. Jean, a su lado, lo notó, pues levantó la mirada del libro y se quedó observándola con extrañeza.

—A lo mejor digo una tontería, pero sería una explicación... Vaya, claro que lo sería —hablaba como para sí misma, con los ojos fijos en el respaldo del asiento delantero. Luego se volvió hacia su prometido y lo miró con fijeza.

—Repítemelo, Jean. El año cero no existió, ¿verdad?

—No, ya lo hemos hablado con todo este lío del cambio de milenio. Es lo mismo que si cuentas peras. Nunca se te ocurriría denominar a la primera como pera cero.

—Entonces al año uno antes de Cristo le sucedió el año uno después de Cristo, ¿no es cierto?

—Pues sí, pero no entiendo...

—Jean, vamos a ver —Nicole parecía cada vez más excitada—. Un ejemplo: de marzo del año cinco antes de Cristo a, supongamos, marzo del tres después de Cristo pensaríamos que habían transcurrido cinco más tres, ocho años.

Jean asintió sin comprender adónde quería llegar la joven.

—¡Pues no, señor! —Nicole dio una palmada sobre el brazo que separaba ambos asientos—. ¡Habrían pasado siete años, de la misma forma que desde el uno antes de Cristo al uno después de Cristo habría transcurrido un año y no dos!

El arquitecto cerró definitivamente el libro y se quedó

pensando en lo que acababa de decirle su prometida. En seguida se dio cuenta de que se le debía de haber quedado una ligera cara de bobo y compuso un gesto más serio. Sus dedos habían echado la cuenta y se habían detenido en siete.

—Es... Tienes razón. Nunca lo había pensado, pero es cierto. Ha sido una reflexión muy inteligente, cariño —y se quedó mirándola como diciendo «bueno, ¿y qué?».

—Pues que 5.114 años contados desde el 3114 antes de Cristo nos llevarían a finales del año 2001 y no del 2000 —su tono parecía ahora más apesadumbrado que triunfante.

Jean comprendió de pronto y su boca compuso un ahogado gesto de exclamación.

—¡El tiempo de la máscara...! ¿Quieres decir...?

—Que aún no se había cumplido, Jean; que aún no se había cumplido.

Ambos se quedaron unos instantes en silencio, quizá imaginando lo que podría haber sucedido si hubieran aguardado unos meses más. Hasta que Nicole movió la cabeza de un lado al otro, comprendiendo que aquello habría sido imposible.

—Fue su última adivinanza, Jean —dijo con voz triste—. La tuvimos ahí desde el principio, y no le hicimos caso. Y no les importó que muriéramos con tal de no darnos la máscara —todo en ella reflejaba abatimiento—. ¿Sabes? Odio a esos dioses. No sé si existen o no y tampoco sé si al final han tenido algo que ver. Pero los odio.

Jean le tomó la mano y la oprimió con cariño. Nicole lo miró agradecida, pero su sonrisa fue triste.

ANEXO

LA CIVILIZACIÓN MAYA

Tendemos a idealizar todo aquello que no nos resulta plenamente conocido y máxime si su final ha sido temprano e inesperado. Así ha sucedido, a lo largo de la historia, con personajes cuyo mayor mérito es el de haber muerto jóvenes, quizá prometiendo mucho pero habiendo hecho más bien poco. Por el contrario, si alguien o algo llega a su fin de una manera natural, podrá ser admirado o ensalzado, pero difícilmente idolatrado.

Algo parecido puede decirse de la civilización maya, cuyo abrupto final, cuando concluía el siglo noveno, y los pocos conocimientos verdaderos que de ella disponemos han hecho que en muchos aspectos se haya visto sobrevalorada.

Para que una civilización florezca no es sólo necesario el contacto con otras gentes, sino que resulta imprescindible disponer de un medio ágil que permita una fluida comunicación y facilite el archivo coherente de los logros alcanzados.

Ni las dificultades que plantea la selva para los desplazamientos ni el tosco sistema de escritura de este pueblo cumplen con ambos requisitos.

Pero —«al César lo que es del César»— los mayas alcanzaron un alto grado de conocimientos en un campo concreto y, en consecuencia, en todos los que de él pueden derivarse. Este campo fue la astronomía.

Sus «maestros de las estrellas» conocían con exactitud la duración del año solar, las fechas de los solsticios y de los equinoccios, las órbitas de planetas como Venus, y podían predecir los eclipses. Quizá el monótono entorno que los envolvía les hizo mirar hacia el cielo buscando un mundo más amplio.

Como escritor he agradecido las ambigüedades y lagunas que rodean a esta civilización. Me han permitido novelar sin abandonar la máxima que me he impuesto cuando me refiero a momentos históricos, y que es la de ser fiel a lo que entonces sucedió. A cambio he pretendido, a lo largo de todo el relato, transmitir mi impresión —obviamente subjetiva— de lo que pudo haber sido el mundo maya en aquellos momentos de su historia.

Los reyes que se citan y las luchas dinásticas en las distintas ciudades son reales, así como la eterna rivalidad entre Tikal y Calakmul, y su afán por establecer alianzas (siempre cambiantes) con las ciudades próximas. También lo son, siempre dentro de lo precario de nuestros conocimientos, el modelo de sociedad, sus creencias y costumbres, y el amplio panteón que integró a los caprichosos dioses mayas. La concepción cosmológica que los mayas tenían del Universo es la que aquí se relata. El mundo que conocemos no habría sido el primero —habrían existido tres con anterioridad—, y su final lo situaban al finalizar el *bak'tun* número trece desde su inicio (trece periodos de ciento cuarenta y cuatro mil días, equivalentes cada uno a algo más de trescientos noventa y cuatro años). Ello nos llevaría al 23 de diciembre de 2012. Confiemos en que estuvieran equivocados.

La guerra entre Caracol y Naranjo, ya entrado el siglo séptimo, fue más duradera de lo que aquí se relata y acabó con el triunfo de los primeros, que contaron con el apoyo de Calakmul. El rey derrotado fue, tal como se narra, llevado a prisión en esta ciudad, donde moriría años después.

En cuanto al súbito fin de este mundo milenario, con el consiguiente abandono de todas sus ciudades, seguimos —y seguiremos— sin conocer los hechos concretos que lo propiciaron, aunque cada vez es más unánime el criterio entre los investigadores de que el motivo desencadenante no fue único.

Los pueblos mayas dependían para todo de su entorno y, en consecuencia, de las condiciones climáticas. La selva facilita ciertamente medios de subsistencia, pero no para poblaciones de más de cien mil habitantes, como llegaron a tener las principales ciudades.

El terreno de las tierras bajas del centro de la península de Yucatán es calcáreo, con una capa muy fina de tierra fértil. El sistema de cultivo (las *milpas*) se basaba en quemar los rastrojos que quedaban tras la recolección, con lo cual el suelo resultaba improductivo en pocos años y había que trasladarse a lugares cada vez más alejados de las urbes.

Tikal había conseguido por fin doblegar a Calakmul en su casi eterna lucha en pos de la supremacía y, en ese noveno siglo, su dominio sobre el mundo maya era incuestionable.

Unos pocos años de sequía pudieron provocar la debacle. El pueblo no comía, el dominio de Tikal quizá llegó a ser despótico y la arrogante clase sacerdotal debió de exigir más de lo que los ciudadanos estaban dispuestos a dar. No es arriesgado imaginar que una revuelta popular puso fin a un mundo que estaba pidiendo de ellos más de lo que podían tolerar.

Una cruenta insurrección que sin duda diezmó a la población maya. Los supervivientes abandonaron las ciudades y buscaron el no menos inseguro amparo de las costas.

La voraz selva recuperó en poco tiempo lo que tanto trabajo había costado arrebatarle, y aquellas orgullosas metrópolis, construidas en piedra caliza fácilmente deleznable, fueron absorbidas hasta el extremo de resultar, en poco tiempo, casi ilocalizables.

Una civilización había muerto, pero había nacido una leyenda.

NOTAS A LA NOVELA

1. Fragmento de cerámica o de piedra caliza que los egipcios utilizaban para trazar planos, escribir alguna receta o, simplemente, para tomar notas.

2. El *wayeb*, o mes decimonoveno del calendario *haab* maya, estaba formado tan sólo por cinco días, con el objetivo de completar, junto con los otros dieciocho meses de veinte días, los 365 de que consta un año.

3. Murciélago (o vampiro) blanco, *zak tzoo'tz* en lengua maya. El apóstrofo en las palabras mayas indica que en ese lugar se debe hacer una pausa durante su pronunciación.

4. Los dos calendarios mayas, el astronómico o *haab*, de 365 días, y el ritual o *tzolk'in*, que comprendía 260, tardaban 52 años solares en volver a coincidir (el mínimo común múltiplo de ambas cifras). Ese periodo de tiempo era considerado como un «ciclo de vida» en la existencia de una persona.

5. *Box Sas* en lengua maya.

6. Chak Dzec (Gran Escorpión), rey de Naranjo desde el año 610.

7. *Ek' Pulyak* (Maestro de las Estrellas) o también *Aj K'inob* (Señor de los Días) era el tratamiento que los mayas daban a sus astrónomos.

8. Civil que ejercía las funciones de alcalde en las ciudades mayas. Marcaba los terrenos a cultivar por las distintas familias, actuaba como juez en las disputas y fijaba el orden que se debía seguir en las

celebraciones. El símbolo de su mando era una larga vara, rematada por la imagen de una serpiente, de la que pendían unos cordones que los ciudadanos tomaban y besaban a su paso.

9. Los 260 días del calendario litúrgico (*tzolk'in*) eran el resultado de combinar correlativamente los números uno a trece con los veinte días diferentes que componían el rito maya. Cada uno de estos días tenía su signo (*bakab*) correspondiente y estaba dedicado a un ser sobrenatural. Sucedía que el día *tzolk'in* que coincidía con el primero de año era también el que daba inicio a cada uno de los dieciocho meses del calendario astronómico (*haab*), pues cada uno de éstos constaba también de veinte días. Los mayas daban al nuevo año el nombre de ese día inicial (era el signo «portador del año»). El que el último mes astronómico, el *wayeb*, tuviera sólo cinco días hacía que el año siguiente comenzara en un día ritual diferente del que había iniciado el que iba a concluir (un salto de cinco en el orden). Al cabo de cuatro años el *bakab* volvía a repetirse, con lo que sólo cuatro de los veinte días litúrgicos podían coincidir con el primer día del año astronómico. En la época que nos ocupa los cuatro signos posibles eran *akbal, lamat, ben* y *etznab*, que no siempre fueron los mismos a lo largo de la historia de los reinos mayas, pues sus astrónomos, conscientes de que el año duraba algo más de los 365 días, hacían correcciones cada cierto tiempo.

Cada día ritual y su correspondiente signo o *bakab*, amén de poseer características religiosas y esotéricas propias, tenían un punto cardinal asignado, así como su color particular. El día primero de año se retiraba ceremoniosamente la estatua que había presidido la entrada a la ciudad en el punto cardinal que correspondiera al signo «portador del año» y se colocaba una nueva en la orientación propia del *bakab* del que acababa de comenzar.

10. Murciélago Blanco hace referencia a que el día inicial de ese año astronómico (626 de nuestra era) fue un día *akbal*, como habría de serlo a continuación el día primero de cada uno de los restantes dieciocho meses del calendario astronómico. El siguiente año, debido a que el mes *wayeb* contaba sólo con cinco días, sería un año *lamat*, al ser este día ritual el que iba a coincidir con el primero del nuevo año.

11. *K'in Ajaw*, Señor Sol y Dador de Vida. Durante la noche desaparecía por el oeste y viajaba por el inframundo para reaparecer a

la mañana siguiente, caprichoso e impredecible, haciendo crecer el maíz o agostándolo con sus rayos abrasadores.

12. Alrededor de kilómetro y medio.

13. Cada *chaac* era responsable de uno de los puntos cardinales y vestía según el color del mismo. De ellos y de su humor dependía que las lluvias fueran pródigas o que, por el contrario, la sequía atormentase a los poblados mayas.

14. De hecho, una relación de vasallaje. Calakmul y Tikal, históricamente las dos ciudades Estado más poderosas a lo largo del llamado periodo clásico (años 250-900), trataron en todo momento de tener a su lado al mayor número posible de pequeños reinos mayas para afianzar su pretendida supremacía. Caracol, por ejemplo, fue aliado de Tikal hasta 562, año en el que, tras una guerra en la que tuvo el apoyo de Calakmul, pasó a depender de ésta. Lo contrario puede decirse de Naranjo, ciudad próxima a Caracol, que, en 610, cambió su fidelidad de Calakmul a Tikal.

15. Los mayas la sitúan 3.114 años antes de la era cristiana, en un día 4 *ajaw* 8 *kumk'u*.

16. *Bak'tun*, periodo de 400 *tun*, o años de 360 días. Dos *bak'-tun* equivalen, pues, a unos 789 años solares.

17. Aproximadamente 2.762 años solares.

18. Parecidos en su concepción a los jeroglíficos egipcios, los glifos eran la escritura de los mayas, reservada sólo a las clases cultas y sacerdotales. Los glifos indicaban nombres, lugares e incluso podían componer rudimentarias frases.

19. Los mayas numeraban con un sistema de base veinte, mezclando puntos (valor uno) y rayas (valor cinco). Así diecinueve se escribía con cuatro puntos y tres rayas. El veinte pasaba a ser un punto en el segundo nivel y un cero (que tenía su glifo particular) en el primero. Y cincuenta y uno, por ejemplo, eran dos puntos en el segundo nivel (dos veces veinte) y un punto y dos rayas en el primer nivel (once).

20. A partir de ese instante (0.0.0.0.0 en la «cuenta larga») los mayas iban añadiendo una unidad por cada día transcurrido, creando así un calendario continuo, el tercero en su complicada medición del paso del tiempo.

21. Rey de Tikal entre los años 592 y 628 aproximadamente.

22. Como ya se explicó, alto dignatario que ejercía unas funciones parecidas a las de nuestros alcaldes.

23. Las emblemáticas pirámides que cierran la Gran Plaza por el este y por el oeste no fueron construidas hasta entrado el siglo VIII.

24. Hu'unal, dios de la realeza, y que hacía partícipes a los reyes de su carácter sobrenatural.

25. Yax Eeb Xook fue entronizado hacia el año 78.

26. Los guerreros más significados adquirían el título de «campeón» y lucían atributos que los distinguían como tales.

27. Los pueblos mayas denominaban «muerte florida» a la sufrida en sacrificio destinado a satisfacer a los dioses.

28. En el año 374 de nuestra era, Siyak K'ak', un rey tolteca venido de Teotihuacán, poderosa ciudad en el centro de México, se entronizó en Tikal, culminando así largos años de comercio y progresiva penetración de los teotihuacanos en territorio maya. Tikal se convirtió en una colonia, cada vez más influyente en el área del Yucatán, de la poderosa ciudad del norte.

29. 224,7 días. Durante los ocho en que Venus se halla oculto por el sol, los mayas se consideraban libres de su influjo.

30. Las lluvias duraban de mayo a noviembre, con una interrupción (la «canícula») en el mes de agosto.

31. El esquisúchil es un árbol de flores muy aromáticas, sumamente apreciado por los mayas y hoy prácticamente extinguido.

32. El norte geográfico (punto por el que pasaría el eje de giro de la Tierra) no coincide con el magnético (por el que pasaría el teórico eje del campo magnético), que puede estar sensiblemente alejado y que, además, va desplazándose con el paso del tiempo.

33. La ciudad maya de Naranjo no ha sido respetada ni por el paso del tiempo ni por los saqueadores de ruinas. Una de las construcciones mejor conservadas es una escalinata cuyos peldaños están repletos de inscripciones.

34. K'awiil, dios de lo mutable y de las visiones.

35. Hu'unal, dios de la realeza.

36. Un *bak'tun* equivale a algo más de 394 años.

37. Obtenido por fermentación del jugo del maguey, el *octli* (tras la llegada de los españoles llamado pulque) tiene efectos altamente embriagadores.

38. Véase nota 9.

39. Cada año nuevo podía ser, en la época en que suceden estos hechos, *akbal, lamat, ben* o *eznab*, tomando su nombre del que correspondía al día inicial de ese año, y que sería también primero de cada uno de los diecinueve meses del calendario astronómico (Véase nota 9).

40. Ulil se refiere a confrontaciones incruentas que tenían lugar entre los componentes de las diversas órdenes militares.